Mme P. DE NANTEUIL

CAPITAINE

OUVRAGE ILLUSTRÉ DE 76 GRAVURES

D'après **MYRBACH**

PARIS
LIBRAIRIE HACHETTE ET Cie
79, BOULEVARD SAINT-GERMAIN, 79

CAPITAINE

BOURLOTON. — Imprimeries réunies, B, rue Mignon, 2.

Mme P. DE NANTEUIL

CAPITAINE

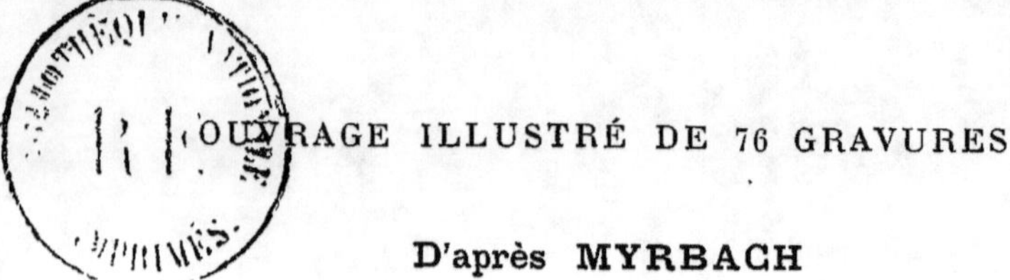

OUVRAGE ILLUSTRÉ DE 76 GRAVURES

D'après MYRBACH

PARIS

LIBRAIRIE HACHETTE ET Cie

79, BOULEVARD SAINT-GERMAIN, 79

1888

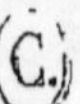

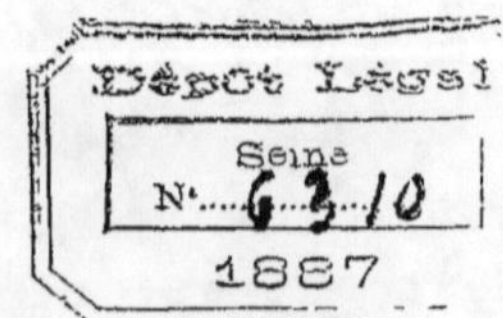

A M. LUDOVIC HALÉVY

DE L'ACADÉMIE FRANÇAISE

Ce livre est dédié, comme hommage de profonde gratitude, par l'auteur de *Capitaine*, dont il a bien voulu guider les premiers pas et encourager les débuts.

P. DE NANTEUIL.

Étretat, juillet 1887.

CAPITAINE

CHAPITRE PREMIER

Fécamp. — Les Terre-Neuviens. — L'*Aventure.* — Marie-Anne et Yvon Jossic. — Terre-Neuve. — Capitaine. — A la mer.

Par une belle matinée, le 20 avril, des parents, des amis sont groupés à Fécamp sur la plage et le long des jetées; leur attention est concentrée sur des bâtiments, bricks pour la plupart mais aussi goélettes, prêts à lever l'ancre pour prendre la mer et naviguer vers le Banc. On n'appelle pas autrement l'île de Terre-Neuve parmi les marins ! L'animation est grande.

Les mères, les femmes ont sans doute le cœur gros et se rappellent que plusieurs ne sont pas revenus au pays de ceux qui partirent les années précédentes; mais la vie est rude aux pêcheurs et à leurs familles, la sensibilité ne se manifeste guère chez eux, le temps manque.

Une femme encore jeune, parmi les spectateurs, se tient à l'écart, ses yeux sont bleus, bien ouverts, elle a des cheveux lissés et très bruns sous une petite coiffe bretonne, le teint uni quoique un peu hâlé; l'ensemble de sa personne est agréable. Elle ne veut pas, en causant avec ses voisins, risquer de perdre un seul mouvement, un seul regard de son fils, mousse à bord d'un des bateaux qui vont partir, elle le voit courir, exécuter les ordres du capitaine. Mais lorsque l'*Aventure* défile entre les jetées, l'enfant, car c'est presque un enfant encore, à pleines lèvres envoie à sa mère un dernier baiser. Des sanglots étouffent la pauvre femme. Les mains jointes, le cœur navré, elle regarde et prie tout bas.

Deux heures sonnent, la marée baisse rapidement, tous les bâtiments disparaissent un à un ! et ils ne sont pas très nombreux cette année.

La grande pêche de Terre-Neuve n'est plus très en faveur parmi les hommes de nos plages normandes, dont l'existence est devenue plus facile. Les étrangers leur ont apporté le goût des choses qu'ils ignoraient; ils aiment moins la mer, leur rude et vieille nourrice, et moins encore la pêche lointaine qui les éloigne de leur village durant la saison, c'est ainsi qu'ils appellent les deux ou trois mois pendant lesquels les Parisiens, les étrangers, viennent répandre l'argent chez eux et du même coup font monter le prix des loyers et des denrées, qui ne baissera plus.

Somme toute, sont-ils plus riches? C'est une question. En tous cas, ils se montrent moins contents de leur sort, moins résignés, moins religieux surtout. Ils aiment encore leur clocher et leur curé, appelant toujours le dernier lorsqu'ils sont malades; mais les jeunes hommes ne vont pas souvent à la messe et parlent politique au cabaret où ils vont trois ou quatre fois par jour.

Les jeunes femmes suivent les modes; il n'est pas rare de

L'Aventure défile entre les jetées.

rencontrer une mère portant bonnet de linge et sabots, accompagnant à la promenade, le dimanche après vêpres, sa fille, qui, elle, est vêtue comme une dame de Paris, sans goût naturellement. Et chaque « jeunesse » jalouse sa voisine.

Au fond cependant tout n'est pas gâté encore chez nos pêcheurs, la majorité reste honnête, serviable, reconnaissante, en cas de service reçu.

On a encore grand plaisir, quand on séjourne dans quelque petit port de mer, après la saison, à causer avec ces braves gens de la pêche, du temps probable, des choses qui les intéressent et des affaires de l'endroit, et aussi des jours passés où tout était mieux : le poisson plus abondant, les saisons plus belles.

... La mère qui pleurait en regardant le brick avec son fils disparaître à l'horizon s'appelait Marie-Anne Jossic, native de Morlaix; elle allait avoir vingt ans lorsqu'un beau gars d'Étretat, passant à Morlaix avec un caboteur, fut séduit par le charme de la jeune fille. Le gars, Breton d'origine, avait nom Yvon Jossic; son père, libéré du service militaire au Havre, s'y était marié. Orpheline, fille de petits commerçants, Marie-Anne, élevée par les sœurs de la Providence, reçut d'elles une bonne instruction primaire.

Un vieux curé, son parent et son tuteur, toucha le moins possible au petit patrimoine de l'enfant, et le jour où Jossic emmena la jeune Bretonne sur le petit caboteur, elle apportait à son mari, comme dot, quinze cents francs en beaux napoléons, une armoire pleine de linge que ses aïeules avaient filé, et une belle croix d'or du temps d'autrefois. Yvon, lui, n'avait pas grand'chose. C'était d'ailleurs un brave garçon et un fin pêcheur; les renseignements que prit le vieux curé, tuteur de Marie-Anne, furent excellents, et le nom breton du fiancé acheva de décider la jeune fille.

Le ménage, grâce à cette petite fortune, vécut dans une aisance relative.

La belle Marie-Anne, beaucoup plus instruite que les autres femmes de sa classe, très pieuse, très soignée dans ses habits morlaisiens qu'elle ne voulut pas quitter, fière de son mari, qu'elle déshabitua absolument des cafés chers aux Normands, restait beaucoup chez elle, mais elle en sortait lorsque la barque d'Yvon revenait du large; alors elle aidait bravement les autres femmes à virer au cabestan et recevait, toujours avec le même gracieux sourire, le mari toujours aimé et fêté! Les parents et les voisins disaient qu'elle était orgueilleuse, mais chacun l'estimait.

Si elle n'aimait pas à bavarder ou à causer du prochain à la fontaine, en revanche elle savait agir à l'occasion. Un malade réclamait-il ses soins? elle était prête à veiller ceux qui souffraient, à garder les petits enfants d'une mère occupée, et aussi à donner du pain et une écuelle de soupe à ceux qui en manquaient.

Pendant dix ans l'heureux couple fut abrité dans la petite chaumière, au bout de la plage à droite quand on arrive à la mer.

L'ambition d'Yvon et de sa femme, c'était d'acheter un jour cette chaumière si propre et si bien arrangée par Marie-Anne.

Lorsque par la porte ou les fenêtres ouvertes ils y jetaient un coup d'œil, les étrangers disaient :

« Cela ressemble à un intérieur hollandais! »

... Par un bel après-midi de la fin du mois d'octobre, les grandes barques glissent sur le galet et prennent la mer ensemble pour aller au hareng; le baromètre a baissé de dix millimètres depuis le matin, mais on ne s'en préoccupe pas! le ciel est pur, les voiles goudronnées, ressemblent à de grands oiseaux sombres et poussées par une brise de terre, filent rapidement dans l'ouest, les rayons d'un soleil couchant les éclairent : cela forme un spectacle gai et vivant... La population presque tout entière est répandue le long de la plage, regardant les barques disparaître une à une.

Le hareng est très abondant cet automne, il se vend un

assez joli prix ; demain matin les pêcheurs, Jossic parmi ceux-là, reviendront avec le flot. Mais dans la nuit survient un violent orage, les lames sont soulevées en quelques minutes et se brisent avec un bruit effrayant, lugubre, sur la plage et contre les falaises... Une saute de vent épouvante les familles groupées, anxieuses, au haut des galets, elles pressentent un danger effroyable, en guettant les premières lueurs d'un jour qui arrive sinistre, découvrant une mer en furie. Le plus grand nombre des bateaux cependant a pu se

réfugier, soit à Fécamp, soit à Yport, en fuyant sous le vent qui venait de changer de direction. Après une journée d'angoisse, les familles reçoivent enfin des nouvelles de toutes les barques, moins cinq !

Le surlendemain un télégramme arrive d'Angleterre, les hommes de deux barques, parmi celles qui manquent, ont été recueillis par un grand vapeur anglais au moment où leurs embarcations coulaient.

De la *Marie-Anne* montée par Yvon, de deux autres barques et de leurs équipages, on n'eut jamais de nouvelles !

Pendant plusieurs semaines la pauvre veuve fut presque folle ; son fils unique, le petit Yvon, âgé de neuf ans, témoigna une peine rare chez les enfants, surtout chez les garçons; il pleurait nuit et jour en demandant « Papa! » sans sommeil ni appétit.

Lorsque trois mois eurent passé sur cette douleur, toujours aussi intense, le bon curé d'Étretat prit sur lui d'avertir la mère. « Ce chagrin, peu commun à cet âge, pouvait causer à son fils une grave maladie cérébrale. » Marie-Anne, épouvantée, eut alors le courage de sourire devant Yvon, inventant des jeux pour le distraire, le promenant et ne pleurant, elle, que la nuit.

Dieu récompense tous les efforts : la veuve ne se consola jamais entièrement, et oublia encore moins; mais elle reprit goût à la vie et au devoir quotidien, aussi connut-elle toutes les joies que peut donner un fils à sa mère. Ce fils était remarquablement doué; il avait une intelligence ouverte et une mémoire extraordinaire. Le maître d'école Esnault, un excellent homme, très zélé, habitué à l'étourderie, à l'inattention et à l'inintelligence de la plupart des garçons confiés à ses soins, disait un jour à Marie-Anne :

« Je n'y conçois rien; Yvon, il me semble, n'a pas un seul défaut réel. »

Gai et joueur lui aussi, lorsque le temps eut passé sur sa douleur, il s'amusait avec entrain, prêt à suivre ses camarades dans leurs courses et à les aider aussi, mais avant tout obéissant et tendre avec sa mère et n'aimant rien autant que de causer avec elle et de la distraire. En dehors des jours et des heures d'école, Marie-Anne lui enseignait ce qu'elle-même avait appris, n'ayant jamais cessé de lire et de s'instruire; car elle voulait à son tour être capable de guider l'enfant qui tenait d'elle sa vive intelligence.

« Tu devrais en faire un huissier, qui sait? peut-être un notaire! » répétaient souvent à la veuve ses belles-sœurs, émerveillées des succès de leur neveu, qu'elles exagéraient encore.

Elles ajoutaient même : « Ou un curé! »

Marie-Anne répondait invariablement :

« Ni un huissier ni un notaire; je ne veux pas qu'il devienne un déclassé comme j'en connais ! Prêtre ? certainement, s'il montre de la vocation. »

Mais Yvon ne manifesta aucun désir d'entrer dans les ordres, et sa mère, tout en lui inculquant de solides principes religieux, avait trop de bon sens pour le pousser vers un ministère qui doit être choisi en toute liberté.

Le seul goût d'Yvon était pour la mer, les choses de la mer : ce penchant causait de terribles appréhensions à la veuve, qui se croyait liée par une promesse sacrée. En effet, son mari, de son vivant, lui répétait sans cesse :

« Si le petit aime les bateaux et veut être marin, ce que je désire bien vivement, nous tâcherons qu'il soit plus instruit que moi... Quand il aura quatorze ou quinze ans, il fera pendant deux étés la grande pêche sur le banc de Terre-Neuve, et, après qu'il aura servi l'État, il passera ses examens pour être capitaine au long cours. Tu ne me contrarieras pas dans mon idée ? » répétait-il souvent lorsqu'ils causaient de leur enfant.

Elle promettait, espérant du fond du cœur que les années à venir pourraient modifier les plans de son mari. Et puis, sans aimer autant que lui la mer et la navigation, elle n'avait pas encore appris à redouter cette horrible mer dont les flots avaient englouti ce qu'elle pleurait, et qu'elle ne pouvait plus regarder sans frissonner à présent; mais ces promesses faites à celui qui n'était plus là, elle était prête à les accomplir, Dieu sait au prix de quelles angoisses, de quelles larmes versées en secret, sans qu'Yvon en eût jamais connaissance !

Comme fils de veuve, Yvon eût pu être exempté du service maritime et prendre un métier. Depuis sa première communion, il travaillait chez un charpentier, sans abandonner ses études avec sa mère ! Ayant deviné ce qui torturait la pauvre femme, il lui disait souvent de très bonne foi :

« Maman, si cela vous fait trop de peine que je sois marin, je n'y penserai plus. »

Mais il y songeait sans cesse, ses projets d'avenir se concentraient sur l'époque où il serait capitaine d'un beau bateau... et il décrivait ce bateau... Sa mère s'établirait au port où il reviendrait après ses voyages. Comme on voit, c'était toujours en perspective la mer et les voyages. Le père l'avait souhaité, l'enfant le désirait passionnément... Marie-Anne accepta le sacrifice, en priant Dieu de lui garder son fils et de l'aider, elle, à se résigner. Peu de mères sont égoïstes, celle-là l'était moins qu'aucune autre.

... Le capitaine Aubourg avait le titre de capitaine au long cours, c'est-à-dire qu'il pouvait commander des bâtiments de commerce sur toutes les mers du globe, ayant obtenu, après examen, son brevet de capacité.

Avant cette campagne où nous faisons sa connaissance, il avait longtemps navigué sur des bateaux partant de Dieppe; on le connaissait donc fort peu à Fécamp, sa ville natale, où sa famille jouissait de l'estime générale. Mais lui, quoiqu'on n'en eût aucun soupçon, était un ivrogne invétéré. Comme il aimait, après tout, sa vieille mère, chez laquelle il habitait, pendant les apprêts du départ il sut résister à sa passion favorite.

Marie-Anne crut donc avoir fait un heureux choix en confiant son fils à Aubourg. Le second de l'*Aventure*, bon vieux loup de mer d'Étretat, lui promit de veiller sur l'enfant.

Au bout de quarante-huit heures, à peine fut-on dans l'Océan que la caisse aux liqueurs fut tirée de la cale et demeura ouverte sous la table de la cabine, dont le capitaine de l'*Aventure* ne bougeait presque plus.

Le second du bateau, honnête homme fort sobre, mais peu intelligent et très timoré, passait ses jours et ses nuits dans des craintes terribles, causées par la manière folle dont l'*Aventure* était conduite, un beau et solide brick pourtant! Il s'effrayait, outre mesure, de sa future responsabilité, au cas où les habitudes d'intempérance du capitaine l'obligeraient à prendre sa place.

On arrive cependant, et on mouille à Saint-Pierre sans avaries, donnant ainsi raison au vieux proverbe : « Il y a un dieu pour les ivrognes. » Ce n'est pas la faute d'Aubourg si l'*Aventure* évita banquises, abordages et récifs. Ce printemps-là, le mois d'avril a été superbe, la mer généralement calme.

L'*Aventure* se trouvait maintenant à l'ancre au fond du port, et ses embarcations allaient et venaient du banc au navire. Les hommes étaient presque constamment à l'ouvrage, occupés soit à pêcher les morues, soit à les faire sécher et à les saler pour les arrimer dans des tonnes. Les foies, dont on extrait l'huile, se vendent souvent sur place à des négociants.

Le capitaine Aubourg passait tout son temps à boire et à dormir, à dormir et à boire.

Yvon travaillait beaucoup, toujours actif, de bonne humeur, prêt à aider, à remplacer au besoin un camarade empêché. Et puis, la besogne finie, le soir, lorsque tous s'amusaient ou se reposaient, il explorait les environs de Saint-Pierre. Sa santé était excellente, cette vie active, de labeur incessant, l'avait encore fortifié, son esprit ouvert et curieux s'intéressait à tout.

Un dimanche, peu de temps après l'arrivée de l'*Aventure*, l'équipage se rendit à Saint-Pierre. Il faisait froid, une brume glacée enveloppait l'île; Yvon se sentait, par extraordinaire, aussi malheureux qu'un enfant de son âge pouvait l'être : ses rudes compagnons venaient de se moquer de lui, parce qu'il refusait de les accompagner au cabaret.

« Non, leur avait-il répondu, j'ai promis à maman ! »

Et les autres de rire :

« Qu'est-ce qu'elle en saura, ta mère, petit imbécile ? »

Ils s'en allèrent, le laissant tout seul assis auprès de la jetée. Quelle envie notre héros avait de pleurer, et combien il regrettait d'avoir quitté Étretat! Il devait faire si bon là-bas, les falaises étaient sans doute couvertes de leurs fleurs d'un jaune pâle...

Tout à coup un bruit, des cris, des disputes! Yvon oublia Étretat et aperçut une troupe de gamins de tout âge, beaucoup de très petits enfants et trois grands garçons, qui se précipitaient vers la jetée, traînant un énorme paquet. Yvon s'approcha et comprit que les petits voulaient empêcher les grands de jeter ce paquet à l'eau; le paquet remuait et gémissait pitoyablement. Yvon crut à un crime et se lança dans la mêlée, distribuant force horions; il était très fort heureusement et un vigoureux coup de pied lui donna la victoire; ses trois adversaires s'enfuirent en hurlant, suivis de tous les spectateurs qui insultaient aux vaincus. Le paquet examiné se trouva être un sac et le sac contenait... un chien gros comme un mouton, noir des pattes à la queue avec une raie blanche sur la tête! Après tout, les gamins n'étaient pas des criminels! mais pourquoi voulaient-ils noyer ce superbe animal?

Un des plus jeunes enfants resté en observation s'approcha et expliqua la scène précédente à Yvon : Le maître du chien, le croyant enragé, avait chargé des gamins de noyer la pauvre bête sans la faire souffrir.

Naturellement les drôles se firent un devoir de désobéir; depuis une heure, ils traînaient la malheureuse créature dans un sac avec une pierre au cou.

« Enragé! s'écria Yvon, non, bien certainement, un chien enragé ne me regarderait pas avec ces yeux-là en me léchant les mains! »

Et, sans réfléchir, notre ami emporta l'animal dans une petite hutte abandonnée, où il le cacha jusqu'au jour où le terre-neuve revint à la santé; ce qui ne fut pas long, car sa prétendue rage était tout simplement ce que l'on appelle « la maladie des jeunes chiens ». Puis quand l'*Aventure* se trouva prête à reprendre la mer, le chien, devenu énorme, ne quittait plus son nouveau maître ni les matelots, allant à la pêche avec eux; assis gravement à l'arrière de l'embarcation, il semblait diriger la besogne.

« C'est comme le capitaine », disaient les hommes, et le nom de Capitaine resta au terre-neuve.

Mais le capitaine Aubourg accorderait-il le passage à cet autre Capitaine? Le second lui demanda l'autorisation de le garder à bord le jour de l'appareillage; Aubourg, sobre par

hasard, octroya gracieusement la permanence qu'on sollicitait.

Une semaine après, dans l'après-midi, Yvon était sur le pont, fort occupé à une manœuvre; Capitaine, couché au soleil, remuait doucement la queue de l'air satisfait d'un être qui a chaud et ne songe à rien.

Aubourg se trouvait là aussi, ivre comme d'habitude; apercevant le chien, il eut une idée d'ivrogne :

« Jossic, dit-il, je t'achète ton chien!

— Mais, capitaine, répond Yvon, il n'est pas à vendre.

— Et qu'est-ce que cela me fait qu'il ne soit pas à vendre?

Je te dis que je veux te l'acheter, je t'en donne vingt-cinq francs, c'est plus qu'il ne vaut.

— Capitaine, répond très doucement Yvon, car il a appris à ses dépens qu'il ne faut pas exciter ce malheureux, capitaine, j'ai soigné et élevé le terre-neuve afin de l'amener à Étretat, chez ma mère.

— A cette mijaurée de Marie-Anne, hurle Aubourg devenu violet de rage; cette pie-grièche, ne m'en parle pas ou je te jette à la mer! Est-ce que madame ne m'a pas traité comme si elle eût été une princesse, ma parole! un jour que je voulais plaisanter avec elle. »

Et Aubourg se mit à jurer à faire frémir.

« Voulez-vous bien, reprend Yvon furieux à son tour, ne pas mêler le nom de maman à vos jurons?

— Ah! crie Aubourg, mousse de malheur! Je vais, si tu ne clos ton bec, te jeter par-dessus le bord et, en attendant, j'y jette ton chien, puisque tu ne veux pas me le vendre. »

Devenu fou de rage, il saisit l'animal par son collier de cuir, en l'étranglant à moitié. Le chien surpris n'a pas le temps de résister. Aubourg l'ayant porté au-dessus du bastingage prêt à le lâcher.

« Je le noie, dit-il, écumant de rage, ou jure que tu me le vends!... »

Yvon, épouvanté, croit voir la pauvre bête à l'eau, se débattant, et l'*Aventure* déjà loin!

« Je vous le donne, crie-t-il, je ne veux pas de votre argent, vous entendez, je vous le donne, puisque vous m'y forcez!

— C'est bon », dit Aubourg subitement calmé.

Il pose le chien en s'adressant aux hommes présents.

« Vous êtes témoins, vous autres, que la bête est à moi, coquin qui se dédit! »

Capitaine, presque étranglé, râle encore et ne se remet que lorsque l'autre capitaine est descendu dans la cabine.

Pendant une semaine, on ne revit pas Aubourg sur le pont. Yvon nourrissait l'espoir que l'ivresse avait fait perdre la mémoire à cet être dégradé, tout en se promettant, s'il retournait à Terre-Neuve, de mieux choisir son capitaine.

Un soir, Aubourg demanda son chien Azor. On ne comprit pas de suite...

« Azor ! cria-t-il, qu'on me l'amène, c'est mon seul ami ! »

Il pleurait presque.

Un homme voulut obéir; mais Azor ou Capitaine, couché auprès d'Yvon, apercevant Aubourg, refusa catégoriquement de bouger, n'ayant pas pardonné, et il le prouva en montrant des crocs déjà respectables. Les matelots ricanaient en regardant l'ivrogne descendre chez lui exaspéré, mais trop lâche pour oser affronter le chien.

Déjà à moitié fou, plus Aubourg buvait, plus il devenait enragé et furieux contre Jossic, dont il jurait de se venger.

Quelques jours s'écoulèrent encore. L'*Aventure* avait été favorisée jusqu'à ce moment par un très beau temps, froid, avec belle brise, pas trop forte.

Aubourg, las de la mer, aspirait au port et aux cabarets de Fécamp... Il fit mettre sur le brick autant de toile que les vergues en pouvaient porter. Tous faisaient des vœux pour que le temps demeurât relativement calme, car à cette allure, si un coup de vent survenait, on serait vite engagé. Mais le second n'avait pas encore l'énergie et la décision nécessaires pour enfermer l'ivrogne et prendre le commandement du brick, dont Aubourg était aussi le propriétaire.

Il faut dire que le matelot qui navigue au commerce est remarquablement insouciant; aussi paye-t-il souvent cette insouciance de sa vie.

Le 1er octobre dans la matinée, la mer devint très dure avec des lames courtes dont les crêtes étaient toutes blanches. Le soleil brillait encore, mais à travers une brume qui s'épaississait à chaque instant; le vent ébranlait la mâture. L'eau et le ciel avaient un aspect sinistre ! Il semblait que les éléments voulussent entrer en lutte avec l'homme ! Ballottées sur l'Océan, est-ce que ces quelques planches résisteront ? La tempête se calmera-t-elle ? Ou bien ce bâtiment disparaîtra-t-il à jamais ? Que faut-il pour sa perte ? Presque rien ! Une fausse manœuvre, un panneau défoncé où les lames se précipiteront, une voile qui n'aura pu être carguée à temps ! et tous ceux que portait ce brick, cette goélette, vont paraître devant Dieu !

Femmes et mères attendront en vain des nouvelles, espérant, priant, pleurant. Des jours, des mois, s'écouleront dans cette horrible attente d'un malheur de plus en plus certain. Un espoir sans raison, fondé sur quelques retours inespérés, rendra ce coup encore plus cruel quand il n'y aura plus à en douter !

Du 2 au 3 octobre, une tempête s'annonçait, le second de l'*Aventure* se décida à faire prendre le second et le troisième ris.

« Avec ce baromètre, pensait-il, si la saute de vent arrivait, comme c'est probable, en quelques minutes nous serions dans une jolie position ! »

Il ordonna anssi d'amener le foc. Cette voile se trouvait engagée, les poulies ne jouant plus. Il fallait qu'un homme montât sur le bastingage et essayât de la dégager.

Jossic s'élança. Au même instant le capitaine Aubourg sortait de sa cabine et criait d'une voix de tonnerre :

« Qui a pris ces ris ? Quel est le damné coquin qui amène le foc sans mes ordres ? c'est toi ? » crie-t-il encore plus fort au second, qui essaye de le raisonner.

Mais Aubourg aperçoit alors le mousse et, pris d'une rage folle, emporté par sa haine contre l'enfant, voyant rouge, il arrache de sa poche un revolver, vise et tire..., c'est l'affaire d'une seconde.

Yvon, à ce qu'il semble, n'a pas été atteint ; mais instinctivement, sans penser à la position instable où il se trouvait placé, il fait un bond et, en poussant un cri, il tombe à la mer. Un homme l'a vu et lui a lancé une bouée ; un autre matelot en a jeté une seconde.

Il vise et tire.

« Qui veut tenter le sauvetage avec moi? » crie le second.

Personne ne répond. Le bâtiment, ayant encore vent arrière, file peut-être dix nœuds.

Et quand il est trop tard, tous les matelots s'écrient qu'ils s'étaient tenus prêts et que, si le mousse a péri, ce n'est pas de leur faute.

La tempête augmente, la mer grossit et, dans leur frayeur, ils oublient celui qu'ils ont abandonné!

Mais ils se vengent sur le capitaine de son crime à lui et de leur lâcheté. On jette le misérable en bas de l'échelle avec force horions et on l'enferme dans sa cabine, après en avoir retiré armes, feu, liqueur. Il y reste sous bonne garde jusqu'au port.

La brute n'a aucun remords et répète :

« Le mousse de malheur est noyé! Bon! Le chien Azor me reste. »

Non, le chien ne lui restait pas. Quand on pensa à le chercher, on ne le trouva nulle part ; un matelot se rappela seulement avoir vu une masse tomber à l'eau en même temps que la seconde bouée.

Pour en finir avec ce misérable, je vous dirai qu'Aubourg une fois sous clef, le second prit le commandement du brick. D'abord à la cape, ensuite avec sa voilure très réduite, l'*Aventure* arriva au port, après que les autres Terre-Neuviens y étaient déjà mouillés depuis quinze jours!

A Fécamp, l'équipage réclama une enquête, tous désiraient que le capitaine rendît compte de sa conduite et fût puni de son crime; et puis il semblait à ceux qui n'avaient pas secouru l'enfant que leur conscience en deviendrait plus tranquille!

Mais Aubourg ne pouvait plus répondre de sa mauvaise action. L'alcoolisme était arrivé à la fureur! Il mourut enfermé dans un hospice de fous, en proie à de terribles accès, où la rage, la peur, le remords se succédaient dans son esprit, et sans reprendre sa raison, même à la dernière heure !

Sa mère voulut assurer une pension à Marie-Anne.

Celle-ci repoussa cette offre; il lui semblait qu'on voulût lui payer le prix du sang de son enfant !

CHAPITRE II

Une lettre du Brésil. — La *Minerve*. — Le sauvetage. — Jean de Lestoures. — Rio-de-Janeiro. — Le départ de Capitaine.

La raison de Marie-Anne ne put d'abord soutenir ce choc. Son malheur lui avait été annoncé sans aucune préparation. Mais en est-il pour ces douleurs? Elle ne pouvait plus ni dormir, ni manger, ni même pleurer.

Dès qu'elle eut repris quelques forces, elle voulut quitter Fécamp, où quelques jours auparavant elle arrivait si joyeuse afin de se trouver à l'arrivée des Terre-Neuviens. Elle revint à Étretat et y vécut de l'existence désolée de ceux qui ont tout perdu en ce monde, priant et pleurant sans cesse. Ses pauvres yeux, usés par les larmes, ne lui permettaient plus ni de lire ni de coudre.

Le bon curé d'Étretat la visitait souvent et lui imposait quelques devoirs, en la menant chez les malades qu'il confiait à ses soins. Rien ne l'intéressait plus, mais elle lui obéissait quand même. Jamais, depuis son malheur, elle ne s'était sentie de force à monter à la petite chapelle de Bon-Secours, bâtie sur l'une des falaises qui dominent le village.

Un matin, qu'on y disait la messe, elle voulut se donner l'amère joie de l'entendre à la place où elle s'agenouillait auprès de son fils. Dès sa première communion, c'était une grande joie pour Yvon de servir la messe à la chapelle; lui et sa mère y venaient encore souvent pour la prière du soir.

La veuve, abîmée dans sa douleur, ne s'aperçoit pas que le prêtre et les assistants sont partis : à un moment, ses yeux se fixent sur le tableau du fond, sur l'autel.

Ce tableau, fort médiocre quant à la peinture, détérioré par l'humidité, m'émeut toujours et malgré tout ! Le mouvement en est vrai, compris, puissant même. Dans une nuée sombre, déchirée par la foudre, la sainte Vierge, tenant son fils dans ses bras, apparaît à des pêcheurs, à des marins qui l'invoquent, accrochés, eux, après la quille d'un navire chaviré.

Marie-Anne, en contemplant la sainte Vierge, est prise d'une palpitation ! Il lui semble que les yeux de la mère du Sauveur se sont abaissés vers les siens, pendant qu'une voix murmure à son oreille : « Espoir !... »

A présent, midi sonne, l'angélus tinte et réveille Marie-Anne.

A-t-elle dormi ou perdu connaissance? Elle l'ignorera toujours. Épuisée, bouleversée, elle descend le sentier de la falaise, et arrive à son logis presque mourante. Lorsque, après un léger repas, ses forces revenues lui permettent de réfléchir et de se rendre compte, elle sent un grand apaisement dans son cœur ! une espérance aussi. Elle n'ose cependant croire à une révélation surnaturelle ! Mais, à partir de ce jour, elle reprend courage, la santé lui revient.

« Marie-Anne se console, pensent ses voisines; son chagrin était trop violent pour durer ! »

Le facteur se trouvait là.

Non, elle ne se consolait pas, mais elle espérait! Jamais personne ne fut mis au courant de cet espoir, excepté son confesseur. « La veuve est une âme d'élite entre toutes », pense-t-il, et sans vouloir l'encourager à croire à une apparition surnaturelle, il dit :

« Notre-Seigneur, qui a voulu naître d'une femme, a ressuscité le fils de la veuve de Naïm. »

Chaque matin, au moment où le facteur passait devant sa porte, Marie-Anne écoutait, anxieuse. Mais, chaque jour, le facteur passait sans s'arrêter.

La veuve ne désespérait pas cependant. Noël arriva. A la sortie de la messe de minuit, pendant laquelle toute son âme s'était fondue en prières pour l'enfant bien-aimé, elle fut réclamée chez une voisine très malade, qu'elle ne put laisser seule une minute, jusqu'à neuf heures du matin.

Alors, mourant presque de faim, Marie-Anne rentra chez elle. Son feu, vite ranimé, et une tasse de café noir la réchauffèrent; mais ses pensées étaient comme engourdies, et, pour la première fois depuis plusieurs semaines, elle ne guetta pas le facteur.

Tout à coup, la porte ouverte activa la flamme du foyer : le facteur se trouvait là, debout devant cette porte!

« Une lettre des pays étrangers, cria-t-il, une lettre du Brésil! »

Il tendit cette lettre à la mère, qui reconnut l'écriture de son fils! Marie-Anne, la tête en feu, fut saisie d'une crainte folle.

Si c'était d'avant! une lettre perdue, égarée, en retard! Jusque-là, elle avait espéré contre toute espérance. A présent, le bonheur trop grand la laisse incrédule! Ses mains tremblent.

« Ouvrez la lettre, s'il vous plaît », dit-elle au facteur. Celui-ci plein de curiosité a attendu, il obéit.

« Quelle date? »

La date est de beaucoup postérieure à celle où son fils

était tombé à la mer : 1er novembre 18.., Rio-de-Janeiro.

« Maintenant, mon ami, dit-elle doucement, laissez-moi, vous saurez ce qu'il en est dans la journée ! »

Elle voulait savourer sa joie sans témoin.

Après un élan de reconnaissance infinie vers Dieu, elle lit :

« Chère mère bien-aimée,

« Nous voici à Rio depuis quelques jours ; le courrier part demain, et je vous écris ce qui s'est passé depuis ma dernière lettre ; elle vous racontait comment j'ai été sauvé et recueilli sur la *Minerve*. Rio a une rade merveilleuse, dont je vous envoie un dessin fait pour vous par le commandant en second. Jamais, mère chérie, vous n'aimerez assez M. de Lestoures. Si vous étiez moins loin, je pourrais dire que je suis le plus heureux des êtres ! Tout le monde est bon, il me semble, autour de moi. Cependant que les matelots se plaignent parfois, les officiers aussi aiment à crier contre leurs chefs. M. de Lestoures dit que c'est un genre, et que cela se passe en famille.

« Je travaille beaucoup pendant les heures fixées par M. de Lestoures, et, mère, je m'imagine parfois qu'il commence à m'aimer. Ce serait trop beau !

« On me garde à bord. Vous le savez, on devait me rapatrier sur un navire de commerce d'ici. Tout était convenu, arrangé, et puis, au dernier moment, le commandant en second apprit que le lieutenant du trois-mâts, sur lequel j'allais m'embarquer, buvait comme Aubourg.

« Et puis, Capitaine restera aussi ; il a sauvé une petite fille, et le commandant le garde ! Non, je suis trop heureux ! Ah ! mère, que je vous remercie de m'avoir appris à aimer le travail ! M. de Lestoures me dit qu'on voit bien que j'ai été bien commencé !

« Mère, vous allez avoir patience, nè vous tuez pas à travailler surtout.

« Écrivez-moi au Cap, simplement : Yvon Jossic, matelot à bord de la frégate-école la *Minerve*. Nous serons à Toulon à la fin de juillet ou au commencement d'août. »

La lettre continuait avec des détails trop longs à transcrire et des souvenirs pour les parents, les amis et force tendresses pour sa mère.

. . . .

Depuis une semaine, la *Minerve*, une belle frégate mixte[1], avait quitté le port de Brest ; elle devait relâcher d'abord à la Martinique, ensuite au Brésil, et, après avoir visité plusieurs pays, le bâtiment reviendrait en France, à Toulon, pour y être désarmé. Mais ce ne serait pas en prenant le plus court chemin, car il devait doubler le cap de Bonne-Espérance.

Cette année, la *Minerve* servait d'école aux aspirants de deuxième classe.

Après deux années passées à l'École navale de Brest, les jeunes élèves subissent leurs examens de sortie et quittent le *Borda* au mois d'août : ils jouissent alors d'un congé de deux mois ; à l'expiration de ce congé, ils s'embarquent pour dix autres mois sur un bâtiment où ils doivent apprendre la vraie navigation, tout en suivant encore des cours qui leur sont faits par des officiers. Ces dix mois écoulés, ils passent un dernier examen et deviennent aspirants de première classe. Ce grade équivaut à celui de sous-lieutenant dans l'armée de terre.

La *Minerve* a donc été désignée ; l'itinéraire des autres campagnes est modifié pour celle-ci. On a joui d'un temps superbe cet automne pendant l'armement et les premiers jours à la mer. Tous, officiers et matelots, sont contents les

1. On appelle mixte un bâtiment de guerre qui peut naviguer soit à la voile soit à la vapeur.

uns des autres, et de tout en général à bord : les élèves paraissent ravis de ce nouvel itinéraire.

On peut comparer à une lune de miel les premiers jours d'un embarquement; seulement, gare à la lune rousse !

C'est un capitaine de vaisseau qui commande la frégate-école. M. Heurtais, blessé au siège de Paris, a eu la plus brillante carrière et le plus rapide avancement, d'ailleurs fort justifié. Il sera très prochainement nommé contre-amiral. Jeune encore, on ne lui connaît aucun chagrin réel. Estimé, aimé de ses chefs et de ses camarades, ayant une belle santé... et cependant il semble toujours porter le poids d'une grande peine ! S'il sourit, ce n'est jamais que du bout des lèvres ! et son air triste arrête les rires et les éclats joyeux chez les jeunes gens qui l'entourent ! Qu'a-t-il donc? On ne l'a jamais su, et probablement jamais on ne l'apprendra. Beaucoup ont tâché de sonder ce mystère, mais sans y parvenir. Mais si le commandant de la *Minerve* n'engendrait pas la gaieté, comme il était intelligent et juste, on s'accoutumait à ses manières, on l'aimait assez, et chacun se montrait satisfait d'entreprendre avec lui cette campagne.

En quittant Brest il y a eu encore quelques belles journées dont on a profité pour arrimer les objets embarqués aux derniers moments. Le baromètre, très haut jusque-là, semble affolé tout d'un coup. Pendant la soirée du 7 octobre, il descend rapidement à 738 millimètres, pour remonter plus rapidement encore. Ceux qui ont navigué ou vécu au bord de la mer connaissent ces signes précurseurs des gros temps et souvent des plus terribles ouragans. Les précautions nécessaires en pareil cas sont prises à bord de la *Minerve* : les canots amarrés à leur place avec plus de soin, les voiles serrées, les mâts calés. Jusque-là, comme on a pu profiter d'une jolie brise de nord-est, les feux n'ont pas été allumés. On se met sous vapeur à petite allure, et l'on attend.

Le 8, au matin, dès l'aube, la saute de vent arrive en

quelques secondes. Le ciel est noir comme de l'encre, qu'un éclair illumine immédiatement suivi d'un coup de tonnerre effroyable. Un vent furieux soulève les vagues. Tout crie à bord, et, malgré les amarres, tout semble prêt à rouler sur tous.

Plusieurs parmi les jeunes gens n'ont encore vu la tempête qu'en rade, et beaucoup sont terrifiés; mais pas un ne laisse voir un instant son impression.

« Lorsque la mer sera faite, et la saute a été si brutale qu'elle ne l'est pas encore, vous verrez, dit un vieux quartier-maître, vous verrez, la *Minerve* dansera comme un petit youyou !

— Tout de même, la vapeur a du bon, reprend un autre; s'il fallait monter dans la mâture ce matin ! »

Les panneaux ont été cloués, sauf un seul. Huit heures piquent. Par instants, un soleil blafard perce à travers des nuées lourdes de grains ! Officiers et matelots de service arrivent avec peine à se tenir à leurs postes; ils attendent, fort calmes, mais fort sérieux, se servant de filières pour marcher sur le pont.

Au moment où l'heure pique, M. de Lestoures monte sur la passerelle pour prendre le quart. C'est le plus ancien lieutenant de vaisseau de la frégate et l'officier de choix du commandant. Celui qu'il relève, en lui passant la longue-vue, lui signale un brick « par tribord à nous », qui court vent arrière, avec beaucoup trop de toile.

« Ils sont fous, ces idiots-là », ajoute-t-il en descendant.

Il a fini son quart de quatre à huit heures, et il va bien vite se sécher. Pendant que M. de Lestoures essaye de regarder le brick signalé, il croit entendre un gémissement prolongé, sinistre, aigu, dominant les mille bruits de la tempête dans les mâts et les bordages de la frégate.

« Voilà le vent qui hurle ! dit un timonier.

— Non, c'est trop humain pour être le vent, ce cri-là. »

Et l'officier de quart descend sur le pont en se tenant

ferme après l'affût d'un canon; il braque sa lorgnettte vers l'endroit d'où le cri semble venir.

« Une épave ! s'écrie-t-il presque aussitôt. Un homme à la mer... deux... » Et le matelot de vigie répète après lui : « Deux hommes sur une bouée par bâbord à nous. »

Le second de la *Minerve* fait prévenir le commandant, qui arrive tout de suite. On lui montre les épaves.

Oui, ce sont des hommes sur une bouée, on les distingue de mieux en mieux ! La *Minerve* va les couper.

« La barre tribord, toute ! » crie le commandant. Puis, anxieux, il hésite... La mer « forcit » à chaque seconde. Mettre un canot à l'eau, en admettant que ce soit possible, n'est-ce pas exposer la vie de plusieurs hommes, sans que l'on soit sûr de sauver ces malheureux ?

A ces heures, la responsabilité d'un commandant est lourde, terrible, et il faut qu'il se décide très vite.

« Au nom de ce que vous avez de plus cher, commandant, donnez-moi l'ordre de faire amener une chaloupe ! Qui vient avec moi, mes enfants ? s'écrie M. de Lestoures.

— Moi, moi... » répondent cent voix d'officiers, d'élèves, de matelots.

Pas une hésitation ! pas une pensée égoïste ! Chacun est prêt à suivre celui qui fait appel à leur dévouement.

« Je vous en supplie, commandant ! répète l'officier.

— Allez, dit enfin M. Heurtais, et que Dieu daigne vous protéger !... »

Sa figure est décomposée ! Quel regret, quel remords d'avoir cédé s'ils périssent !

« Machine en arrière, et en douceur ! » commande-t-il.

M. de Lestoures a donné l'ordre d'armer, de hisser sur des palans et de descendre une chaloupe, dans laquelle il saute avec huit hommes, qu'il a choisis parce qu'il les connaît. Tout cela, malgré la hâte et l'émotion, a été exécuté avec un calme et un ordre admirables. Un premier succès ! La barque est mise à l'eau sans avaries ! Tout l'équipage suit les péripéties de ce drame, et avec quelle anxiété ! chacun s'accrochant à ce qui peut le soutenir. Le bâtiment roule de plus en plus, ne marchant que très lentement; mais on ne peut s'exposer en stoppant à arriver en travers à la lame. Dieu ! un monstrueux paquet d'eau vient, il semble, de s'abattre dans la chaloupe ! elle est chavirée ! Non, la voilà sur la crête des vagues, et bientôt sur l'épave.

« Hourra ! les deux naufragés sont saisis, on les distingue parfaitement ! Le soleil brille un instant, il éclaire les sauveteurs ! Mais ne vont-ils pas se briser ? On les voit qui nagent vers nous ! Comment feront-ils pour aborder ? Un grain arrive ! il crèvera sur la frégate dans une minute ! »

Cependant l'embarcation s'approche.

« Des cordes en main ! crie le commandant. Dix cordes bien fixées à bord avec un nœud coulant au bout; que chacun jette le bout vers les hommes jusqu'à ce qu'il soit saisi, et alors, hissez ! Du calme, surtout; pensez que la vie de vos camarades dépend de votre adresse et de votre sang-froid ! »

La chaloupe est assez près pour qu'on lui lance d'abord une amarre. Quelle émotion ! On ne respire plus sur le pont. Enfin ! la corde a été saisie, et l'on a compris.

Après quelques minutes, l'un après l'autre, neuf hommes et un énorme chien sont hissés et déposés sur le pont. M. de Lestoures est le dernier. Sauveteurs et sauvés sont là, plus ou moins exténués, avec des contusions, mais en vie ! Hourra ! vivat ! il était temps !... à la même minute la chaloupe se brisait en mille pièces sur les flancs de la frégate.

Le commandant ordonne de mettre à la cape. Des paquets d'eau balayent le pont. Ceux qui ont couru ce grand danger sont en bas, soignés, réchauffés ! On félicite tous ces braves gens. Le commandant leur serre les mains ! Jamais on ne le vit aussi joyeux, aussi ému.

« Il riait, je vous le jure, il riait positivement, disait le lendemain un vieux maître qui le connaissait de longue date; vous ne me croyez pas, mais c'est la vraie vérité. Il riait presque aux éclats. »

Et les sauvés? On a porté l'un d'eux à l'hôpital, et non sans peine; ce n'est pas une chose facile de marcher au travers de la batterie, où une foule d'objets insolites ont pris sans permission la liberté de rouler. Enfin, l'homme a été posé sur un lit; c'est presque un enfant!. Quant au chien, des aspirants l'ont aussi transporté dans leur poste, convaincus que, s'il n'est pas mort, il n'en vaut guère mieux.

L'enfant demeure inerte, ses lèvres sont bleues et ses dents serrées. Cependant il vit, un des docteurs de la *Minerve* le fait rouler dans une couverture de laine; ensuite on lui donne les soins nécessaires, et, à midi, le médecin déclare qu'il est sauvé. « Il a tout de même avalé une belle quantité d'eau, ajoute-t-il, et deux minutes plus tard!... Vraiment, il doit une fière chandelle à Lestoures! »

Tout l'équipage se montre content, malgré l'ouragan, que la *Minerve* étale bravement! Les plus vieux matelots affirment qu'il n'y a pas un bâtiment pareil pour tenir la cape. Aucune blessure n'est constatée chez les sauveteurs Les jeunes aspirants, très excités, causent bruyamment de ce qui les a si fort émus. Ils admirent M. de Lestoures et regrettent de n'avoir pas été au danger, eux aussi! Ça se retrouvera! Et puis, la note gaie, c'est le sauvetage du chien.

« Quand cette ruisselante masse noire était en l'air, hissée, se débattant, dit l'un, j'ai cru voir un ours! »

Lecteurs, vous avez bien vite deviné que les deux naufragés étaient Capitaine et Yvon Jossic.

Après deux jours, le 11 octobre, le vent devient maniable; on peut respirer, aller et venir sur le pont, déclouer les panneaux et les hublots, sécher tout ce qui avait été aspergé par l'eau de mer, et enfin faire du chemin.

Quant à Capitaine une fois déposé dans un coin du poste des aspirants, sous une vieille couverture de voyage, on ne s'en occupa plus; mais le chien fit un long somme qui le

Un énorme canon est hissé.

réconforta, il se réveilla presque sec, il s'aperçut alors qu'il était blessé; comment? il ne put jamais le dire. D'ailleurs il n'a jamais aimé à se plaindre ni à parler de lui!

« Hourra! » crient les matelots.

Ils dînent dans la batterie, et voient l'animal courir, affolé, sentant, cherchant à s'orienter. « Voilà le chien sauvé tout aussi bien que le petit! Mais que veut-il donc?

— Parbleu, c'est son maître qu'il demande! » dit un gabier en lui ouvrant la porte de l'infirmerie.

L'animal se précipite aussitôt vers le lit d'Yvon, en poussant des cris de plaisir, presque des cris humains! Il frotte sa bonne grosse tête contre les mains de l'enfant, et Yvon, lui, pleure de joie! Il n'avait pas encore osé demander Capitaine! C'est Capitaine qui l'a sauvé pourtant, en avertissant par ses hurlements!

« Quand je me jetai à la mer, afin d'éviter la balle d'Aubourg, raconta-t-il et en terminant son récit, je me sentis couler dans les lames, et puis remonter au-dessus; et j'aperçus presque aussitôt deux bouées qu'on me lançait! J'en saisis une, à laquelle je m'attachai tant bien que mal; presque en même temps, voilà Capitaine accroché après l'autre! Cela me rend tout mon courage! Je tâche de nager vers l'*Aventure*, mais elle file! Je vois la distance augmenter entre nous! Ils m'abandonnent, je suis perdu... Que Dieu ait pitié de moi! Et maman?... Alors, je me rappelle bien que j'ai prié la sainte Vierge. Ensuite, je ne me souviens plus de rien, si ce n'est d'un long cri très aigu dominant le bruit de la tempête. »

C'était trois jours après, en présence de l'aumônier du bord, l'abbé Rostan, de M. de Lestoures et de quelques hommes malades ou de service, qu'Yvon racontait son histoire; il venait de se lever, le médecin l'ayant permis. Capitaine restait couché tout près, le museau entre les pattes, dont l'une se trouvait bandée, serrée entre deux éclisses de bois. On soignait aussi l'animal, car il avait une plaie très profonde. A la visite du matin, dès que le médecin arrivait à l'infirmerie, le chien, à son tour, lui présentait sa patte ! Une fois pansé, il donnait un grand coup de langue sur la main du docteur, que cela amusait prodigieusement.

Yvon, amené aux deux commandants, se montra fort intimidé d'abord; mais M. de Lestoures l'encourageant, il sut remercier et dire au juste ce qu'il fallait, il était vêtu en matelot; et ses habits d'emprunt lui allaient très bien. Le soir, en dînant, le commandant Heurtais fit observer qu'il avait rarement vu une physionomie plus ouverte et plus sympathique que celle de ce garçon ! C'était bien l'avis de M. de Lestoures ! Avec celui-ci Yvon, moins embarrassé, savait témoigner sa reconnaissance ! Il parlait de sa mère, d'Étretat, et aussi de son goût pour l'étude. L'officier se montrait de plus en plus intéressé, très étonné souvent de ce qu'il découvrait de sentiments élevés chez ce fils de pêcheur !

Yvon devint bientôt très populaire à bord, le chien encore davantage ! Tous deux produisaient une grande diversion dans la monotonie de la vie à la mer ; mais M. de Lestoures ne voulut pas que l'enfant, auquel il s'attachait de plus en plus, devînt une sorte de jouet pour les jeunes gens et les matelots ! Il demanda et obtint qu'Yvon fût attaché à son service, et il régla ses occupations. Beaucoup de devoirs lui furent donnés à faire sur les mathématiques élémentaires et l'histoire de France ; chaque jour aussi, le maître d'équipage, un excellent homme, enseignait à Yvon la pratique et la théorie des choses du bord.

La frégate-école ne relâcha pas à la Martinique, où venait d'éclater une assez grave épidémie ; seulement, on y laissa le courrier, et en compensation, on fit route pour la Havane ; là aucun bâtiment de commerce français ne se trouvait en partance sur lequel on pût rapatrier l'enfant.

Yvon était ravi de ce délai, qui lui permettait de rester à bord jusqu'à Rio. Il avait écrit une longue lettre à sa mère, qui à ce qu'il croyait devait être maintenant hors d'inquiétude, mais cette lettre fut perdue.

Dès cette époque Yvon voua une espèce de culte à son sauveur, et jamais officier ne se montra plus digne d'affection et de respect que Jean de Lestoures ! Je vous dirai aussi que notre héros sut gagner le cœur de l'officier, qui était peut-être trop tendre pour un cœur de marin.

Jean (nous l'appellerons souvent ainsi à l'avenir et pour abréger) fut exclusivement élevé par une femme des plus distinguées, sa mère. Celle-ci était restée veuve fort jeune, son mari, officier d'état-major, ayant été tué à Magenta. De plusieurs enfants, Jean, l'aîné, et une fille de quatorze ans, plus jeune, survivaient seuls lorsqu'ils eurent le malheur de perdre leur père. Dès lors, Mme de Lestoures se consacra à ses enfants, et ceux-ci ne lui donnèrent que des joies. Son fils entré dans la marine ne connaissait rien de comparable aux fêtes du retour et aux congés passés en Bretagne, entre sa mère et sa sœur, considérant un peu celle-ci comme sa fille ; mais il adorait la mer et son dur métier.

Pendant les premières années de sa vie de marin, on l'estimait plus qu'on ne l'aimait. L'expérience et sa bonté naturelle lui apprirent par la suite à être très indulgent et à ne prêcher que d'exemple. Toujours égal, toujours disposé à aider ceux qui réclamaient un service, ne refusant jamais aucune corvée, prêt aussi à soutenir ses inférieurs quand ils méritaient sa protection ; il les soignait, les visitait. Au moment où nous le rencontrons, embarqué sur la *Minerve*, Jean est lieutenant de vaisseau déjà ancien de grade ; peu d'officiers sont aussi appréciés, estimés de leurs chefs et de leurs égaux, et moins discutés par les jeunes. Quant aux matelots, il existait entre eux et M. de Lestoures une véritable affection, qui n'allait cependant jamais jusqu'à la familiarité de la part des derniers.

A la Havane, Jean ne laissa son protégé descendre à terre qu'avec lui. Ensuite, les leçons continuèrent ; l'enfant en profitait d'une manière qui étonnait son protecteur. Un jour qu'il en causait avec l'aumônier : « Je n'ai, disait Jean, presque jamais été mis en rapport avec une intelligence aussi ouverte et aussi souple, aidée d'une mémoire pareille : Jossic n'oublie rien de ce qu'il a une fois appris.

— Oui, répondait l'abbé Rostan, et puis il a une nature si honnête ; à cet âge, on ne sait pas être hypocrite, et l'on ne joue pas longtemps un rôle. C'est pitié qu'Yvon soit destiné à s'embarquer plus tard comme matelot ! Toutes ses qualités ne lui serviront pas et pourront le faire souffrir au contraire. Voyez, il a déjà pris quelque chose de vos manières.

— J'espère, dit Jean, que je ne lui rends pas un mauvais service en m'en occupant, et qu'il ne sera pas malheureux. Mais vous avez raison, monsieur l'abbé, et si cet enfant n'était âgé que de quatorze ans au lieu de seize qu'il aura bientôt, on pourrait peut-être, avec quelques sacrifices, le faire entrer à l'École navale...

— Ah ! dit l'abbé, et je sais bien alors qui eût fait les sacrifices d'argent. »

Il se mit à rire, et Jean rit aussi, sans répondre.

M. de Lestoures ne s'en targuait pas, mais il passait sa vie à se priver lui-même et à faire des saignées à une bourse toujours assez légère. Mme de Lestoures n'était pas riche, et ce qui lui revenait de l'héritage paternel, son fils avait déclaré qu'il le réservait pour augmenter la dot de sa petite sœur Brigitte. Cependant aucune autre carrière, l'abbé et l'officier en convenaient, aucune ne s'ouvrait pour Yvon, où il ne courrait le risque de devenir un déclassé qui rougirait de sa pauvreté, de sa mère peut-être ! Saint-Cyr et l'École polytechnique ? il faut trop de temps pour gagner seulement sa vie. La raison ordonnait de laisser aller les choses sans intervenir ; mais c'était dommage.

A Rio, enfin, le commandant Heurtais sut qu'un grand trois-mâts de commerce se trouvait justement à la veille de faire route pour Bordeaux. Le consul de France, avisé, fit les démarches nécessaires pour y embarquer Capitaine et Yvon Jossic. Celui-ci, le cœur très gros, s'apprêtait à quitter le lendemain la *Minerve* et son protecteur, lorsque M. de Lestoures apprit de manière à n'en plus pouvoir douter, que le second de ce trois-mâts était un homme connu à Rio par son immoralité. Voilà Jean dans un grand émoi.

Le soir même, il dînait chez le commandant Heurtais, et, choisissant son temps, il parla de son ennui. Le commandant lui répondit sans hésiter : « Eh bien, gardons cet enfant ; je comprends aussi que ce départ contrarie M. l'abbé ! Nous allons donc, avec l'aide du commissaire, l'embarquer régulièrement. Il figurera sur le rôle de l'équipage de la *Minerve* comme domestique du carré des aspirants ; mais il n'en fera pas le service. Cela vous va-t-il ainsi ? »

L'aumônier et Jean remercièrent tous deux très chaleureusement. Quant à Yvon, cette nouvelle le transporta de joie... Mais le commandant ne voulait pas embarquer Capitaine ! et le commandant en second détestait les chiens ! Le terre-neuve s'en doutait certainement, et, à son âge, vous savez, on n'est pas encore très maître de ses impressions ! Deux ou trois fois, jouant avec les aspirants, excité par eux, il avait bousculé les officiers supérieurs ; un jour il coupa la route au second et le fit tomber en voulant descendre à l'échelle avant lui. Enfin, son renvoi fut décidé. Un soir, Jean apprit à Yvon que l'animal était vendu. Pauvre Capitaine ! M. de Lestoures se montrait presque aussi triste que son protégé. L'acquéreur devait venir à bord prendre le chien, dont il offrait deux cents francs.

« Comment Yvon ne serait-il pas content ? fit observer le commandant ; deux cents francs, c'est une somme pour un garçon de cette classe, et il aura besoin d'argent à son retour. Capitaine mange plus de pain qu'un homme, qu'en ferait-on à Étretat ? » Tout cela paraissait bien raisonnable, mais aussi très fâcheux, comme quantité de choses raisonnables.

Le pauvre Yvon, désolé, appréciait quand même la bonté

du commandant et le bonheur de rester avec M. de Lestoures. Le jour suivant, tout étant conclu, l'enfant devait dire adieu à son chien, que de baisers il donna à Capitaine derrière le gros canon de l'avant, là où l'on ne pouvait les voir ! Il sanglotait, et sa figure était bouleversée, quand il descendit, appelé dans la chambre de Jean.

« Écoute, lui dit celui-ci, tu vas venir avec moi à terre, nous nous promènerons ; j'ai pas mal de courses, d'emplettes à faire, tu me seras utile, et puis, sais-tu ? j'ai peur que tu ne fasses une sottise en voyant partir ton chien. Allons, mon enfant, il faut savoir être homme et obéir sans murmurer ! » Yvon fut très touché de cette proposition. Après une dernière étreinte à Capitaine, la baleinière étant parée, M. de Lestoures, son protégé et d'autres personnes partirent pour Rio.

CHAPITRE III

Capitaine se couvre de gloire. — Dans la mer Rouge.
La montre de M. de Lestoures. — A Étretat.

Le chien, aujourd'hui, se douterait-il de quelque chose ? Il veut se jeter à l'eau et rejoindre l'embarcation, Yvon le gronde et le renvoie. Capitaine retourne tristement et monte sur le pont, où il reste à surveiller la rade d'un air soucieux, ne consentant ni à jouer ni à descendre avec les hommes pour le dîner de midi.

« L'Anglais qui l'a acheté aura peine à l'apprivoiser, dit un matelot, et aussi à le garder ! Quelle idée de vendre cette bête qui amusait l'équipage ? Tous les hommes sont tristes et fâchés de voir le chien s'en aller ! »

M. de Lestoures et son protégé passent donc la journée à Rio et reviennent assez tard dans la soirée à bord de la frégate. En montant sur le pont, Yvon va tout de suite retrouver les matelots, il désire savoir comment le pauvre chien a pris la chose. A l'avant règne une grande excitation; tous, dès qu'ils l'aperçoivent, parlent, crient en même temps.

« Capitaine restera, si tu veux. Le commandant a dit qu'il ne voulait plus le vendre à l'Anglais! Il a sauvé la petite-fille d'un consul!

— Il mérite aussi la médaille, pour sûr », reprend un quartier-maître, médaillé lui-même après un sauvetage.

A ce moment, le terre-neuve, qui a dîné chez le commandant, arrive en scène et se jette sur son maître avec des cris, des gambades, des coups de langue, et au même instant un timonnier prévient Yvon qu'on l'attend au carré des officiers avec Capitaine. Là on conte à notre ami ce qui s'est passé.

Ce consul d'Angleterre et sa famille avaient été invités ce même matin à déjeuner chez le commandant Heurtais; l'embarcation qui les conduisait ayant trop d'aire en accostant à l'échelle de tribord, un choc violent se produisit. Une petite fille de huit ans se trouvait assise sur le platbord de cette embarcation. Au moment du choc, l'enfant renversée tomba à l'eau. Plusieurs hommes s'y jetèrent presque tout de suite, ainsi que le père de l'enfant. Il faisait chaud et la mer était calme. On ne fut pas trop inquiet au premier moment. On se disait : « Quand l'enfant remontera, on le saisira... » Mais, au bout de quelques minutes, le père, les hommes, nageant, plongeant autour de la place où la petite fille avait disparu, ne rencontraient rien. La mère poussait des cris de désespoir! Deux aspirants aussi plongèrent plus loin... contre la quille! On craignait que la pauvre petite n'eût été entraînée sous cette quille, alors elle périrait avant qu'on pût lui porter secours. Le commandant donna l'ordre de revêtir un homme d'un scaphandre, mais quel temps cela prendrait? L'émotion était à son comble, lorsqu'un matelot de garde à la coupée de bâbord, là où l'on ne songeait pas à chercher, s'écria :

 Capitaine restait fort digne.

« Capitaine tient la petite ! » Et, en effet, tout près de l'échelle de bâbord, on aperçut le terre-neuve nageant avec vigueur, ramenant celle qu'on croyait déjà perdue, la tête hors de l'eau : il la tenait par sa robe, qu'il avait happée tout près du cou. On saisit l'enfant, elle respirait et était complètement remise après une heure de soins et de frictions.

La petite fille alors raconta que lorsqu'elle était tombée, il lui parut qu'elle se cognait très fort. Elle essayait vainement de remonter, de respirer; tout à coup sa robe avait cédé, et elle s'était sentie tirer en haut, saisie par derrière. Elle respirait de nouveau, et une grosse bête l'emmenait. Voilà tout ce qu'elle se rappelait. Mais cela suffisait pour assurer la gloire de Capitaine, et pour faire comprendre qu'à lui tout seul il imagina, voyant qu'il s'agissait de quelque chose de sa compétence, de regarder et de plonger du côté de l'hélice. Capitaine surveillait la rade depuis le matin et avait dû se jeter à l'eau avant les autres sauveteurs. Tous à bord l'ont caressé, fêté. Lui restait fort digne, répondant toutefois aux politesses qu'on lui faisait et mangeant gravement les morceaux de sucre que la petite fille lui donnait. Il semblait dire : « Voilà bien des affaires pour une chose fort simple ! »

Le père s'est informé et a demandé à qui appartient cet intelligent animal sauveteur de sa petite Ellen, et ce qu'il pourrait offrir au maître du chien pour lui témoigner sa gratitude. Apprenant que le terre-neuve était la propriété d'un homme du bord et au moment d'être vendu, le consul en offrit cinquante livres sterling. « Et voilà où l'on en est », dit l'officier qui raconte les faits à Yvon.

A ce moment, Yvon est appelé chez le commandant, qui lui transmet cette offre. Le consul ajoute qu'il serait heureux de faire quelque chose de plus que d'acheter le chien. Quand notre ami a bien compris, très ému, très rouge, mais sans hésiter :

« Si monsieur le consul, dit-il, voulait intercéder auprès du commandant pour qu'il me permette de garder Capitaine à bord ? Je m'engage pour lui ; il serait si sage !

— Mais songe donc, répond le commandant, plus touché qu'il ne le laisse voir, cinquante livres sterling que monsieur le consul t'offre, c'est 1250 francs, une grosse somme pour toi ! Et ta mère, penses-tu qu'elle approuvera ton refus ? »

Yvon réfléchit un moment et répond :

« Oui, commandant, j'en suis sûr ; maman ne voudrait pas non plus le vendre. Sans lui, M. de Lestoures ne m'eût pas entendu et sauvé. Mon pauvre chien ! Si je ne puis le garder, permettez-moi, commandant, de le donner pour rien à monsieur le consul. »

Tous les assistants sont émus. Yvon obtient la permission de garder son chien. Le commandant lui sourit et le consul lui serre la main. Capitaine restera sur la *Minerve*..

« Vive Capitaine ! » crient les hommes en voyant passer l'enfant qui l'emmène avec lui, l'air radieux.

Yvon, lorsque le calme est rétabli, explique à son chien à qui il doit d'être resté, et qu'il ne s'agit plus de bousculer les officiers supérieurs, mais, au contraire, de leur témoigner sa reconnaissance.

Et par la suite, pendant le reste de la campagne, chaque fois que le commandant Heurtais se promène seul sur le pont ou sur la dunette, pendant des heures entières, sans parler, livré il semble aux plus sombres pensées, Capitaine le suit des yeux, guettant l'occasion d'être utile, s'approchant quand il juge le moment opportun. Si un objet tombe, gant ou mouchoir, il le ramasse ; lorsque ses prévenances sont mal reçues, il s'en va ; au contraire, lorsqu'elles semblent un peu encouragées, il continue, risque une caresse, force les mains croisées derrière le dos à s'appuyer sur sa tête. Le commandant regarde-t-il au large, Capitaine regarde aussi avec un air d'attention et d'intérêt. Enfin, il a du tact et du cœur. Au bout de quelque temps, celui qui est l'objet de ces affectueuses flatteries en paraît amusé. Ils font ensemble, l'officier et le chien, solitaires, isolés au milieu des bruits du bord, bien des heures de cette promenade monotone, qui les attache l'un à l'autre. Au carré, à l'avant,

Capitaine est un jeune animal drôle, amusant, plein de vie et d'ardeur toujours prêt à apprendre, à répéter un tour. Il se montre tout autre à l'arrière ; là, il demeure sérieux, poli, caressant mais digne, et jamais trop familier avec le commandant.

Ce dernier, dans la suite, parlant de son passé, des mécomptes de l'existence, des amitiés perdues ou brisées, ajoutait :

« J'ai rarement été tout à fait compris, sinon par une personne, et cette personne avait quatre pattes !

C'était un énorme terre-neuve tout noir, ayant seulement une étoile blanche sur la tête. Il appartenait, en 1876, à un matelot de la *Minerve*. »

... Ce récit s'allongerait outre mesure, si nous voulions suivre la *Minerve* dans tous les pays qu'elle visite. Yvon profite de ces voyages et s'intéresse à tout ce qu'il voit. L'abbé Rostan et Jean s'occupent toujours de notre ami, presque un jeune homme à présent. Il s'est beaucoup développé et sera d'une taille élevée, très sûrement ; bien bâti, élancé, avec une figure intelligente ; tout en lui respire la santé et la bonne humeur. Il a de beaux yeux bleus, bien ouverts, les cheveux, les cils, les sourcils bruns, le nez un peu long, la bouche un peu grande, les joues maigres, les dents superbes. Au contact de ceux qui le protègent, il prend de leur air, de leurs manières. « Il singe M. de Lestoures », disent les envieux, et qui n'a pas d'envieux ? Mais, suivant les conseils de Jean, Yvon s'étudie à ne jamais froisser ceux qui pourraient le jalouser, à ne jamais se vanter des faveurs qu'il reçoit, surtout à peu parler.

Et puis, Capitaine lui fait des amis. Le chien offre une si grande distraction à l'équipage ! On lui apprend cent tours, et l'animal les retient, toujours prêt à étudier, à amuser les jeunes gens. Son caractère rappelle celui de son maître. A présent, il a acquis tout son développement, et c'est un des plus grands terre-neuve qu'on ait jamais vus.

Nous retrouvons la frégate-école au mois de mai et dans la mer Rouge. Il fait horriblement chaud. Pauvre Capitaine ! S'il ne se plaint jamais, on peut aisément voir qu'il est accablé. Songez ! il porte un vêtement d'hiver qu'il doit toujours garder. Depuis trois jours, il ne joue plus, ni personne à bord. Ce ne sont qu'ondées d'un sable très fin, poussière impalpable qu'un vent du désert, chaud, étouffant, amène sur la mer Rouge et qui couvre tout à bord. C'est terrible ! Presque tous les hommes sont Bretons. Ils soupirent après la pluie de leur pays et le crachin de Brest.

Ils ne pensent même pas que si leur souffrance est vive elle sera de peu de durée. Les matelots sentent comme les enfants, tout au moment présent.

Des aspersions d'eau, faites avec les pompes du bâtiment, procurent un certain soulagement. On en use constamment, mais l'eau est tiède. Capitaine accourt aussitôt qu'on arrose; si vous le voyiez couché auprès d'une manche à air, vous le plaindriez en apercevant sa pauvre langue pendante, et ses énormes pattes écartées.

Enfin, voilà Suez. Bonté divine! les hommes de la Santé. Allons-nous être condamnés à une quarantaine? Il y a des malades à l'infirmerie, va-t-on dire que leur maladie est suspecte? Non, Dieu soit loué! La frégate a patente libre; nous voilà dans le canal, que nous ne traversons pas sans peine. Un gros vapeur anglais échoué au milieu en rend la navigation difficile. Ismaïlia! Port-Saïd! Sauvés! demain nous n'aurons plus si grand chaud!

En effet, à Smyrne, où la *Minerve* séjourne deux semaines, la chaleur reste des plus supportables. Smyrne est, parmi les villes de la Méditerranée, une de celles que préfèrent les officiers français.

On mouille ensuite à Malte, où l'on retrouve tous les souvenirs vivants encore des moines chevaliers arrivés là après que Rhodes, qu'ils avaient si vaillamment défendue, eût été prise par les Turcs.

Enfin la dernière relâche de la *Minerve* est Alger, la ville française et mauresque, demeurée si curieuse malgré ce que nous avons tenté pour la défigurer.

Après Rio, Constantinople et Naples, Alger offre le plus merveilleux amphithéâtre, lorsqu'on entre dans sa rade par un beau soleil. Yvon en parcourt les vieux quartiers comme les nouveaux, ainsi que les environs. Tout l'intéresse, tout le rend heureux. Le monde, la vie lui paraissent si beaux, tous les hommes excellents : c'est qu'il est jeune et enthousiaste.

Très peu de jours avant le départ de la *Minerve* pour Toulon, notre héros eut la preuve que tous les hommes ne sont pas aussi parfaits qu'il se l'imaginait, et Capitaine acquit un grand renom. Lisons par-dessus l'épaule d'Yvon pendant qu'il écrit à sa mère.

« Je veux vous conter bien vite, mère chérie, une grande aventure qui m'est arrivée. Rassurez-vous, je n'ai pas été malade, et tout a fini heureusement. J'espère que vous allez aussi bien que moi. Vos dernières lettres me sont parvenues : l'une à Aden, l'autre ici ; et je suis bien fâché que vous m'ayez envoyé de l'argent deux fois, sûrement vous vous serez privée, mais je vous le rapporterai intact avec quelques petites sommes que j'ai gagnées en mettant au net des cahiers de botanique pour le docteur. M. de Lestoures veut bien me garder cet argent. Comme vous aimerez M. de Lestoures quand vous le connaîtrez ! Et que je l'aime, moi; mais pas tant que vous, ma mère !

» Pour commencer, il faut que vous sachiez que deux fois, depuis le Cap, il avait manqué de l'argent dans la caisse du commissaire (c'est l'officier chargé de la comptabilité du bateau) ; il était sûr, pourtant, d'avoir toujours la clef de son tiroir sur lui. Une fois, un billet de 100 francs disparut, un autre jour, 180 francs en or. Où trouver le voleur ? Tant de gens vont et viennent au travers du carré, qui est la salle à manger et le salon des officiers. La chambre du commissaire ouvre sur ce carré, comme plusieurs des chambres de ces messieurs ; chacun fit une espèce d'enquête avec le capitaine de frégate commandant en second de la *Minerve*, mais sans résultat. Le commissaire changea sa serrure et y mit un secret. Les vols cessèrent pendant quelque temps. Et puis, il y a trois jours, ce fut le tour de la montre de M. de Lestoures. Celui-ci était sûr de l'avoir vue à sa place ordinaire, sur sa commode, au moment où il fut appelé chez le commandant, et, quand il revint, plus de montre... Jugez de la contrariété de ces messieurs, de la mienne aussi.

» Le surlendemain, M. de Lestoures m'emmène dans sa chambre, et, après avoir fermé la porte, il me dit à brûle-pourpoint, en me regardant bien en face : « Yvon, mon enfant, on t'accuse de ces détournements; mais je te jure que, moi, je te crois innocent. Réfléchis, ne te trouble pas et tâchons de prouver que tu n'es pas coupable. Encore une fois, ni M. l'abbé, ni moi, ne t'accusons... »

» Réellement, mère, j'ai cru que j'allais tomber comme assommé. Mais mon protecteur me regardait avec une telle bonté... Alors, reprenant courage, j'ai crié : « — Qui m'accuse? Comment m'accuse-t-on plutôt que d'autres? — Je vais te l'expliquer, répondit M. de Lestoures : il faut que tu saches en premier lieu que, depuis une semaine environ, je me rendais compte de certaines choses. On parlait avec animation dans la batterie, à l'avant..., et, quand on m'apercevait, on se taisait subitement. Cela m'intriguait; désirant en avoir le cœur net, j'interrogai un des maîtres, celui-ci ne voulait pas répondre, il hésitait, balbutiait. Enfin, il m'a avoué que les matelots répétaient tout bas, entre eux, que bien sûr tu savais ce qu'était devenu l'argent du commissaire, qu'on te voyait souvent rôder par là, près de sa chambre. Et le maître ajouta que ces rumeurs allaient grandissant. J'eus, continua M. de Lestoure, grand'peine à découvrir, à force de persévérance et d'adresse, que Fournier, le maître d'hôtel du commandant, avait le premier énoncé quelques doutes au sujet de ton honnêteté. Et parce que chacun craignait d'être accusé parmi les matelots employés au carré, tous désiraient trouver un coupable.

» M. de Lestoures me dit ensuite avoir interrogea Fournier d'un air indifférent :

» — Vous pensez donc être à peu près sur la piste de celui qui a commis ces vols, lui dit-il, et, selon vous, ce serait Jossic ?

» — Moi, s'écria Fournier, non, certes, ni sur lui ni sur aucun autre, je n'ai aucun soupçon.

» Il ne sortit pas de là, niant avec serment être l'auteur de ces bruits.

» — Et, continua mon protecteur, il mentait, j'en ai eu la preuve; mais, ce matin, ces rumeurs avaient fait leur chemin jusqu'au carré. Donc, je te les répète. As-tu, toi, la moindre donnée au sujet du voleur?

» — Oui, capitaine, répondis-je sans hésiter; si Fournier m'a accusé, c'est qu'il est le coupable. Je ne songeais pas à lui certainement. Mais, depuis une minute...

» — Bravo! dit M. de Lestoures, j'ai eu la même pensée. Mais comment prouver? comment arriver à convaincre le coquin, si c'est lui, en effet, qui a volé l'argent et ma montre; celle-ci était là, dans sa boîte, quand j'ai quitté ma chambre, et, un quart d'heure après, elle avait disparu!

» Et en parlant ainsi, M. de Lestoures ouvrait et fermait son porte-montre. Il faut que je vous dise que mon gros chien nous avait suivis et que voyant M. de Lestoures faire sauter cet objet, l'animal crut qu'on voulait jouer et se mît à flairer.

» — Une idée, m'écriai-je, une idée qui me vient! Vous savez, capitaine, que le chien joue très bien à cache-tampon avec les matelots et retrouve des objets cachés là où il ne les avait jamais vus encore. Si nous essayions?

» — J'y consens, répondit M. de Lestoures; mais nous n'avons guère de chances de réussir. Le bateau est bien grand! Pourtant, si Fournier l'a dérobée, il n'a pu se défaire de ma montre encore, puisqu'il n'est pas allé à terre depuis qu'elle a disparu. »

» La boîte en bois de camphre répand une assez forte odeur, je la prends et la mets sous le nez de Capitaine en disant:

» — Cherche, cherche la montre, trouve-la!

» Le chien renifle, me regarde, remue la queue et, sans hésiter, il s'en va gratter le tiroir du secrétaire, comme pour l'ouvrir avec ses griffes. M. de Lestoures commençait à devenir sérieux, car ce tiroir renfermait une grosse breloque

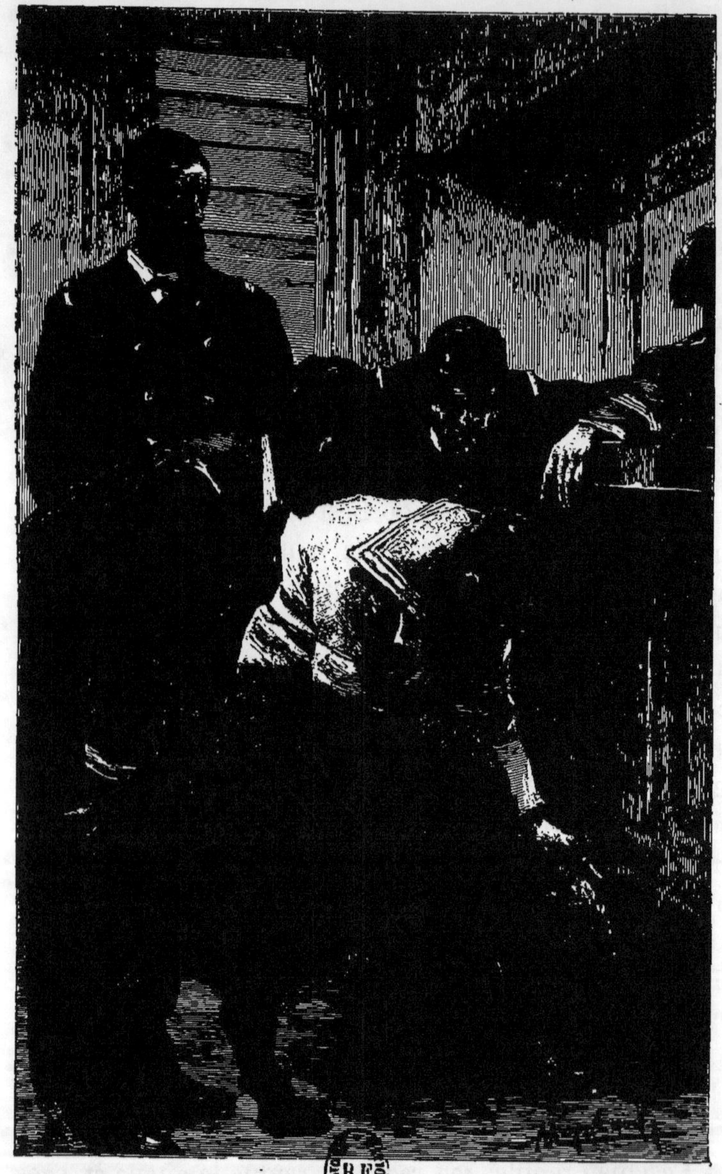

Capitaine s'arrête.

ordinairement attachée à la montre et dont l'anneau s'était brisé.

» — Attends, dit-il, reste là sans bouger et garde le chien, ne parle à personne, surtout !

» M. de Lestoures n'est revenu qu'au bout d'une demi-heure, accompagné du commissaire et de deux officiers.

» — J'ai tout conté au commandant en second, me dit mon protecteur, et lui ai demandé l'autorisation d'agir à notre gré ; il me l'a donnée, à condition que nous nous hâterions ; il nous accorde une demi-heure, pendant laquelle Fournier sera employé au magasin général. Et, a-t-il ajouté, si vous avez quelque certitude de trouver ce que vous cherchez dans le sac du maître d'hôtel ou dans son tiroir particulier, ne les ouvrez que devant témoins. Dépêchons, à présent !

» Capitaine est aussitôt conduit par moi au sac de Fournier dans la batterie ; mais il n'y sent rien sûrement et reste tranquille. Alors je le mène à l'office du commandant, tenant toujours la boîte de la montre et répétant :

» — Cherche, cherche, où est la montre ?

» Si vous aviez vu la physionomie de mon chien, il comprenait certainement à quel point tout cela était sérieux. Dans l'office, après avoir beaucoup flairé, fouillé, gratté, il s'arrête, et le voilà contre le buffet à l'argenterie, dont il ébranle furieusement le pied. Ce buffet se trouve amarré après la muraille du bateau, les pieds qui le supportent sont assez élevés. Capitaine en veut à celui de derrière, ce semble, du côté du plein, auquel ni sa grosse patte, ni sa gueule ne peuvent atteindre.

» — Hourra ! nous brûlons, pour sûr, crie un aspirant qui est à la porte avec les autres, à nous regarder. Une allumette !

» Et il la fait partir, tout en se couchant par terre pour regarder sous le meuble, alors il s'écrie :

» — Je vois une boîte attachée par un fil de fer le long du pied de derrière.

» Avec son couteau, il casse ce fil et amène une petite boîte à rainure, grande à peu près comme celle où vous serrez votre ouvrage. On l'ouvre, et nous y voyons : la montre, un billet de 100 francs, 320 francs en or, une bague au commandant, que celui-ci croyait avoir laissé glisser en se lavant les mains; deux couverts en argent, aussi au commandant, qu'on pensait avoir égarés, ils se trouvaient là avec le reste, Fournier les avait cassés en deux ou trois morceaux pour les faire tenir dans cette boîte. « Vive Capitaine! » crie-t-on de l'arrière à l'avant de la *Minerve*. Le bruit de ses exploits se répand d'un bout à l'autre du bâtiment. On était dans l'enthousiasme.

» Le commandant Heurtais arrivait à ce moment à bord; parti depuis son déjeuner, il n'avait rien appris de toutes ces aventures, et il fut très heureux de me savoir hors d'ennui. « Tu ferais ta fortune en Amérique, mon ami », me dit-il en montrant Capitaine.

» Pauvre Capitaine! Non, il ne sera jamais une curiosité de foire, n'est-ce pas? On le loue, on le caresse et on lui donne des morceaux de sucre qu'il mange gravement. Le sucre, c'est son faible. « Mais il reste modeste, le succès ne le grise pas », dit M. de Lestoures, qui est très content et qui rit aux éclats avec les jeunes gens.

» Enfin, mère chérie, c'est un heureux jour qui a mal commencé tout de même, je n'en verrais pas volontiers un semblable. Ouf! je suis content. J'ai bien dormi la nuit suivante, car j'étais brisé comme si l'on m'avait donné des coups de bâton partout. Quant je songe que notre réunion n'est plus qu'une affaire de jours, à présent! Je suis si heureux, mère, et si reconnaissant envers vous, envers M. de Lestoures. Que j'ai de choses à vous conter! Nous appareillons demain pour Toulon.

» Au revoir, et toutes mes plus tendres et respectueuses amitiés.

» Votre fils qui vous chérit,

» Yvon Jossic. »

Pour en finir avec Fournier, au moins quant à présent, je vous dirai qu'une fois ses larcins découverts, il n'essaya plus de nier, ce qui lui eût d'ailleurs été difficile, mais les avouant cyniquement, il ajoutait que les riches seuls n'étaient pas tentés de prendre l'argent des autres.

Débarqué à Toulon, où M. de Lestoures, à son grand ennui, fut obligé de venir témoigner, l'ex-maître d'hôtel, aux assises suivantes, s'entendit condamner à dix ans de travaux forcés pour vol domestique. Après avoir écouté le prononcé de son jugement, il s'écria :

« Je n'en veux pas à mes juges, ils sont payés pour leur sale métier, ni à l'officier qui se venge parce que j'ai voulu le voler; mais si jamais je retrouve ce Jossic de malheur et son satané chien, leur affaire est claire ! »

En attendant, Fournier fut embarqué pour la Nouvelle-Calédonie, où il alla retrouver ses pareils.

Les peuples heureux, dit-on, n'ont pas d'histoire. En effet, le bonheur ne se raconte pas en détail, non plus que les événements d'une vie calme. Nous allons donc rapidement, en peu de mots, vous dire ce qu'il advint de nos héros pendant les deux années qui suivirent.

Le 8 août, l'express parti de Paris à une heure de l'après-midi emmène à toute vapeur deux personnes heureuses entre toutes. Le train court, s'arrête, repart ! L'horizon change, mais M. de Lestoures et Yvon pensent que le rapide est encore bien lent. Ils ont débarqué de la *Minerve* il y a trois jours, à Toulon. Arrivés la veille à Paris, dans la matinée Jean a proposé au jeune homme d'y séjourner vingt-quatre heures si la grande ville le tentait, et s'il désirait profiter de cette occasion pour en visiter quelques points. Yvon aussi bien que son protecteur ne songent qu'à une chose, arriver à Étretat où leurs mères les attendent.

Comme Brigitte avait besoin de prendre les bains de mer, et que des amis invitaient Mme de Lestoures et sa fille, elles s'étaient décidées à venir passer la saison chez eux à

Étretat. Ces dames y sont installées depuis deux semaines en attendant l'arrivée de Jean, qui a obtenu trois mois de congé.

Voilà Rouen, Beuzeville, les Ifs, enfin! Cette dernière station dessert Étretat. Trois femmes sont à la barrière, le train entre en gare. Quelles palpitations, l'attente du bonheur est presque une souffrance!

Mme de Lestoures, tenue au courant par Jean, fit la connaissance de la mère d'Yvon, qu'elle a bien vite appréciée. Les deux mères ne se lassant jamais de parler de leurs enfants, de l'héroïsme de l'un, de la reconnaissance de l'autre.

Mme de Lestoures avec sa fille et Marie-Anne sont venues aux Ifs dans une voiture particulière. Ainsi elles pourront repartir plus vite avec leurs chers voyageurs.

Le train n'est pas complètement arrêté lorsqu'un jeune matelot se précipite sur le quai, enjambe la barrière et saute au cou de sa mère. Quelle joie! quel bonheur! Pour elle et pour lui, ce bonheur dépasse encore ce qu'ils s'étaient promis en songeant, chacun de son côté, à ce retour, à ce revoir. Jean est aussi dans les bras qui se sont tendus vers lui. Tous les voyageurs, et notez que le train en est bondé, tous ont les yeux fixés sur ces heureuses gens qui ne s'en aperçoivent même pas. Ils passent un quart d'heure de douce folie, et j'en souhaite un pareil à ceux qui ont souffert des inquiétudes cruelles sur le compte d'être chéris.

« A qui le chien? crie un homme d'équipe; a-t-on son billet?

— Ah! mon Dieu! s'écrie Yvon, maman, vous me faites oublier Capitaine. Vite, monsieur l'employé, mon chien, s'il vous plaît; voilà son billet. »

Et pendant que Jean s'occupait des bagages, Yvon, prenant Capitaine par la patte, le conduisit à sa mère et les présenta très gravement l'un à l'autre :

« Maman, c'est Capitaine; Capitaine, c'est maman. »

Le chien avait beaucoup entendu parler de maman, alors il se montra très digne, tout en pousssant de petits cris;

c'était toujours de cette manière qu'il manifestait son émotion, au dire d'Yvon. S'étant dressé sur ses pattes de derrière, Capitaine, sans trop appuyer ses pattes de devant sur les épaules de Marie-Anne, lui lécha deux ou trois fois la figure. Et je vous dirai, mes chers amis, que Capitaine n'est pas de ces chiens qui caressent tous les indifférents. Non, il n'embrasse que ses amis intimes. Vous ne le verrez pas non plus manger quoi que ce soit dans les rues ou sur les plages, jamais même vous ne le feriez toucher à un mets malpropre ou gâté. Yvon présenta ensuite le terre-neuve

à Mme de Lestoures et à Brigitte, et, pour celle-ci, la première impression dépassa encore ce qu'elle avait pu s'imaginer d'après les récits de son frère.

Enfin on part, les trois dames et Jean dans la voiture, qui est découverte, Yvon auprès du cocher, Capitaine suit, il a l'air très heureux de se dégourdir les pattes.

Voici le haut de la falaise. On découvre Étretat et la petite chapelle qui domine la falaise d'Aval. Jean, Yvon, tous ont le cœur gros, mais gros de joie.

Capitaine fut tout de suite content d'Étretat, en général, et en particulier du logis de sa maîtresse, situé près de la plage. Il n'eut rien de plus pressé que d'aller prendre un bain de mer, et plusieurs fois par jour, désormais, il s'adonnera à cet exercice hygiénique. « Au moins, avait-il l'air de se dire, voici que je demeure avec des personnes intelligentes qui n'habitent pas une maison flottante et qui vivent dans un climat tempéré. »

Au bout de quelque temps, Brigitte et Capitaine devinrent amis de cœur; le dernier partageait son temps entre les deux logis, et c'était, je vous le jure, un chien heureux entre tous et qui appréciait son bonheur. Bien des baigneurs oisifs, en quête de distractions, ayant entendu parler des talents du terre-neuve, voulaient lui faire faire des tours et s'en amuser; ils lui offraient des friandises. Capitaine acceptait rarement leurs dons; dans ce cas, il remerciait avec politesse, mais voilà tout. N'étant point un chien banal, il avait le juste sentiment de sa valeur et n'entendait point devenir une bête savante. Content d'amuser, de distraire ceux qu'il aimait, il se montrait disposé à tout pour ceux-là. Quant aux autres, n'avaient-ils pas le Casino avec la salle de danse et celle de spectacle pour y étouffer? celle du jeu aussi, quand ils voulaient perdre leur argent? Et, si cela ne leur suffisait pas, eh bien, ils devaient se promener, faire des excursions sur ces belles falaises, sous ces immenses portes qui n'ont pas leurs semblables en Europe. Ils pouvaient aussi visiter les environs : c'était plus sain que de rester au Casino à causer de son prochain et de sa prochaine.

CHAPITRE IV

Vaisseau amiral le *Trident*. — Capitaine désire faire la campagne.
Campagne du *Trident*.

Après deux années, nous retrouvons ceux que nous avons laissés à Étretat réunis à Cherbourg, dans un petit salon de l'hôtel du Louvre.

La famille de Lestoures s'est accrue. Jean a épousé, il y a près d'un an et demi, Mlle Louise d'Arnet, une aimable et jolie personne, en tous points digne de son mari. Voici, dans les bras d'une nourrice bretonne, un bébé, une petite fille âgée de trois mois; à la suite d'un terrible accident de voiture l'enfant est venue au monde dans un tel état de faiblesse qu'on a cru longtemps ne pas pouvoir l'élever. Cependant depuis quelques jours la fillette semble acquérir un peu de force.

Ce sont de cruels moments que ceux qui précèdent les départs! C'est une vie pénible et toute de sacrifice que la vie de la femme d'un marin! Pendant les campagnes, elle n'a nul appui, elle ne peut demander de conseils à personne dans les moments d'épreuve! Au contraire, elle demeure comme accablée de la responsabilité de ses actes. Si la famille est nombreuse et la fortune modeste, les soucis matériels et les soins de tous les jours absorbent l'existence de la mère. Les rares instants de calme sont gâtés par les inquiétudes sur l'absent, dont les lettres ont quelquefois deux mois de date. Mais aussi quelle joie sans mélange, lorsqu'un bâtiment est signalé qui doit ramener celui dont on a tant et si ardemment souhaité le retour!

Reste bien toujours cette éternelle épée de Damoclès : la prochaine campagne! On veut espérer que celle-là sera agréable : en Europe, en escadre; qu'on pourra de temps en temps rejoindre celui qu'on aime. En ce pauvre monde, on vit d'espérances!

Mme de Lestoures paraît fatiguée, sa santé n'a jamais été robuste, et le cœur de son fils est bien gros quand il pense à tout ce qui pourrait survenir en deux ans et plus que doit durer la campagne qu'il entreprend!

Brigitte a embelli : rose, brillante; à dix-neuf ans, c'est une beauté, et une beauté qui s'ignore.

Mme Jossic se trouve là aussi avec Yvon, vêtu en matelot. Il a près de dix-huit ans; on lui en donnerait vingt au moins, et c'est un joli matelot et un beau garçon.

Sa mère n'a ni vieilli ni changé. Toujours charmante à regarder sous son costume de veuve bretonne, elle a pleinement joui de ces deux années, passées, hélas! trop vite, avec son fils. Yvon avait travaillé auprès d'elle; guidé de près ou de loin par ce protecteur qui, en s'attachant de plus en plus à son enfant, en a fait un jeune homme véritablement instruit pour son âge, et a su lui inspirer un grand amour du bien, du beau, tout en évitant de le rendre mécontent de son sort ou envieux de celui des autres. Jean s'était promis de le suivre et de l'aider : il a tenu sa promesse. Sans qu'on sût à quel prix, il s'est ingénié pour qu'Yvon pût profiter de la présence à Étretat, pendant deux étés, d'un très célèbre professeur de mathématiques, d'un autre qui lui enseignait l'allemand.

M. de Lestoures écrivait à son protégé toutes les semaines et exigeait de lui, régulièrement chaque dimanche, des lettres où les études se trouvaient résumées, les pensées aussi.

Yvon cependant s'adonnait au travail manuel chez un charpentier, mais pendant la demi-journée seulement.

Jean, tout récemment nommé capitaine de frégate, allait partir comme second du *Trident*, vaisseau amiral portant le pavillon du contre-amiral de la Jonchère, commandant la division des mers de Chine et du Japon.

Une belle campagne s'annonçait sous les ordres de l'amiral de la Jonchère, parce qu'on connaît l'amiral pour être un homme aimable, bon et ferme tout à la fois, véritablement chef en un mot, c'était donc à qui partirait avec lui.

La famille de Lestoures était retournée deux fois à Étretat : c'est là que Jean avait connu Mlle d'Arnet, c'est là aussi que Brigitte, atteinte par une terrible angine couenneuse, fut sauvée, grâce surtout à Marie-Anne, qui seule vit à temps le mal et le danger.

En effet, Mme Jossic, tranquillement, sans effrayer la mère ni prévenir personne que Jean, et en attendant le médecin, absent d'Étretat, prit sur elle d'employer des remèdes très énergiques, sans lesquels, dit ensuite le docteur, la jeune fille aurait probablement succombé.

A partir de ces jours d'angoisse une étroite liaison s'établit entre les deux mères; l'une avait trop de tact, l'autre trop de bonté et d'esprit, toutes deux trop d'intelligence, pour que cette affection ne fût pas durable.

M. de Lestoures, embarquant sur le *Trident*, conseilla à

Yvon de devancer l'appel de sa classe et de venir à Cherbourg, à la division; là il serait facile de le faire prendre à bord de la frégate amirale. Ni Marie-Anne ni son fils n'hésitèrent à suivre la route tracée par celui qui avait déjà tant fait pour eux, et, si la mère souffrit, elle sut cacher ses angoisses pour ne pas attrister son enfant.

Le *Trident*, frégate cuirassée de deuxième rang, était en armement depuis le 1er août, et devait appareiller le lendemain matin, 1er septembre.

Tout en causant, Jean dit à sa mère :

« Dieu merci, vous avez décidé Mme Jossic? Elle viendra chez vous et y demeurera au moins l'automne et l'hiver prochains; vous ne sauriez croire, maman, quel plaisir cela me cause!

— Ah! oui, ajoute Brigitte, et nous allons faire de fameuses promenades toutes les deux? Et je lui montrerai notre côte de la Bretagne! Elle verra comme c'est beau!

— Et puis, reprend Mme Jean, c'est chose convenue; notre bonne mère m'enverra Brigitte pour passer le carnaval chez mon père, et quelques jours de plus; à mon tour je lui montrerai Nice et le Midi! Mais, sans vous, ni elle ni moi ne jouirons de ce voyage. Ah! Jean, pourquoi?... »

Et la jeune femme n'achève pas, ses larmes coulant plus abondantes.

Chacun sait à quoi elle fait allusion; son mari pouvait ne pas partir et prendre un poste à terre, à Lorient ou à Toulon. Louise est très jeune, elle adore son mari; mais, fort gâtée par son père, n'ayant encore eu que des jours heureux, elle ne se résigne pas aisément à l'amertume de ce départ. Souvent elle répète :

« Pourquoi aller au-devant de la peine? »

Pauvre Jean! c'est un gros surcroît à son chagrin, cependant il ne regrette pas sa décision. Nous avons dit qu'il n'a pas de fortune; sa femme a eu une belle dot, et M. de Lestoures, depuis et avant son mariage, avait déclaré qu'il n'entendait pas abandonner sa carrière. L'occasion qui s'offrait était excellente. Si un capitaine de frégate veut avancer, il lui faut d'abord commander en second un bâtiment. Il n'hésita pas; mais que de luttes et que de larmes répandues par Louise!

Marie-Anne, comprenant qu'on la désire réellement, a accepté la proposition de Mme de Lestoures. Dans sa douleur, elle sent quelle consolation ce sera pour elle de rester auprès de ses amis qui l'estiment et ont été si bons pour Yvon, et qui ne se fatigueront jamais d'entendre parler du cher absent. Elle frissonnait d'ailleurs rien qu'à l'idée de rentrer sans son fils à Étretat, où elle avait déjà tant souffert. Le cœur d'Yvon saigne aussi à l'heure du départ; mais quelle aubaine de s'embarquer sur un navire de guerre! C'est le rêve de son enfance, de sa jeunesse qu'il réalise. Et naviguer avec M. de Lestoures, quel bonheur! Et puis il a dix-huit ans, et tout lui paraît si brillant, et l'avenir si enchanté.

Quoique les matelots n'aillent guère à terre au moment d'un départ, ce dernier jour, Yvon obtint de le passer tout entier avec sa mère, qu'il n'avait pas quittée de cinq minutes depuis le matin.

Il est sept heures et demie, à présent; à huit heures, le dernier canot doit pousser. Il faut se séparer. Les femmes sanglotent, les hommes pleurent.

Lorsque le vaisseau amiral quittera la rade, le lendemain matin, Marie-Anne aimerait à ne le perdre de vue que la dernière sur la jetée; mais elle fera à Mme de Lestoures, qui est souffrante, ce petit sacrifice de rester à pleurer avec elle. Brigitte et Louise seront ainsi libres de suivre des yeux ce grand monstre marin qui emporte ce qu'elles aiment.

« Et Capitaine? » dit Yvon au dernier moment.

Naturellement Capitaine avait accompagné la famille à Cherbourg, et plusieurs fois il fut conduit à bord du *Trident*.

« Capitaine, mère, il vous faudra l'enfermer et même l'attacher, parce que s'il nous voit partir, il est capable de faire quelque sottise ! »

Le chien, entendant prononcer son nom, eut l'air d'écouter avec grande attention.

Brigitte s'en aperçut et lui dit en le caressant :

« Tu n'as pas compris, hein ? »

Tous s'embrassent encore une fois, et les deux hommes se sauvent en courant.

A neuf heures le lendemain matin, il fait beau ; le soleil brille, la mer est légèrement agitée par une petite brise du nord-est assez fraîche. Beaucoup de spectateurs sont groupés sur le quai. Après le salut réglementaire, la frégate s'ébranle, doucement d'abord, elle fait le tour de la rade, comme pour dire un adieu à tous et à ce beau pays de France qu'elle va quitter pour si longtemps.

Au moment où, pour se diriger vers la passe qui se trouve à l'ouest de la digue, le bâtiment revenait un peu sur lui-même et longeait la rade devant la place Napoléon :

« Un homme à la mer, nageant vers nous, et avec vigueur, ma foi ! » cria l'amiral de la Jonchère.

L'amiral était sur la dunette, entouré de tous les officiers que leur service n'appelait pas ailleurs.

« Un homme, continua-t-il en prenant sa jumelle. Qu'est-ce donc ? Ah ! je distingue un énorme chien noir !

— Allons, bon ! c'est Capitaine, le chien d'un gabier du bord, répondit M. de Lestoures. Quel malheur ! Il ira jusqu'au bout de ses forces, conservant l'espoir de nous rejoindre jusqu'à ce qu'il coule. Comment l'a-t-on lâché ? »

Tous regardent, vivement intéressés par ce petit drame qui se passe sous leurs yeux. Plusieurs sont émus. Yvon, à l'avant, a tout vu de son poste. De grosses larmes coulent sur ses joues ; il souffre horriblement. Jean pâlit. Capitaine s'est reposé une minute sur une bouée ; il repart toujours en avant. Mais on le voit qui nage plus lentement, sans toute-

Tous regardent.

fois retourner à terre, la tête constamment dirigée vers la frégate. Sûrement il se noiera plutôt que d'abandonner sa poursuite. Maintenant on devine que ses pattes remuent à peine. La distance devient plus grande entre lui et le bâtiment, et le malheureux chien ne vire pas de bord. En avant, quand même.

« Ma foi, je n'y tiens plus, s'écria l'amiral, c'est par trop cruel aussi. Commandant[1], dit-il en s'adressant au capitaine de pavillon, commandant, envoyez bien vite un youyou avec deux hommes pour repêcher cet animal, et machine en arrière, en douceur !

— Comment, amiral, objecta le commandant, vous voulez que nous stoppions pour un chien ?

— Certainement, reprit l'amiral, et hâtons-nous ! »

On voyait à son air qu'il n'admettrait aucune observation nouvelle. Alors avec cet ordre, cette promptitude qu'on met à exécuter une manœuvre à bord des bâtiments de guerre, la frégate marcha plus doucement, le mouvement de la machine fut renversé. On revint un peu en arrière. Une petite embarcation fut descendue à bâbord. Les deux matelots qui la montaient nagèrent vivement du côté où le pauvre Capitaine se débattait sans plus avancer. On le hissa dans le youyou, au moment où tout allait être fini pour lui. L'amiral regardait, ravi de son coup de tête. Yvon tremblait de joie. Il pensait qu'il serait heureux de se faire tuer pour cet amiral-là. Et le *Trident* reprit sa marche une fois que les matelots et le chien furent remontés sur le pont.

A présent, la passe de l'Ouest se trouvait franchie. Bientôt la digue n'était plus qu'un point noir à l'horizon. Cherbourg, les collines, les îles anglaises disparaissaient à leur tour.

Le vaisseau et ceux qu'il renferme seront demain dans la grande mer. Dieu les garde et les ramène !

1. Le commandant d'un bâtiment amiral a le titre de capitaine de pavillon de l'amiral.

« Voilà bien une idée de l'amiral, dit ensuite le commandant à son second, et, vous le savez aussi bien que moi, Lestoures, il a déclaré lui-même, en arrivant sur le *Trident*, qu'il n'y supporterait aucun animal, ni gros ni petit. Maintenant, il stoppe pour embarquer le chien d'un matelot! Et quel chien! ce terre-neuve est grand comme un homme.

— Oui, cela paraît assez inconséquent de la part de l'amiral, répondit Jean, enchanté au fond. Tenez, cette aventure m'en rappelle une autre. C'est une histoire de moutons qui se passait à bord de la *Comète*, en 1864. Nous étions midships. L'amiral, alors capitaine de frégate, nous commandait; il prit, un beau soir, sous sa protection quatre moutons embarqués pour notre gamelle, et qu'il trouva jolis. Je n'ai jamais pu découvrir ce qu'ils avaient de plus joli que d'autres. Enfin il déclara qu'il les gardait, en nous les payant, bien entendu, et qu'ils seraient envoyés à sa femme, à la campagne. Comme nous étions à la mer, nous avons vécu de conserves pendant les quinze jours suivants, pestant à chaque repas. »

Tout deux avaient beau rire, cela ne les empêchait pas de déclarer que leur amiral était un crâne et un vrai chef, et que pas un ne le valait dans les grands moments. Et puis, si bien élevé! Nous avons tous nos petites faiblesses, n'est-ce pas? Le pilote, en rentrant à Cherbourg, fut chargé d'un mot de Jean pour sa femme, où il racontait ce qui s'était passé à propos du chien. Une lettre de Brigitte, reçue à Saïgon, apprit alors à son frère comment le terre-neuve leur avait échappé. Après le départ de son maître et de Jean, il rompit sa chaîne, et personne ne put l'empêcher de sauter par la fenêtre ouverte, le salon étant situé à un premier étage assez peu élevé. Par un douanier, on sut ensuite qu'un énorme chien passa la nuit sur l'escalier de la grande jetée, et qu'au moment où le *Trident* se mettait en marche, l'animal partit à la nage dans la direction du bâtiment.

Capitaine, une fois embarqué, comprit-il à qui il devait

cette faveur? C'est probable, car, à compter de ce jour, il agit vis-à-vis l'amiral comme autrefois avec le commandant Heurtais; seulement il devina vite, pour s'y conformer, le caractère enjoué de son chef actuel. Et pendant toute la durée de la campagne, il sera une grande distraction pour celui-ci. Il l'accompagnera à terre, dans ses visites; il amusera ses hôtes à bord. L'amiral aime beaucoup les enfants, et Capitaine aussi. Le chien sait se prêter à leurs jeux, à leurs fantaisies, sans se lasser ni s'impatienter, avec une douceur et une délicatesse de mouvement merveilleuses. Un des tours qui enthousiasment le plus ses jeunes amis est le suivant : Après l'inspection, lorsqu'une douzaine de matelots sont rangés sur le pont, Yvon dit à Capitaine : « Prends les bonnets! » Capitaine, lestement, saisit, avec ses dents, le bonnet de travail de chaque homme, à la file, et les porte, l'un après l'autre, à son maître qui, après avoir mis un épais mouchoir sur les yeux du chien, mêle ces bonnets sans ordre et en fait un tas. Puis il dit : « A présent, va rendre à chacun sa propriété! » Et Capitaine, à mesure qu'il mord au hasard dans une coiffe, s'en va la poser sur la tête de celui à qui elle appartient. Il ne se trompe jamais, les bonnets portent le numéro matricule de chaque matelot, « Il sait lire, voilà tout! » s'écrient les jeunes spectateurs enchantés. Mais où a-t-il appris?

Je cite ce tour entre cent. Les grandes personnes s'en divertissent comme les enfants [1].

Le *Trident* avait quitté Cherbourg depuis dix-huit mois. Tantôt à la mer, sous vapeur, ou à la voile, tantôt mouillé sur les côtes de la Chine et du Japon, dans les principaux ports où les navires de guerre ont l'ordre de faire une station: Saïgon d'abord, ensuite Changhaï, Nagasaki, Hongkong, Yokohama, Port-Arthur, etc. C'est à Hongkong qu'il séjournait au moment où nous vous le présenterons de nouveau.

1. Historique. L'auteur a été témoin d'un tour semblable et bien des fois exécuté par un caniche blanc qui s'appelait Quilou.

Hongkong est une île située dans la baie de Canton, à l'est de Macao; par 22° 16′ de latitude nord et 117° 50′ de longitude est : sa surface est de quinze kilomètres sur sept. Sa capitale se nomme Victoria. Son port offre un large et sûr abri aux grands comme aux petits navires.

L'île fut, en 1842, par le traité de Nankin, cédée aux Anglais, qui ont fait prospérer cette colonie comme toutes celles qu'ils possèdent. La population, qui n'était en 1842 que de cinq à six mille habitants, monte aujourd'hui à plus de cent cinquante mille. C'est l'entrepôt d'un commerce immense où passe et se ravitaille, comme à Aden, la marine du monde entier. La campagne du *Trident* ne sera plus que de six ou huit mois à présent. Les aspirants commençaient à effacer les jours sur leur calendrier. Tous, à bord, pensaient à celui où ils mettraient le cap sur le pays.

Pourtant l'on a été heureux et cette navigation comme ces relâches resteront gravées dans la mémoire de ceux qui les ont faites, et parmi les plus agréables.

L'amiral sait rendre la vie douce à chacun; il est bon, mais point faible; et, lorsque le service n'en doit pas souffrir, il désire que les officiers s'amusent et visitent les contrées qu'ils traversent. Le commandant en second se trouve là pour régler les permissions, ou les refuser à ceux qui ont abusé des précédentes.

L'amiral reçoit à son bord, donne des dîners, même des soirées dansantes; on les rend, à lui et à son état-major. A Hongkong, il descendait à terre presque tous les jours, souvent pour dîner chez le consul du Brésil avec lequel il s'était lié à Paris quelques années auparavant.

Capitaine a mille complaisances pour les enfants; plus ils sont petits, plus sa force aime leur faiblesse. Il y avait alors, au consulat, un bébé âgé de quelques mois, dont la plus grande joie paraissait être de s'accrocher aux poils de la figure du chien; quelquefois des poignées de poils restaient dans ses petites mains.

« Maman, disait la sœur aînée, une grande fille de six ans, au lieu de se fâcher, je vous assure que Capitaine rit, il rit positivement.

— Tu es folle, lui répondait sa mère, est-ce que les chiens savent rire ? »

Oui, vraiment, lecteurs, et j'en ai connu, pas beaucoup et pas souvent, mais j'en ai connu qui riaient; et rien n'égale la douceur et l'intelligence de la physionomie d'un gros chien qui rit.

... Un après-midi, il faisait frais et la mousson du nord-est amenait encore des grains et des bourrasques, cependant le baromètre ne baissait pas, quand l'amiral se décida à aller à terre, son canot étant remorqué par la chaloupe à vapeur de la frégate. L'amiral emmena avec lui Capitaine, un aspirant et Jossic, celui-ci chargé du paletot de son chef. Les deux derniers, ainsi que les hommes du canot, avaient la permission de rester à Hongkong, mais devaient être parés, comme on dit, aux ordres de l'amiral à neuf heures et demie le même soir; la chaloupe à vapeur retournerait seule pour revenir donner de nouveau sa remorque au canot amiral. A l'heure dite, l'amiral trouva, à l'escalier de la jetée, son canot et ceux qui le montaient quelques heures avant; mais il y avait une avarie dans la chaloupe à vapeur : une fuite dans la chaudière.

« Le mécanicien, dit l'aspirant à l'amiral, a eu grand'peine à l'amener jusqu'ici, à présent elle ne peut plus marcher, et, amiral, je dois vous informer que le patron de la chaloupe trouve la mer très dure, bien plus que cet après-midi : la brise a fraîchi, en effet; nous aurons vent debout, le courant sur le nez, et cet homme pense que ce n'est pas très prudent de retourner, ce soir, à la voile; à l'aviron nous mettrions des heures. »

L'amiral écouta très attentivement tout en interrogeant l'état du ciel, qui n'était pas engageant : les nuages chassaient très vite, de grosses rafales secouaient les mâts des navires à l'ancre dans le port et l'on apercevait peu d'étoiles. Il demanda au patron si réellement il y avait danger, à son avis, et celui-ci voyant l'air contrarié de son amiral, n'osa plus être aussi affirmatif :

« Certainement, répondit-il, il y a de bonnes lames, mais avec deux ris, et l'on irait vite, même en louvoyant par cette brise-là. Faut pas moins veiller aux écoutes, il y a des risées du diable.

— Bon, reprit l'amiral, on veillera, et puis c'est tellement peu agréable de coucher ici sans aucun effet de rechange. »

Se tournant vers l'aspirant, il ajouta :

« J'espère, monsieur, que vous n'avez pas peur? »

Le jeune homme allait parler et répéter énergiquement ce que le patron, plus affirmatif avec lui, venait de dire tout bas sur ses doutes au sujet d'une navigation à la voile dans ce canot, excellent pour la course et les temps calmes, mais avec grande brise volage au possible, comme on dit pour expliquer qu'une embarcation n'a pas de stabilité.

Règle générale, si vous voulez qu'un très jeune homme fasse quelque grosse sottise : c'est un fait avéré, vous n'avez qu'à lui demander s'il a peur. L'aspirant, interpellé de la

L'amiral écouta attentivement.

sorte par l'amiral, ne manqua pas de dire juste le contraire de ce qu'il pensait.

« Ah ! Dieu, amiral, peur ! non, vraiment, il n'y a pas l'ombre de danger, à mon sens. Avec deux ris, et c'est beaucoup, qui aurait peur ? Il me semble même que nous pourrions ne prendre qu'un ris. »

Les hommes cependant avaient attaché ensemble les cordelettes, qui, en diminuant l'ampleur des voiles, donnent moins de prise à la force du vent. Le canot était mâté. Il faisait clair de lune à présent.

« Non, répondit l'amiral, laissez les deux ris, puisqu'ils sont pris, il faut être prudent, et dépêchons. Demain matin on enverra des ordres au sujet de la chaloupe, dont l'équipage couchera à terre. »

On embarque. Capitaine se met à sa place ordinaire, à côté du timonier qui tient la barre du gouvernail. De loin il semble que c'est le chien qui gouverne, et cela amuse ceux qui les aperçoivent en les croisant.

CHAPITRE V

En rade de Hongkong. — Yvon et Capitaine à l'ordre du jour. — Le courrier de France. — La médaille militaire. — Yokohama.

Yvon naturellement ne put donner un avis que personne ne lui demandait, mais il était assez inquiet. Un des hommes de la chaloupe à vapeur, très fin matelot, lui ayant dit à l'oreille :

« Veille aux écoutes, mon fieu ; ça ne me plaît pas de vous voir partir avec ces risées et ce courant !... Rien à faire cependant qu'à veiller et à se tenir prêt. »

Tant qu'il se trouva un peu abrité par la terre, le canot fila très vite sans embarquer trop d'eau, en dépit des lames qui devenaient de plus en plus hautes. Mais une fois arrivé au large et malgré les ris, on fut terriblement mouillé... Au loin brillaient les feux de nuit allumés sur la frégate, et il semblait à chaque bordée que l'on en restait toujours aussi éloigné. Le courant devenait formidable. On l'avait contre soi. Au moment où le canot virait pour courir une troisième bordée, un paquet d'eau s'abattit sur l'embarcation et l'inonda. Il faisait très grand froid, tous grelottaient.

« Prenez un troisième ris, mes enfants, dit alors l'amiral, et mettons le cap sur la ville; il nous faudrait plusieurs heures à cette allure pour atteindre la frégate; et en virant vent arrière, même avec trois ris, nous serons vite à la jetée. J'ai eu tort de m'obstiner. Mon ami, continue-t-il en se tournant vers l'aspirant, rappelez-vous que lorsqu'il est indispensable de prendre trois ris en embarcation, on ferait mieux, si possible, de rester à terre ou à bord. »

L'amiral était là comme toujours, calme, souriant et de bonne humeur.

La manœuvre est faite; le canot a rudement dansé et embarqué des douches d'eau salée en venant en travers à la lame, quoiqu'on essayât de le maintenir avec deux avirons.

« Si Lestoures savait où nous sommes, il serait bien inquiet », pense l'amiral. En effet, il y a de quoi être anxieux. A présent qu'on a viré et qu'on est vent arrière, le canot s'enfonce à de grandes profondeurs par instants, à d'autres il monte sur la crête des vagues; alors le gouvernail hors de l'eau ne peut plus diriger.

« Démâtez, crie l'amiral, et prenez les avirons, c'est peut-être le seul moyen! » La position en effet devient de plus en plus critique. La jetée n'est plus loin cependant; on en aperçoit le feu rouge à une centaine de brasses. Le quartier-maître siffle le commandement. Les hommes veulent obéir et se hâter, mais une des amarres de la voile du mât de misaine se trouve engagée et la poulie ne fonctionne plus; pendant qu'on s'en occupe, un des matelots raidit fortement l'écoute qu'il tient en main. Une risée plus violente qu'aucune de celles qui l'ont précédée, trouvant plus de résistance dans cette voile ainsi tendue couche le canot sur le flanc.

Les hommes s'accrochent au canot.

« Lâchez tout !... » crie l'aspirant qui voit le danger de cette fausse manœuvre, mais trop tard. Le canot se remplit et coule, c'est l'affaire de quelques secondes. L'embarcation, heureusement garnie de caisses à air, restait entre deux eaux. Le vent avait cassé le mât encore debout, l'autre était déjà amené. Les hommes s'accrochent et se soutiennent à l'avant et à l'arrière instinctivement et y restent cramponnés. Avant de remplir, le canot ayant vite filé et on ne devait plus se trouver loin de la jetée, les lames sont moins fortes aussi, à présent qu'on est à l'abri de la terre. A l'instant même une grande embarcation sort du port et pousse au large ; on aperçoit son fanal : personne ne perd la tête et l'on est presque certain d'être secouru.

« Lorsque nous serons à portée de ce bateau, dit l'aspirant, je crierai et vous en même temps : *A l'aide!* de toute la force de nos poumons. Amiral, amiral ! crie-t-il étonné de ne pas entendre la voix de l'amiral. Ah ! bon Dieu, l'amiral n'est plus là ! »

L'aspirant s'était accroché à l'avant et l'amiral à l'arrière, après le gouvernail.

Un homme répond qu'il voyait l'amiral, Jossic et le chien serrés les uns contre les autres, il n'y a qu'une minute, mais personne ne s'est aperçu de leur disparition. Plusieurs matelots nagent, plongent et cherchent autour du canot : la lune dégagée des nuages éclaire en plein les naufragés et la crête des vagues. Les plongeurs ne rencontrant rien, et craignant d'être entraînés au large car le courant y pousse, reprennent leur précaire appui.

La barque en vue avance rapidement. Dix-sept voix à la fois crient : « A l'aide ! » Au moment où l'aspirant, plus jeune et plus faible que ses compagnons sentait qu'il allait lâcher prise, « Dieu soit loué! dit-il, ils ont entendu ; crions encore! »

On crie de nouveau, des voix répondent, et au bout de dix minutes, à peu près, un grand chaland à vapeur accostait et accueillait ceux qui allaient probablement périr. Ce chaland portait des marchandises à un navire américain en partance. L'aspirant explique en anglais au patron qu'il faut explorer les environs parce que l'amiral et un matelot viennent de disparaître. On se met donc en marche en suivant le sens du courant.

« Mais, dit le patron, nous n'avons guère de chance de trouver ceux que nous cherchons. »

Il donne cependant l'ordre au mécanicien de marcher très doucement. Tous les yeux sont fixés sur les lames, deux ou trois fois on croit distinguer un objet flottant. On s'approche alors, mais pour s'assurer que l'on n'a réellement rien vu. Tout à coup un hurlement prolongé se fait entendre, comme un cri humain, désespéré, mais plus fort que la voix humaine.

« C'est Capitaine, s'écrie un matelot, c'est Capitaine, j'en suis certain, je l'ai déjà entendu hurler comme cela un jour où un gabier était tombé de la hune de misaine. »

Le hurlement ne cesse pas; on se dirige vers l'endroit d'où il me semble partir, et en quelques secondes le chaland arrive tout près d'une masse informe, qui monte et qui descend avec les vagues. On stoppe; une corde préparée à cet effet est lancée, puis retirée à bord, ramenant Yvon qui l'a saisie d'une main, tandis que de l'autre il soutient l'amiral. Lorsque tous deux sont le long du chaland, vingt bras tendus les aident à se hisser dans la barque. L'amiral, ayant beaucoup bu, s'évanouit dès qu'il est couché sur un des bancs. Yvon crie :

« Capitaine nous suit, hissez Capitaine ! »

On allait l'oublier. Le voilà à côté de son maître, complètement épuisé aussi. Mais chacun respire ! Tout le temps qu'on avait cherché son chef, l'aspirant s'était reproché de l'avoir abandonné, et il lui prenait la tentation de plonger, quoiqu'il sût à peine nager.

L'amiral, transi, inerte, ouvre les yeux, mais ses dents claquent. Enfin, voilà le *Trident*.

« Ohé, de l'embarcation! qu'est-ce qui vous prend d'accoster par tribord ? » crie le matelot de garde à la coupée de ce côté.

L'officier de quart, prévenu, arrive.

« De l'aide ! lui crie l'aspirant, bien vite de l'aide ! Nous avons chaviré, le froid nous a saisis, mais l'amiral et nous tous sommes sains et saufs. »

Les lames restent toujours très dures et on éprouve une certaine peine à maintenir le chaland et à débarquer.

Enfin l'amiral, soutenu par deux officiers, et les hommes aidés par des camarades, parviennent sur le pont, où tous les officiers, réveillés par ce bruit insolite, arrivent l'un après l'autre. Personne n'était inquiet cependant.

« Il vente trop, avait dit le commandant ; l'amiral fera bien de coucher à terre et d'y garder ceux qui sont avec lui. Demain matin, ils reviendront ; pareille chose est déjà arrivée à d'autres relâches. »

L'amiral, exténué, souffrant de tous les membres, pouvait à peine parler. Il donna seulement l'ordre de remercier le patron et les marins du chaland américain, et de leur remettre cinq cents francs de sa part.

Le lendemain, à dix heures, il fit appeler les deux commandants.

« Je n'ai plus, leur dit-il, qu'une forte douleur au bras droit; si ce bain forcé, par ce froid de la nuit dernière, ne m'a pas fait plus de mal, cela prouve que je suis solide et j'en remercie Dieu. Je l'ai échappé belle cependant, et sans le courage du quartier-maître Jossic et l'instinct de son chien les poissons m'auraient déjà mangé. A-t-on témoigné à ce garçon toute ma gratitude, et savez-vous les détails de sa belle action, messieurs ?

— Mais non, vraiment, amiral, nous ne savons rien ; seulement Raynald, l'aspirant qui était avec vous, a dit quelques mots sur Jossic, très peu de chose. Il semblait presque anéanti hier quand je l'ai vu, et il dort encore en ce moment. »

Alors l'amiral raconta ce que nous connaissons déjà au

sujet de l'avarie de la chaloupe à vapeur et de son désir à lui de rentrer à bord, malgré les menaces du temps, et comment lorsque son canot remplit, chacun s'était accroché aux plats-bords de l'embarcation.

« Quant à moi continua l'amiral, je me tenais à l'arrière de mon mieux; mes poignets raidis et douloureux refusèrent bientôt de me soutenir; à un certain moment, où j'essayais de remonter un peu, une lame passa sur nous, mes mains glissèrent et je coulai à pic, sans crier. J'étais chaudement vêtu : mon gros caban, mes épaulettes, paralysaient mes mouvements. La pensée va vite dans de semblables minutes! J'eus conscience que tout était fini pour moi en ce monde. J'arrivai pourtant à me débarrasser de mon caban; et en remontant sur l'eau, comme la lune éclairait très bien, je compris que le courant m'avait entraîné loin du canot; je me mis à nager, tout en essayant de m'orienter. Rien en vue. Bientôt je sentis mes bras devenir presque inertes. Alors j'entendis une voix, j'aperçus une forme humaine : « C'est moi, le quartier-maître Jossic! criait la voix; tenez bon, amiral! » Et à mes côtés je distinguai Jossic, dépouillé de ses vêtements, qui nageait, poussant devant lui un aviron. « Je vous cherchais, prenez l'aviron », dit-il; et, pendant que je le saisissais, Jossic continuait à nager, en dirigeant ce morceau de bois vers la jetée. Il m'encourageait, répétant : « Nous y arriverons, j'en suis sûr! » Pourtant le feu de la jetée ne se rapprochait pas et le froid me gagnait de plus en plus. Jossic s'épuisait en vain et je lui dis : « Je vais lâcher, mon garçon; inutile de lutter, nous périrons tous deux; sauve-toi seul. Va à la jetée, je te l'ordonne. — Pour rien au monde, répondit-il; avec vous jusqu'à la fin! » Je lâchai l'aviron et je commençai à boire. Jossic s'en aperçut et souleva mon menton. Il n'y avait presque plus de grosses lames, mais nous ne faisions pas de route. Je gardais toute ma présence d'esprit, mais plus aucune force, et je répétais: « Lâche-moi, je te l'ordonne; tu entends? ton amiral te l'ordonne! » Je comprenais que nous allions couler tous deux et que le pauvre garçon ne pouvait plus lutter ; il ne m'écouta pas et ses ongles s'incrustèrent dans ma chair. Voyez-vous, sous mon menton, ça me cuit encore... Nous étions perdus et je ne sais plus ce qui se passa jusqu'à un instant où Jossic cria : « A moi, à moi, Capitaine! » et où je vis le terre-neuve qui attrapait son maître. « Non, cria ce dernier, non, prends l'amiral! » Le chien me happa par le col de ma redingote. Juste à ce moment nous crûmes apercevoir une lumière qui arrivait vers nous. « Tiens bon! criait Jossic au chien, tiens bon, voilà du secours, et hurle, tu entends, hurle!... » Ma foi, c'est tout ce dont je me souviens jusqu'au moment où je me réveillai, grelottant sur un banc de l'embarcation de ces braves Américains. Mais pour sûr, sans le courage et le dévouement de ce matelot, il y aurait en ce moment une place de contre-amiral vacante. Appelez Jossic, commandant, je vous prie. Vrai, c'est bon d'être encore en vie, et grâce à lui. Qu'il amène son chien! »

Yvon et Capitaine arrivèrent bientôt. Le second avait une grosse plaie à la tête, que le docteur déclara ne pas devoir être très grave. Il est probable qu'un des mâts du canot en se brisant tomba sur Capitaine.

L'amiral serra les mains de Jossic et le remercia très chaudement; les commandants ensuite le félicitèrent; tous furent charmés de l'air simple et modeste du jeune quartier-maître qui au fond était fier et ravi; mais il avait du tact et il évita de raconter à son tour ce dont on le louait.

Jean, dès qu'ils furent seuls, attira Yvon à lui et l'embrassa :

« Je suis heureux, mon cher enfant, dit-il, et fier de toi; je vais l'écrire à ta mère. »

On n'oublia pas Capitaine. L'amiral lui donna une demi-boîte de petits biscuits, le terre-neuve appréciait beaucoup cette friandise; aussi se mit-il à rire de plaisir en voyant ce tas de gâteaux étalés devant lui. Ensuite il reçut une ovation dans la batterie et à l'avant de la frégate; mais, aussi modeste que son maître, il ne s'en faisait pas accroire non plus.

Au moment du sauvetage, Yvon, comme on l'a vu, n'était plus simple matelot, mais quartier-maître de manœuvre. Ce grade lui ayant été conféré par l'amiral, sur la proposition des officiers du bord, au bout de sa première année de service sur le *Trident*. Jossic restait toujours zélé, toujours à son ouvrage, jamais puni, jamais en faute; à terre, en permission, il ne buvait jamais. Il était constamment de bonne humeur, sans jamais penser à faire parade de ses connaissances et de son instruction. Aussi les officiers l'avaient vite apprécié et pris en affection. Tous furent donc unanimes pour lui faire obtenir ce premier grade aussitôt que le règlement le permit.

Jean continuait à l'instruire et à lui donner des conseils, et s'entretenant aussi quelquefois de ses projets d'avenir pour son protégé, avec l'amiral, mais celui-ci ne les approuvait pas beaucoup.

« En principe, disait-il, c'est une chose qui a ses mauvais côtés; mais, Lestoures, si vous réussissez à faire franchir les grades inférieurs à votre protégé, je ne vous entraverai pas, au contraire. Il est cependant bien difficile, vous savez, d'obtenir rapidement ces deux grades de second et de premier maître, que tant de vieux serviteurs sollicitent. Et si Jossic ne devenait enseigne qu'à l'âge de trente ans, ce serait lui rendre un mauvais service que de l'encourager à poursuivre ce rêve ! Enfin, nous verrons, n'est-ce pas ? Qu'il continue à travailler et à s'instruire, pourvu qu'il ne devienne ni mécontent, ni envieux et ne se transforme pas en déclassé. »

Cela n'était pas à craindre, pensait M. de Lestoures. Yvon se jugeait le plus heureux des êtres, sous les ordres de celui qu'il aimait le mieux au monde, après sa mère. Apprécié de tous ses camarades, constamment prêt à les aider, en ce qui n'était pas contraire à la discipline, il leur écrivait leurs lettres et sa blague à tabac demeurait toujours ouverte à leur service.

« Il ne boit jamais, disaient les matelots, et ne va pas au cabaret; c'est son goût, chacun le sien, mais c'est un brave garçon tout de même. »

« Ce jeune homme a un rare bon sens, disait le commandant à Jean. Sans vous offenser, ajoutait-il en riant, je vous dirai qu'il vous ressemble un peu. »

En effet, dans toute la marine, M. de Lestoures était connu pour sa simplicité et son tact parfait.

Le dimanche suivant, après la messe, l'état-major assistait comme de coutume sur la dunette du *Trident* à l'inspection que passent les commandants chaque dimanche. Pendant cette inspection les hommes sont examinés un à un, réprimandés, encouragés, loués, s'il y a lieu; leurs effets, leur tenue, sont aussi visités avec soin. Ensuite, s'il existe une musique à bord, elle joue pendant que les compagnies commandées par leurs officiers défilent devant l'amiral ou les commandants. Le défilé terminé, on rompt les rangs et l'équipage va dîner.

Capitaine, assis à côté de l'amiral, assistait gravement à l'inspection et au défilé; sa grosse tête restait encore bandée; il semblait passer les hommes en revue et approuver leur belle tenue; par moments, il hochait la tête d'un air très capable. C'était toujours une joie pour les matelots qui défilaient de voir cet énorme chien, l'air affairé, appuyé sur la rampe de la galerie, ne bougeant pas, remuant seulement la queue quand tel homme ou tel officier le regardaient.

Ce dimanche-là, au moment où les compagnies achevaient de défiler, le commandant, qui venait de remonter sur la dunette, cria :

« Ne rompez pas les rangs, le commandant en second a une communication à faire au nom de l'amiral. »

M. de Lestoures, en cet instant à côté de l'amiral, s'avança un peu, prit un papier dans sa poche, et lut ce qui suit d'une voix forte et claire :

« Ordre du jour.

« L'amiral de la Jonchère, commandant en chef la division navale des mers de Chine et du Japon, remercie les hommes de l'énergie et du sang-froid qu'ils ont montré dans le grave accident survenu en rade de Hongkong et propose, par le courrier qui part demain, au ministre de la marine et des colonies, de vouloir bien accorder la médaille militaire au quartier-maître de manœuvre Yvon Jossic, en récompense du dévouement, du courage et du sang-froid dont il a fait preuve en risqant sa vie pour sauver celle de son amiral. En outre, Yvon Jossic est mis à l'ordre du jour de la division navale des mers de Chine et du Japon, ainsi que Capitaine, le chien de Terre-Neuve du *Trident*. »

Tout l'équipage, mais surtout les matelots et les jeunes officiers, paraissait au comble de la joie. On riait, on criait : « Vive l'amiral ! vive Jossic ! vive Capitaine ! » Ce dernier vivat dominait les autres.

Le commandant eût mieux aimé qu'on ne parlât que du quartier-maître, il trouvait cela un peu jeune de mettre un chien à l'ordre du jour, mais il était trop prudent pour laisser voir son impression. Seulement, en descendant, il disait au commissaire, son ami :

« N'est-ce pas là un vrai trait de cet excellent amiral, et avez-vous vu comme il se frottait les mains en me regardant du coin de l'œil, pendant que Lestoures lisait ? Cette petite taquinerie et ce qu'il devinait que j'en pensais l'amusaient prodigieusement ; il est resté jeune d'esprit comme s'il avait encore vingt-cinq ans. »

Jossic fut très fêté à bord, et Capitaine encore davantage. Une double ration fut accordée à tout l'équipage, et l'on s'amusa bien ce jour-là à bord du *Trident*.

M. de Lestoures lut d'une voix forte.

Capitaine, invité à dîner à la table de l'amiral, mangea tout le contenu d'une boîte de biscuits de l'air placide et heureux d'un chien qui a suivi sa vocation. L'amiral but à sa santé avec du cliquot, ainsi que ses convives. Capitaine refusa le vin de Champagne, mais accepta force morceaux de sucre et resta assis, sa tête posée, tout le temps du dîner, sur le bord de la table ou sur les genoux de l'amiral, et celui-ci finit même par dérider complètement le commandant en l'entraînant à parler de leur jeunesse, et de la vieille marine à voile.

Trois mois s'étaient encore écoulés. Le *Trident* continuait sa croisière. En ce moment il se trouvait mouillé devant Yokohama, on venait de signaler le paquebot des Messageries maritimes; ce bâtiment apportait le courrier de France, l'écho, le souvenir vivant dans ces lointains parages de la famille et du pays.

Les plus indifférents sont émus en ouvrant lettres et journaux. Le vaguemestre les distribue souvent pendant le déjeuner. Grosse déception alors pour ceux qui se voient oubliés; c'est aussi une humiliation, l'amour-propre se mêlant à tous les sentiments humains. « Voilà des camarades qui ont des monceaux de lettres à côté d'eux, et moi, pas même un pauvre faire-part. Il faut avouer que ma paresse méritait un peu cet oubli! »

Celui qui semble abandonné se promet alors d'écrire à ses amis afin d'en recevoir des réponses, mais soyez sûr qu'il oubliera déception et promesse, parce que les gens atteints de paresse épistolaire ne le sont pas à demi.

Ni M. de Lestoures, ni Yvon ne se trouvaient parmi les oubliés; pour le premier, les nouvelles étaient mêlées de joies et d'inquiétudes aussi sur les êtres absents et chéris. Sa mère lui annonçait un grand événement : le mariage prochain de Brigitte, fiancée à un de leurs plus proches voisins, M. de Kéralec, que Jean connaissait depuis l'enfance. Les jeunes gens se plaisaient, et Mme de Lestoures se montrait heureuse de ce mariage qui n'éloignerait pas sa fille, puisque sa propriété bornait celle de son futur gendre; elle terminait sa lettre en faisant grand éloge de Marie-Anne et en répétant que c'était un bonheur de la garder auprès d'elle pendant la campagne de son fils.

La jeune Mme de Lestoures adressait de son côté une longue épître à son mari : elle allait le mieux du monde, mais la petite Anne ne se fortifiait guère et ne marchait pas encore seule; l'enfant était très avancée et très intelligente, trop peut-être pour son âge, « et, je le crains aussi, disait la jeune mère, trop écoutée en tout par moi » !

Jean soupirait en pensant à ce pauvre bébé qu'il chérissait et qu'il avait si peu vu. Ce qu'il apprenait là ne paraissait guère consolant.

Yvon eut sa part : huit pages de la grande écriture ronde de sa mère, qu'il aimait tant à voir.

« Je suis aussi heureuse, disait-elle, que je puis l'être sans toi, mon chéri, auprès de Mme de Lestoures. Elle me traite absolument en amie, j'espère pouvoir lui rendre quelques services en retour et l'aider à se ménager; elle a une santé bien délicate! mais elle reste toujours douce et patiente; on devient meilleure en vivant auprès d'elle. Tu penses que j'ai refusé toute rétribution. D'ailleurs Mme de Lestoures comprend bien que mon refus ne provient pas d'une fierté mal placée. Ce que tu m'envoies, mon Yvon, suffit et amplement à toutes mes dépenses, et je ne touche pas à nos petites économies d'autrefois; elles te serviront un jour ou l'autre. »

Yvon achevait de lire sa lettre lorsqu'il fut appelé chez l'amiral. Celui-ci était dans son salon avec les officiers supérieurs de la frégate, tenant entre ses mains une grande lettre décachetée. Dès qu'il aperçut le quartier-maître :

« Le ministre, dit-il, a bien voulu m'accorder ce que je lui demandais : vous êtes décoré de la médaille militaire en récompense de votre courage et de votre dévouement. »

Yvon ressentit une si grande joie qu'il pensa tomber ; ses jambes tremblantes ne le soutenaient plus.

« Allons, dit l'amiral avec bonté, remets-toi, mon garçon, et donne-moi une poignée de main. »

Et comme Yvon essayait de le remercier et de lui exprimer ce qu'il sentait de joie et de gratitude :

« Non, reprit l'amiral, c'est encore moi qui suis ton

obligé, car sans toi je ne serais certes pas ici, et je ne l'oublie pas.

— Sans Capitaine aussi, amiral ! répondit Yvon, qui n'éprouvait plus aucune timidité.

— Oui, certes, mon enfant; mais on ne peut décorer Capitaine, tu es donc récompensé pour tous deux ! Allons, continue comme tu as commencé, tu feras ton chemin, c'est ton vieil amiral qui te le prédit. A présent, va conter ta bonne fortune à tes camarades. Le commandant accordera double ration afin qu'on puisse boire à ta santé. Je crois, ajouta-t-il se tournant vers son second, que ton grand protecteur est plus heureux que toi encore ! »

En effet, Jean était ravi et fier; il emmena Yvon dans sa

chambre et l'embrassa. Tous deux éprouvaient une vive émotion.

« Oui, continue comme tu as commencé, dit M. de Lestoures au jeune homme, et j'aurai la joie de te voir officier. »

Ce jour-là il y eut grande fête dans la batterie : on rit, on dansa, on but à la santé de l'amiral, d'Yvon et de Capitaine aussi.

Tous, partageant sans arrière-pensée la joie de leur camarade, trouvaient juste cette récompense trop bien méritée pour la jalouser. Seuls, deux vieux maîtres, Ganthaume et Filippi, pensèrent crever de jalousie, mais ils surent dissimuler et tendirent la main à Jossic sans se trahir.

Quelques jours après, le *Trident* se trouvait encore devant Yokohama.

« Les permissionnaires sur le pont ! » cria un quartier-maître.

Les matelots désignés achevaient de s'habiller à la hâte, pour être bien propres et tirés à quatre épingles, afin de montrer à tous « ces petits jaunes ce que c'est que les marins de France ».

Le commandant en second n'abusait pas des permissions, ayant horreur des histoires, des plaintes et des punitions, et son expérience lui ayant appris que les matelots si sages, si bons, si soumis à bord, quand on sait les prendre, deviennent pareils à des enfants sans raison lorsqu'ils descendent à terre pendant ces longues campagnes. Ils ont alors forcément le gousset bien garni : Dieu sait où et comment ils gaspilleront leurs économies !

Ceux qui partent en permission aujourd'hui ne sont pas encore allés à Yokohama; alors c'est une fête dont ils se réjouissent depuis la veille. Quels plaisirs ils se promettent ! La chaloupe qui les emmène est vite remplie. Un maître, avec ses galons d'or aux manches, tient la barre. Jossic se trouve au milieu des heureux; cela l'amuse beaucoup de se promener dans ce pays dont les camarades lui ont tant parlé, de voir ces hommes, ces femmes jaunes qui rient tout le temps, à ce qu'on dit. Pour la première fois aussi il va se montrer avec sa belle médaille sur sa poitrine. M. de Lestoures vient de le charger de rapporter et de payer divers objets achetés les jours précédents et il lui confie une assez forte somme. Jean ne peut quitter le bord parce que le commandant est parti avec l'aumônier et l'amiral afin de faire une excursion dans les environs de la ville, et tous trois ne doivent rentrer que le surlendemain ; Capitaine les a suivis.

A l'heure prescrite pour le retour des permissionnaires, on signale la chaloupe qui les a conduits le matin; elle accoste bientôt l'échelle de bâbord. Chaque permissionnaire monte à son tour et après l'appel de son nom se rend à son poste. Un homme n'a pas répondu, c'est le quartier-maître Jossic.

Tout de suite, quoique l'absence d'Yvon pût être fort naturelle, Jean se sentit troublé et fit appeler l'adjudant qui commandait la chaloupe.

« Savez-vous, Gauthaume, dit-il, ce que peut être devenu Jossic ? Il manque à l'appel. »

Gauthaume ainsi interpellé parut assez ému ; ce premier maître, très bon serviteur, buvait quelquefois bien plus que sa soif; le commandant en second pensa que c'était le cas pour le moment et il n'en put rien tirer autre chose que :

« Je n'ai pas revu le quartier-maître depuis que nous avons quitté la chaloupe en arrivant à terre ; j'ai été d'un bord, lui d'un autre, et je ne puis dire quel chemin il a pris ! »

On racontait récemment à Yokohama la fin tragique d'un Anglais assassiné, dévalisé, dont la tête fut retrouvée sous des rameaux de camélias en fleurs derrière une haie, et le tronc à cent mètres plus loin. Jean se rappelait cette lugubre histoire.

« Yvon était porteur d'une somme importante, se dit-il.

Mais quelle idée ai-je là ? Il aura simplement manqué la chaloupe de quelques minutes, et il prendra une barque pour revenir.

L'heure passe cependant, la nuit tombe et on ne signale aucune embarcation. M. de Lestoures paraît de plus en plus agacé. Comme il irait lui-même aux informations, s'il n'était pas obligé de rester à bord ! Un vieux second maître armurier remarque son air préoccupé et la manière dont il fait les cent pas sur le pont en regardant du côté de la ville à chaque minute.

« Encore des hommes à la traîne, commandant? demande ce maître, qui n'est autre que Filippi.

— Non, répond Jean, seulement le quartier-maître Jossic n'est pas revenu avec la chaloupe, et cela m'inquiète malgré moi, parce qu'il avait pas mal d'argent sur lui et qu'il se montre d'ordinaire très exact.

— Commandant, dit Filippi, voulez-vous ordonner qu'on arme le youyou ; il fait beau temps et je pourrai être aisément de retour pour mon quart. Peut-être Jossic n'a-t-il pas trouvé d'embarcation et le rencontrerai-je au quai !

— Merci, Filippi, j'accepte, répond Jean. Faites armer le youyou, » ajoute-t-il en parlant à l'officier de quart.

CHAPITRE VI

L'aventure d'Yvon Jossic. — Le complot.

Après deux heures le commandant en second est averti que le youyou accoste : il monte sur le pont et aperçoit d'abord le second maître, la figure pleine de sang, le col déchiré. Ensuite, derrière lui, les quatre hommes qui armaient le youyou portent un corps inerte qu'ils déposent aux pieds de Jean. C'est Yvon.

« Dieu du ciel, il est mort ! » s'écrie M. de Lestoures épouvanté.

Non, Yvon n'était pas mort ! Il paraissait ivre-mort, les yeux atones, la figure hébétée, les vêtements débraillés, souillés.

« C'est pire que mort », pense Jean, qui appelle immédiatement le capitaine d'armes.

« Faites mettre cet homme aux fers, et demain, quand

il sera bien dégrisé, qu'on me prévienne! » lui dit-il, prenant bravement son parti, et décidé à se montrer d'autant plus sévère qu'on connaît son affection indulgente pour ce malheureux et puis si celui-ci peut offrir quelques excuses plausibles, cette sévérité arrêtera les méchants commentaires. Cependant M. de Lestoures se sent navré; il était si fier de son protégé, il avait en lui une telle confiance! Et le voir tomber si bas d'un seul coup, à la première occasion!

Filippi, interrogé, raconta ce qui suit :

« Pour lors, commandant, j'étais, comme vous, fort inquiet, surtout après que vous m'aviez appris que Jossic se trouvait porteur d'une somme assez considérable. Et crainte de lui nuire dans votre esprit, sans être certain du fait, je ne voulais pas vous faire part d'une conversation que nous avions eue, Jossic et moi, il y a quelques jours. Il me conta alors qu'il connaissait un moyen infaillible de gagner beaucoup d'argent; je lui demandai lequel. D'abord, il refusa de me le dire; mais j'insistai et il finit par m'avouer qu'un camarade lui avait parlé d'une salle de jeux tenue par un Américain où, en jouant au poker, on pouvait gagner des mille et des cents. Je lui répondis qu'on pouvait surtout perdre sa solde. Il n'eut pas l'air convaincu et continua à me parler de ce jeu dont j'ignorais même le nom. Ensuite je n'y pensai plus; mais le souvenir m'en est revenu sur le pont, lorsque je vous proposai d'aller aux informations.

» Arrivé à terre, je me mis à sa recherche, je connais la ville, et, après bien des courses, je rencontrai enfin une petite fille près des maisons de bains, qui me dit quelques mots en mauvais français. Je l'interrogeai et j'arrivai à comprendre qu'elle avait vu tout à l'heure « matelot français avec pièce de monnaie sur la poitrine ». Je lui pris la main et elle me conduisit derrière une espèce de jardin public, où nous trouvâmes Jossic étendu, la face contre terre, dans une sorte de fossé : il était tout débraillé et sale.

Ils le déposent aux pieds de Jean.

Alors je voulus le secouer, le faire marcher pour gagner le youyou; mais il devint furieux tout de suite, me surprit et me terrassa en m'égratignant la figure. J'arrivai à me dégager et je courus appeler les hommes qui n'étaient pas très loin. Eux et moi retrouvâmes le malheureux étendu de nouveau avec l'air d'un idiot... Nous l'emportâmes dans l'embarcation sans qu'il essayât de résister ni de parler, juste dans l'état d'hébétement où il est encore! Vous comprenez, commandant, que, si vous l'exigez, je me tairai et ne demanderai pas une enquête; mais cela sera dur pour un vieux serviteur comme moi, Jossic a frappé son supérieur sans aucune provocation et les hommes qui l'ont ramené le répéteront partout! »

Le ton et les phrases du second maître déplaisaient beaucoup à Jean. Malheureusement, les faits étaient patents.

« Étiez-vous seul, dit-il, lorsque Jossic vous a parlé de cette maison de jeu?

— Non, commandant; le premier maître Ganthaume se trouvait avec moi. »

Ganthaume, interrogé, raconta absolument la même chose, sans rien changer au récit de Filippi. Les quatre matelots qui venaient de rapporter Yvon ne savaient rien, ayant été appelés par le second maître, qui leur avait ordonné de l'attendre; ils n'aperçurent Jossic que dans l'état où il demeurait encore. Tous cela devenait de plus en plus sérieux, car, même en admettant que l'argent fut intact, ou eût été employé à l'usage prescrit, restaient l'ivresse et les coups à un supérieur.

M. de Lestoures passa une triste nuit, cherchant des excuses à son protégé, n'en voyant qu'une : Yvon était fort sobre, le premier excès l'avait terrassé; mais alors ce récit si plausible de Filippi...

Après le grand lavage du matin, auquel préside toujours le commandant en second, celui-ci fut informé que le quartier-maître Jossic semblait dégrisé et calme. Jean se rendit au magasin général, où Yvon se trouvait, les fers aux pieds. Ces dernières vingt-quatre heures l'avaient rendu presque méconnaissable. Il restait là comme hébété, les yeux fixes, sans expression, la bouche ouverte et sèche. Depuis son réveil, ayant bu une cruche d'eau et il en demandait encore, dit le factionnaire de garde à la porte. Jean, pour le surprendre et sans lui laisser le temps de la réflexion :

« Jossic, dit-il, sur ce que tu as de plus sacré, sur ta mère, avoue-moi la vérité; si je comprends que tu ne me caches rien, je te promets d'intercéder pour toi. »

Yvon ne répond pas, ses dents claquent, il lève les yeux, mais n'arrive pas à articuler un son.

« D'abord, continue Jean, qu'as-tu fait de l'argent? et mes commissions? et les reçus que tu devais prendre? Voyons, parle, je te l'ordonne!

— L'argent, répond enfin Yvon, l'argent; quel argent? Je n'en ai pas vu !... Ah! bon Dieu! » crie-t-il tout à coup, pendant qu'un flot de sang montait à ses joues tout à l'heure livides. Et il se tâte, ses mains tremblantes n'arrivent pas à trouver ses poches, qu'il retourne enfin les unes après les autres.

« Non, je n'ai rien payé, et je me rappelle tout, ajoute-t-il en balbutiant. Mais l'argent, où l'ai-je laissé alors? »

Et, pris d'un accès terrible, il se jette par terre, en proie à une violente attaque de nerfs; il s'y roule en poussant des cris aigus. En tombant, il s'est blessé, le sang coule... Jean appelle... On parvient non sans grand'peine à ôter les fers qui blessent ce malheureux. Enfin, on le terrasse et on l'emporte à l'infirmerie sur l'ordre de M. de Lestoures, ou il faut encore lutter avec lui pour le déshabiller et le coucher. Une fois au lit, il devient inerte. Tout cela n'a pas duré longtemps et le docteur n'arrive qu'au moment où Yvon ne donne plus signe de vie; le médecin, après avoir examiné le malade, se fait conter par Jean tout ce qu'il sait. Cela ne peut guère expliquer l'état du malade, dont les membres continuent à trembler pendant que ses yeux, la pupille dilatée, restent ouverts et fixes. Le pouls est nul... le cœur bat comme affolé.

« Mon avis, dit enfin le docteur, c'est que cet homme n'a bu ni vin, ni liqueur, cependant il a pris quelque substance toxique très violente, peut-être de l'opium avec autre chose certainement, mais quoi? Si je le savais, j'agirais plus sûrement. En tous cas, couvrez-le de sinapismes très forts ; faites-lui avaler, bon gré, mal gré, du café noir, une cuillerée toutes les cinq minutes ; car il faut le réveiller à tout prix! Autrement, il va nous passer entre les mains, et cela ne serait pas long!

— Dès que le commandant rentrera et que je pourrai quitter le bord, se dit Jean, je descendrai à terre et j'arriverai bien à apprendre quelque chose sur ce malheureux garçon. Je demanderai à notre consul de m'aider. »

Après avoir avalé plusieurs tasses de café, quand les sinapismes eurent produit leur effet, Yvon remua les paupières, son pouls remonta, le cœur battit plus régulièrement. Le médecin-major approuva le traitement suivi par son confrère[1].

M. de Lestoures passait au chevet d'Yvon tous les instants que lui laissait son service et il commençait à espérer que son protégé sortirait absolument net de l'enquête qu'il allait faire.

« On lui aura donné à boire n'importe quel poison pour le voler, pensait-il; quand il a battu Filippi, il ne savait pas ce qu'il faisait, j'en jurerais! »

Les vêtements du quartier-maître fouillés de nouveau, on n'y trouva ni l'argent du commandant en second, ni le porte-monnaie, ni la montre d'Yvon, pas même son sifflet. Sa médaille avait aussi disparu.

1. Il y a toujours au moins deux médecins sur les bâtiments amiraux, dont le plus gradé a rang d'officier supérieur et mange à la table de l'amiral.

Le lendemain l'amiral, le commandant et l'aumônier rentrèrent à bord avec Capitaine. Ce dernier se précipita à l'infirmerie au chevet de son maître, dont il se mit à lécher doucement la figure, en poussant de temps en temps de petits cris plaintifs. Rien, pendant bien des jours, ne put le chasser de cette place; il la quittait une demi-heure, tous les matins, après la visite du docteur, pour faire une promenade sur le pont, manger sa soupe, boire quantité d'eau; ensuite il revenait à son poste jusqu'au lendemain, épiant les moindres mouvements du malade, remuant la queue à ceux qui s'intéressaient à Yvon, surtout à Jean et au docteur.

Les aspirants, fort touchés de la conduite du terre-neuve, lui apportaient tous les jours quelques morceaux ou friandises de leur dîner. Capitaine les remerciait, mangeait ce qu'on lui offrait; mais si les jeunes gens l'invitaient à sortir, à jouer, il refusait, aucune chose ne le tentait.

L'amiral en rentrant apportait des nouvelles reçues par le télégraphe. Le *Trident* avait ordre de partir aussitôt paré pour désarmer à Brest, en traversant le Pacifique : première relâche à Taïti et retour par le détroit de Magellan ou le cap Horn. L'amiral conta cela tout haut en arrivant sur le pont, et Jean, qui regardait Ganthaume par hasard, fut frappé de l'air de contentement qu'exprimait la physionomie du maître; M. de Lestoures n'y pensa bientôt plus, mais il s'en souvint plus tard.

Le *Trident* fit tout de suite son plein de charbon. Ce n'est pas une sinécure que le métier de second d'un grand bateau : tous les soins matériels regardent le commandant en second; il a la responsabilité de chaque chose et du moindre détail : embarquement de charbon, des vivres, tenue, conduite des hommes, punitions, permissions, peinture, propreté du bâtiment, etc. Aussi ses loisirs sont-ils rares, et au moment d'un départ il n'a pas une minute à lui. Jean ne put donc pas se rendre à Yokohama ni même y envoyer personne; le commandant avait consigné les officiers puisqu'on devait lever l'ancre aussitôt que le charbon et les vivres frais seraient embarqués. En effet, le lendemain matin, la frégate, profitant d'une belle brise, appareillait à la voile.

Le pauvre Yvon restait toujours très malade, en grand danger ; il eut le délire pendant une semaine encore. On put voir alors combien il était aimé, à l'empressement de tous ses camarades et des maîtres qui venaient prendre de ses nouvelles, et s'en allaient désolés de ne pas les trouver meilleures. Ganthaume essaya de faire comme les autres, mais il dut y renoncer, parce que Capitaine, si bon, si reconnaissant avec tous, faisait mine de le mordre et l'avait pris en grippe. Personne ne comprenait la cause de cette aversion, le maître ne lui ayant jamais rien fait.

Un jour le major, en dînant, dit à l'amiral :

« Je voudrais sauver Jossic, pour lui d'abord, mais surtout pour son chien qui me le demande avec un regard presque humain.

— C'est vrai, reprit l'amiral, on ne voit plus Capitaine ; il n'abandonne pas les malheureux. »

L'histoire de Jossic ne lui faisait d'ailleurs aucun tort dans l'estime des autres matelots.

« Courir bordée une fois n'est pas un grand crime, disaient-ils, et le pauvre diable en sera puni, vraiment. Quant à l'argent, on le lui aura volé, parbleu ! Ce n'est pas le premier à qui ça arrive ; et, quand on a bu un coup de trop, peut-on vous rendre responsable d'une vivacité ? Non, vraiment, l'amiral et les commandants sont bien trop justes pour tenir rigueur à ce malheureux. »

Filippi commençait toujours par dire comme les autres à ce sujet, mais il finissait toujours aussi par ajouter que l'on ferait bien de mettre Jossic en jugement s'il guérissait ; que pour lui, il ne le chargerait pas, non, sûrement ; il exposerait simplement les faits, prêt à tout pour aider le commandant en second à tirer son protégé de ce mauvais pas ; mais enfin que deviendrait la discipline si la chose en devait rester là ?

On parlait souvent de cette affaire à bord, pendant la longue traversée du Japon à Taïti, et Jean trouvait les jours bien longs; il se sentait fatigué, énervé. L'amiral s'informait souvent de Jossic, mais il disait aussi de temps en temps :

« Décidément, Lestoures, vous aviez des illusions sur ce garçon-là et peut-être après sa belle action les ai-je partagées, je le voyais déjà officier dans peu d'années ! Enfin, s'il s'en tire, et nous tâcherons de l'en tirer, malgré cet animal de Corse qui le chargera, ce sera toujours une sotte histoire à cause de l'argent, une histoire qui le suivra, j'en ai peur. Espérons toutefois qu'il pourra se justifier en partie ! »

Après une longue lutte entre la vie et la mort, Yvon, grâce à sa vigoureuse constitution, se trouva un jour tellement mieux, que le docteur le déclara sauvé. On pouvait donc lui donner quelque nourriture et lui permettre de se lever quelques instants.

« Dans peu de jours, ajouta le docteur en s'adressant au malade, tu seras comme tout le monde, et je t'assure que tu reviens de loin. »

Si le médecin paraissait content, Capitaine ne témoignait pas moins de satisfaction, car il comprenait tout, voilà une chose dont personne ne doutait à bord. Dès que le médecin eut dit qu'Yvon était sauvé, le chien se dressa sur ses pattes de derrière, embrassa vigoureusement le docteur, ensuite il l'accompagna jusqu'au carré, et puis il se rendit à la porte de l'appartement de l'amiral. Comme un officier sortait en ce moment, Capitaine se précipita et posa sa grosse tête sur les genoux de l'amiral, le regardant avec une tendresse vraiment touchante qui faisait dire à celui qui en était l'objet :

« Il y a par instant dans les yeux des animaux, surtout des chiens, quelque chose de doux, de tendre et d'intelligent : quelques yeux humains ont cette expression-là, et ils sont rares; j'en ai rencontré pourtant qui m'ont fait penser à ceux de bons chiens, et le rapprochement restait parfois à l'avantage des derniers. »

Au bout de trois jours, Yvon se tenait debout, pâle, maigri et faible, mais enfin en état de parler, et Jean, prévenu, se rendit auprès de lui. Yvon interrogea tout de suite son protecteur en le regardant en face.

Commandant, dit-il, voulez-vous m'instruire et m'expliquer ce dont on m'accuse? Racontez-moi tout, je vous en supplie! Où m'a-t-on trouvé quand je suis tombé? Je ne comprends absolument rien à ce qu'on chuchotte là-dessus. J'ai compté sur vous qui avez été toujours si bon pour moi, et je suis certain que vous ne me ménagerez pas, puisque je suis guéri et prêt à tout entendre. »

M. de Lestoures mit alors Jossic au fait et lui expliqua en quelques mots ce qui s'était passé et ce dont on l'accusait; il ajouta en terminant :

« Je ne t'ai jamais cru coupable d'intention, et je suis certain que tu m'avoueras l'entière vérité franchement, sans crainte, ni honte. Il est impossible que l'enfant que j'ai sauvé et aimé ne s'accuse pas s'il a failli, et il me paraît surtout impossible qu'il mente. Allons, va, je t'écoute. »

Yvon était fort ému de l'accent de son protecteur, mais il éprouvait presque un soulagement de connaître les accusations portées contre lui.

« Commandant, répondit-il, sur l'honneur, je vais vous dire ce que j'ai fait et ce que je sais. Lorsque je suis descendu avec les permissionnaires, Ganthaume m'a offert de me mener dans une taverne américaine qu'il connaissait, et où l'on vendait d'excellente bière. « Nous ferons nos courses ensuite », a-t-il ajouté; j'ai accepté. Vous devez vous souvenir, commandant, qu'il faisait très chaud : j'avais donc grand'soif. Nous partîmes tous deux, et, après une assez longue marche, nous arrivâmes dans un endroit écarté, devant une sorte de café assez sale et désert. Dans la pièce où nous entrâmes, il n'y avait personne qu'un vieux Japonais qui vint s'asseoir auprès de nous, et nous parla dans une sorte de jargon mêlé de japonais, d'anglais et de français. Après que j'eus avalé un verre de bonne bière glacée, le vieux me proposa de me préparer *oune petite glass d'autre boisson très bon.* Je me souviens encore parfaitement de ces termes, et que je riais en les écoutant; le vieux et Ganthaume riaient aussi. J'acceptai; le premier m'apporta bientôt une tasse contenant un liquide et un morceau de glace. « Buvez, disait-il, ça *good, good!* » Je bus une gorgée ou deux et rejetai le reste, car cela me parut détestable; et puis je voulus m'en aller; mais en cherchant à me soulever, j'eus comme la sensation que j'étais cloué sur ma chaise et que tout tournait dans la salle, ensuite que je m'endormais, mais en faisant des efforts inouïs pour rester éveillé et aussi pour repousser le vieux qu'il me semblait voir penché sur moi. Ganthaume se trouvait-il encore présent ? Je ne saurais le dire et je ne me rappelle pas autre chose; il me semble que je l'appelai tout en luttant contre le sommeil; cependant après l'instant où nous avons bu le premier verre de bière, et où je me souviens de l'avoir vu à côté de moi, je ne puis rien préciser en ce qui concerne Ganthaume. Et voilà tout, commandant, absolument tout ce que je puis vous conter.

Depuis que j'ai repris mon entière connaissance, il y a trois jours, je tâche de rappeler, de grouper mes souvenirs, c'est en vain; aucun autre détail ne revient à ma mémoire, jusqu'au moment où je sortis comme d'un affreux rêve et où je me trouvai dans un lit à l'infirmerie. On me raconte que j'ai été ivre, qu'on m'a ramassé dans un fossé derrière la ville, que j'ai battu un maître, que j'ai été au plus mal après, qu'on m'a mis aux fers, et, le pire de tout, que l'argent que vous m'avez confié ne se retrouve pas! Tout cela me paraît inouï. Je crois pouvoir jurer que je ne me suis pas grisé; par conséquent, je ne puis avoir battu Filippi; et pourquoi l'aurais-je fait? Je n'ai aucune raison de lui en vouloir, n'ayant même eu de rapports avec lui que fort rarement. Mais enfin, que dire? Je ne sais rien, je n'ai idée de rien!

— Aurait-on volé mon argent? ou est-il possible que dans ta folie tu l'aies perdu ainsi que ta montre?

— On m'a sûrement volé, car il m'était impossible de perdre votre argent, l'ayant par précaution, je me le rappelle très bien, mis sous mon tricot, enveloppé dans mon mouchoir; le mouchoir restait attaché avec une épingle à ma veste, par conséquent il ne pouvait glisser. Le coquin de Japonais m'aura donné quelque drogue et m'aura ensuite déshabillé en partie pour me dévaliser. Mais on a sans doute interrogé Ganthaume? »

Quoiqu'on ait déjà questionné Ganthaume, on le fait de nouveau comparaître après les explications de Jossic. Il les traite de rêves de malade; il nie énergiquement avoir conduit Yvon n'importe où, par conséquent, il ne sait rien, n'a rien vu, puisqu'il n'était pas avec le quartier-maître, il est prêt à en jurer! Il ne l'a retrouvé qu'à bord, ramené par Filippi. Les matelots en permission ce jour-là n'ont aucun souvenir précis; les uns disent avoir aperçu Ganthaume et Yvon partir ensemble; les autres affirment qu'ils sont allés chacun d'un côté opposé; en somme, leurs dépositions ne jettent aucun jour sur cette affaire.

Un vieux maître cependant, qui connaît Yokohama, d'après la description de cette taverne tenue par un Américain, raconte que c'est un des endroits les plus mal famés de la ville; que la nuit, mais seulement la nuit, on y joue un jeu d'enfer, que des matelots de commerce y ont été dévalisés, puis assommés par les habitués.

« Et, ajoute-t-il, c'est rudement drôle que Jossic ait pu tout seul trouver cette maison située hors de la ville. »

Parlant ainsi, il regardait Ganthaume d'un air de défi, et cela donna l'idée à M. de Lestoures de l'interroger en particulier; mais cet homme ne put rien préciser; seulement il conta que Ganthaume et Filippi détestaient Jossic, cent personnes à bord pourraient le dire aussi, et qu'ils avaient souvent joué au quartier-maître de méchants tours dont celui-ci ne se plaignait jamais. Il termina par ces paroles :

« Voyez-vous, commandant, il y a quelque chose là-dessous. »

Jean pensait aussi qu'il y avait là un mystère, mais lequel; et comment le découvrir? L'amiral et le commandant, auxquels il fit part de ses doutes, refusèrent de les partager et lui répétèrent que sa partialité pour son protégé l'induisait à bâtir un roman, à voir un complot là où il n'y avait que de simples faits. « Ce garcon a bu; n'y étant pas habitué, il est devenu querelleur, puis malade, et la maladie lui aura ôté la mémoire; il a été volé pendant son ivresse, c'est fort simple. Mais il faut le mettre en jugement, car l'ivresse ne peut être une excuse et il a frappé un supérieur. Cependant, ses vingt mois passés de conduite exemplaire rendront les juges très indulgents.

« Allons, Lestoures, ajoute l'amiral, ne soyez pas si impressionnable, on sera indulgent mais juste. »

Jean se montre peut-être trop sensible et trop crédule, comme dit l'amiral, et il est malade de chagrin quoiqu'il dissimule son malaise et ses soucis. Yvon, quoique hors de danger, ne se remet pas : ses camarades sont très affectueux pour lui, absolument comme avant cette triste affaire; mais il ne montre plus de goût à rien : livres et métier, rien ne l'intéresse de ce qu'il aimait autrefois. Souvent il se demande s'il n'a pas vraiment été ivre et méchant. Mais non, il se rappellerait quelques faits touchants cela, puisque d'autres se représentent à sa mémoire !

Encore une semaine passée à la mer par un temps admirable, sous voile; Yvon s'était promis un tel plaisir à visiter Taïti, l'île enchantée dont on lui avait tant parlé, mais rien ne le tente à présent. La nuit dans son hamac, ou de quart sur le pont, dès qu'il croit être seul, il pleure comme un enfant;

pourtant l'amitié de son cher commandant lui reste, et c'est une grande consolation. Le docteur qui l'a soigné ne le croit pas coupable non plus. Celui-ci jurerait que Jossic a pris une drogue qui l'a rendu fou d'abord et ensuite a failli le tuer, et quand on le jugera, lui, le docteur, le défendra ! Mais être mis en jugement, même si on doit être acquitté, pour un honnête homme cela semble terrible !

Huit heures viennent de piquer, la veille du jour où le conseil des officiers du bord doit se réunir pour juger cette affaire et diverses autres ; la corvée, que l'on nomme « la propreté », vient de se terminer ; les matelots sont allés prendre leur premier repas ; le commandant en second va rentrer dans sa chambre lorsqu'un mousse se précipite en même temps que lui à sa porte et le supplie de l'écouter bien vite. Ce mousse se trouve être un enfant très peu discipliné, très étourdi, un vrai gamin ; trop souvent puni, Yvon l'a quelquefois aidé, il lui est même arrivé de prendre à son compte quelques-unes des étourderies de ce mousse, qui naturellement adore le quartier-maître.

Un jour que les médecins désespéraient, le petit ne voulut pas quitter le chevet d'Yvon, où il avait sangloté tout le temps.

A présent, il paraît dans un tel état que Jean, en le faisant entrer dans sa chambre, le croit atteint de folie.

« Commandant ! crie-t-il, je les ai trouvés, les coupables ; il faut me croire. Je suis un failli chien quelquefois, mais pas un menteur. Et j'aurais mis ma tête à l'affût du gros canon chargé que Jossic n'avait pas bu ! Il est innocent comme l'enfant qui vient de naître. Ah ! nom d'un chien, je suis-t'y content d'avoir été là et d'avoir entendu ce que j'ai entendu !

— Voyons, s'écrie Jean, explique-toi vite, je suis pressé et tâche que je te comprenne.

— Pour lors, commandant, j'étais sur le pont, la nuit dernière, et vous ne me punirez pas si je vous avoue que j'aurais dû être dans mon hamac, mais j'avais chaud et je ne pouvais pas dormir. Je me glisse donc par un panneau ouvert, et me voilà à l'avant, près du gros canon ; je monte à cheval dessus et je m'amuse à regarder les étoiles énormes, qui ont l'air de danser dans l'eau. Probable que je m'endors car je n'entends pas changer la bordée ni piquer minuit ! Et je suis réveillé par le bruit des pas de deux maîtres qui s'approchent. Je me jette à bas et je me glisse sous l'affût où il fait sombre ; je crois qu'ils vont passer sans me voir, mais ils s'adossent au canon, pas de mon côté. Je me dis : « S'ils tournent un brin, je suis flambé. » Vous jugez, commandant, si je me fais petit et si je retiens ma respiration !

— Abrège, on m'attend là-haut, et je n'ai pas le temps d'écouter le récit de tes impressions.

— Bon, m'y voilà, commandant. Pour lors, les deux qui me font si grand'peur, c'est Filippi et Ganthaume ; je les reconnais, ils ne sont pas doux, vous savez, et ça ne m'encourage pas à sortir de ma cachette. Ils bavardent et c'est ici qu'il faut faire attention. Ganthaume parle le premier « Oui, je sais, qu'il dit, vous avez peut-être raison ; cependant, vous verrez s'il ne nous arrive pas du mal ! D'abord, le commandant en second se méfie de moi et me surveille, sûr et certain. Et puis cet argent, cette montre, et puis ce damné chien qui grogne dès qu'il m'aperçoit ! Pas plus tard qu'hier, je l'ai rencontré auprès du magasin général, et, sans le magasinier, il m'arrachait ma veste. — Si vous n'étiez pas un stupide poltron, reprend Filippi, tout ça n'arriverait pas. Capitaine sent que vous avez la montre de son maître, pourquoi la lui avoir prise ainsi que l'argent ? le vieux ou les gens de la taverne se seraient bien chargés de l'en débarrasser. — Ou vous, dit l'autre, en allant le querir. » Filippi jure et crie presque. « Ne m'insultez pas, ou il arrivera un malheur. » Il est furieux ; mais il se calme bientôt et ajoute « Pourquoi que vous ne jetez pas cela à l'eau, l'argent et tout ? Non, répond l'autre, ce serait comme si je volais ; il

Je me glisse sous l'affût.

y a deux mille francs au commandant en second, je les lui ferai tenir un jour où l'autre par une voie détournée. Et si jamais on découvrait tout, je veux au moins prouver que je ne suis pas un voleur. C'est bien assez du reste. Je ne dors ni ne mange, savez-vous; et puis ce chien maudit!... — Alors, dit Filippi, jetez au moins la montre et tout ce qui appartient à Jossic, et le chien vous laissera tranquille! — Non, je ne veux pas, reprend Ganthaume; je lui ai causé assez de mal, à ce malheureux, et je ne veux pas lui perdre son bien; en France, je tâcherai de lui rendre sans me compromettre. — Comme vous voudrez, dit l'autre. Mais alors il ne faut pas être une poule mouillée et avoir peur d'une bête. Capitaine vous laissera tranquille, cependant j'achèterai une drogue à la première relâche et on lui fera une boulette. A présent, tâchez de ne plus m'assommer de vos sottes frayeurs. Ce qui est fait est fait, que diable! Et ce Jossic de malheur ne sera jamais officier, fiez-vous à moi pour faire circuler l'histoire dans les cinq ports, arrangée, augmentée; jamais il ne pourra s'en laver. Parce que ces idiots de commandants le protègent, il ne sera pas dégradé? mais il n'ira pas plus haut que vous et moi. Ce ne sera pas le premier auquel des racontars auront coupé les ailes. — Tout ça, dit Ganthaume, c'est bien plus que je ne voulais. Au fond, nous a-t-il tant offensés, ce garçon? — Comment! hurle presque l'autre, et sa voix tremble et il jure à faire frémir comment, pas offensés? Un blanc-bec qu'on embarque en sortant de nourrice et qui est aidé, choyé, loué, instruit par les officiers! Un jour qu'il serrait une voile au haut de la mâture, par un coup de roulis, j'ai vu le commandant en second tout pâle d'émotion, craignant de voir monsieur se rompre les os! Et il arrive quartier-maître de manœuvre juste aussitôt qu'on peut le nommer! J'y ai mis sept ans, moi qui vous parle! Et vous avez donc oublié le moment où l'amiral, pendant que vous commandiez une manœuvre, a dit que pour vous en si mal tirer, vous deviez avoir bu, et qu'il fallait laisser faire Jossic ! Et cela devant toute une bordée ! Et moi, ne vous le rappelez-vous plus ? Lorsque j'ai entendu, sans qu'il s'en doutât, l'amiral répondre au commandant qui me proposait : « Non, décidément, il ne faut pas demander la médaille pour Filippi, cela pourrait empêcher Jossic de l'obtenir, bien qu'il la méritât davantage; mais, étant plus jeune de beaucoup, on aurait peut-être égard à l'ancienneté du maître, et l'on ne voudrait pas donner deux médailles sur le même bateau... Nom de... quand je pense à cela ! » Je ne répète pas les jurons, commandant, je sais que vous les détestez, et je continue. « Alors, reprit Ganthaume, vous m'avez monté la tête et vous vous êtes servi de moi, vous mettant, vous, bien à l'abri ! Et ce n'est pas vous, mais moi que le commandant en second soupçonne, n'est-ce pas, et que le chien épie ? Et ce coquin de Japonais, pour les quarante francs que je lui ai donnés, s'était engagé à rendre Jossic querelleur, batailleur, promettant qu'il crierait, courrait, ferait mille folies d'ivrogne. — C'était tout ce que je demandais et qu'il se montrât aussi faillible qu'un autre, et qu'on ne nous cornât plus aux oreilles les mérites de ce poussin-là. Mais toutes ces trames, c'est trop, je vous le répète, et ça tournera mal. Et le docteur croyez-vous qu'il soit dupe ? pas plus que le commandant de Lestoures ! — Les coquins, disait Filippi, s'ils pouvaient crever ! » Et là-dessus ils se sont éloignés. Mais, écoutez encore, commandant. Lorsque j'ai été sûr qu'ils ne pouvaient plus me voir, je me suis relevé et ai fait : « Psitt ! » au maître de quart Esnauld : « Que fais-tu là à épier les maîtres ? dit-il en s'approchant et en me pinçant l'oreille. Que je t'y reprenne, mauvais drôle ! — Bon, ai-je fait, pas si mauvais drôle pour une fois. Rappelez-vous bien que vous m'avez vu sortir de dessous l'affût de ce canon où je pouvais entendre ce que se contaient les deux maîtres. Vous en témoigneriez devant le capitaine de frégate, hein ? — Oui, bien sûr, qu'il répond, croyant que je plaisantais; je n'y manquerai pas demain matin, et il te donnera ton compte de cachot. En attendant, décampe et au hamac ! » J'ai décampé, mais je n'ai pas pu dormir. J'avais trop grand'peur d'oublier un mot de ce que je venais d'entendre. Voilà ! Et je suis crânement heureux ! Et vous aussi, pas vrai, commandant ?

— Oui, répond Jean, si tout est vrai et peut se prouver. En attendant que je te fasse appeler, je vais te mettre sous clef. Ne dis rien et ne bouge pas d'ici jusqu'à mon retour. »

CHAPITRE VII

Confusion des coupables. — La mort de Filippi. — Le navire mystérieux. — A Brest.

M. de Lestoures sortit de sa chambre et alla tout droit interroger Esnault; le maître déclara sans hésiter « qu'il avait vu sortir l'enfant de dessous le canon au moment où Ganthaume et Filippi s'éloignaient, après avoir causé longtemps appuyés à ce canon; mais que lui, Esnault, ne se trouvait pas à portée d'entendre leur conversation ». Ensuite Jean se rendit chez l'amiral, et le mit au courant. L'amiral, fort intrigué, fit venir le mousse qui, en présence des deux commandants, répéta presque mot pour mot sa déposition.

« Va dans ma chambre, dit alors l'amiral au mousse, et vous, Lestoures, faites appeler Filippi, ainsi que M. l'abbé, le commandant et le commissaire. »

Filippi arriva, ne se doutant de rien, mais devant cette espèce de tribunal il se troubla un peu; cependant il resta calme et paya d'audace.

« Nous savons la vérité, lui dit l'amiral; on a entendu et

répété votre conversation de la nuit dernière avec Ganthaume; il ne vous reste qu'à nous avouer votre faute. Autrement savez-vous que vous méritez le bagne ? car votre complot a failli coûter la vie à un homme. Allons, parlez, tâchez de mériter quelque indulgence par vos aveux et l'expression de votre repentir.

— Le bagne, amiral ! répondit le coupable. Et qu'ai-je fait, s'il vous plaît, pour que vous me menaciez du bagne ? Je n'en ai pas le moindre soupçon.

— Je vais vous le dire alors, reprit l'amiral. Par basse jalousie, et sans aucune provocation, Ganthaume et vous complotiez la perte d'un innocent, en lui faisant boire une espèce de poison qui a manqué de le tuer après l'avoir rendu fou ; vous lui avez volé son argent, ainsi que deux mille francs appartenant au commandant de Lestoures ; ensuite, vous avez menti effrontément, afin qu'on accusât ce malheureux enfant ! Voilà ce dont on vous accuse et qui est maintenant connu ; lâche, hypocrite que vous êtes !

— Alors, amiral, vous en savez plus long que moi sur tout cela, et je vous affirme moi que vous n'avez aucune preuve pour croire vrais les rêves d'un ivrogne. Je suis innocent et n'ai rien comploté ! Qu'on fouille mes effets, on n'y trouvera rien de volé. Voleur, moi ! Et notre conversation écoutée ! Nous avons causé, Ganthaume et moi, de choses étrangères à ce coquin de Jossic, qui aura payé un autre ivrogne pour nous accuser ! Je devine ce qu'à bord de votre *Trident* on veut faire subir à un vieux serviteur dont les cheveux ont blanchi au service ! L'amiral et les commandants abusent de leur autorité pour le victimer, ainsi que tous ceux qui ne les flagornent pas, afin de couvrir les fautes et les vices de leurs favoris !

— Vous parlez bien, maître Filippi, dit l'amiral ; et s'adressant à Jean : Commandant, faites mettre ce coquin aux fers sans hésiter. Veillez, je vous prie, à ce qu'on exécute mes ordres, et promptement ! »

On emmène Filippi ; il est livide, mais n'oppose aucune résistance, et jusqu'à la porte regarde insolemment l'amiral.

« Ce brigand n'avouera jamais, fait observer celui-ci ; espérons que Ganthaume parlera, car le témoignage du mousse ne suffirait pas. »

Ganthaume, occupé sur la dunette, ne se doutait de rien, et, appelé dans le salon, il entra, croyant qu'il était question d'une affaire de service. L'amiral, sans lui laisser le temps de réfléchir, lui dit :

« Ganthaume, nous savons tout : Filippi sort d'ici convaincu. Votre conversation de la nuit passée a été entendue ; elle est là, écrite par le commissaire. Tu es le plus coupable ; mais, si tu ne nous caches rien, je te promets d'intercéder pour toi, et qu'on aura égard à tes bons services. Malheureux, je penserai aussi à ta femme et à tes enfants, que je connais ! »

Le misérable tremble de tous ses membres, et se jetant à genoux :

« Amiral, s'écrie-t-il, j'avoue tout ; ayez pitié, au nom du ciel ! Mais non, je ne suis pas le plus coupable ! Sans Filippi, je n'aurais jamais fait de mal, je le jure devant Dieu qui nous entend. Filippi a été jaloux de Jossic dès le commencement de la campagne, et lorsque celui qu'il jalousait a obtenu la médaille, Filippi ne songeait plus qu'à la vengeance, comme un méchant Corse qu'il est. J'avoue que j'enviais aussi ce garçon, parce qu'il était choyé par les officiers ! Mais je n'avais aucune pensée mauvaise, et je satisfaisais ma jalousie en le punissant pour un rien et en signalant ses manquements dans le service. Ça se serait passé tout seul... Mais un jour, vous en souvenez-vous, amiral ? un jour, vous m'avez humilié devant tous et vous avez honoré Jossic à mes dépens ; les hommes ne laissèrent pas tomber cela, et ils me l'ont répété tant et tant de fois que je suis devenu furieux. Filippi m'excitait sans cesse, entretenait ma colère, me rapportant des propos tenus par Jossic; c'étaient autant de mensonges, je l'ai su depuis. Enfin, lorsque Filippi m'eut rendu presque enragé, il voulut satisfaire sa haine en se servant de moi et en se mettant à l'abri. C'est lui qui a tout comploté, arrangé un jour qu'il allait en permission. Sachant que nous nous rendrions à terre, le lendemain, Jossic et moi, Filippi m'a donné quarante francs pour payer le vieux Japonais. Celui-ci me promit que la drogue rendrait celui qui l'avalerait querelleur, batailleur et bruyant. J'ai laissé Jossic endormi sur un banc de la taverne. Mais il paraît que rien n'a pu lui faire ouvrir les yeux. Ce Japonais aura donné ou fait boire de force à Jossic quelque autre poison peut-être, afin d'achever le malheureux garçon. Filippi m'a avoué s'être déchiré lui-même avec ses ongles et avoir arraché un morceau de sa veste pour faire croire à une agression de Jossic, qu'il trouva endormi sur le même banc où il était tombé, et qu'ensuite il transporta celui qu'il voulait perdre derrière la taverne avec l'aide du vieux, avant d'appeler les hommes du you-you. C'est toute la vérité, amiral, je suis prêt à en faire le serment sur l'Évangile, et que Dieu me punisse si je mens! Et voilà, ajouta-t-il en retirant divers objets de ses poches, et voilà l'argent, le portefeuille, la montre, tout! Je ne suis pas un voleur! J'ai été bien coupable, bien faible, bien bête aussi; punissez-moi, je le mérite. Mais, amiral, commandant, monsieur l'abbé, vous direz un mot en ma faveur, pas à cause de moi, mais par pitié pour mes enfants. Je suis un vieux serviteur, et jamais jusqu'à ce jour je n'avais commis aucune mauvaise action. Et puis, si vous saviez comme j'ai été déjà puni par mes remords. Et ce chien qui me suivait partout! Je sentais ma raison s'en aller, et, malgré la honte et la punition, j'aime mieux qu'on sache le pire à présent. »

Le malheureux sanglotait, il se tordait les mains. Tous étaient émus.

Le commandant lut la déposition.

« Oui, répondit enfin l'amiral, plus touché qu'il ne voulait le laisser voir, si l'on ne découvre pas autre chose, je m'engage à plaider pour toi, auprès des juges, les circonstances atténuantes en faveur de ton repentir et de ton passé. A présent, tu vas signer tes aveux ; le commissaire te les lira, il les a écrits à mesure que tu parlais. »

Le commissaire lut tout haut et Ganthaume signa sans hésiter. Ensuite, Filippi fut rappelé, deux matelots lui tenaient les bras. A lui aussi, sur l'ordre de l'amiral, le commandant lut la déposition de son complice. Filippi blémissait en écoutant. Quand ce fut achevé, il se tourna vers Ganthaume :

« Misérable lâche ! » lui cria-t-il.

Après il ne desserra plus les dents.

On emmena les deux coupables, Filippi aux fers, Ganthaume en prison seulement. Jossic, qu'on avait prévenu, entendant lire sa justification, fut obligé de s'accrocher à un fauteuil, craignant de se trouver mal. On le fit asseoir. Tout l'état-major présent lui serra la main. L'amiral mit la sienne sur l'épaule du quartier-maître :

« Mon enfant, dit-il avec bonté, tu es plus que justifié ; ni ces messieurs ni moi ne t'avions d'ailleurs cru coupable d'un vol, mais seulement, étant en état d'ivresse, d'avoir frappé Filippi. Dieu merci, nous nous étions trompés. Dimanche, après l'inspection, ceci sera communiqué à l'équipage. En attendant, va te reposer et te réjouir avec Lestoures, et ne pleure pas comme une bête, hein !... »

Jean emmena Yvon avec le mousse, et le dernier eut un grand succès dans la batterie. On lui fit raconter cent fois la même chose. Je ne répondrais pas qu'à la fin son récit fût complètement véridique.

Les matelots disaient : « C'est Capitaine cependant qui a été la première cause des remords de Ganthaume. Vive Capitaine ! Est-ce qu'il y a jamais eu une bête semblable à ce chien-là ? Non, bien sûr ! »

Et à partir de ce jour une légende se crée au sujet du terre-neuve, et cette légende grossit, s'amplifie, se dénature. Les hommes qui étaient sur le *Trident*, au moment où l'histoire s'est passée, la raconteront dans les cinq ports, et ceux qui seront libérés, dans leurs villages. La vérité et la fable vont se coudoyer, et l'on ne saura bientôt plus démêler l'une de l'autre!

Pendant les longues heures des quarts, durant les repos du dimanche, au cours des pénibles traversées, lorsqu'un matelot ou un maître commenceront un récit par ces mots : « Pour lors, mes enfants, sur le vaisseau-amiral le *Trident*, nous finissions la campagne de Chine et du Japon, vingt-sept mois, pas moins, à revenir désarmer à Brest par le Pacifique, et donc, il y avait à bord le chien d'un matelot, un énorme terre-neuve, appelé Capitaine... » A l'instant chacun sera tout oreilles, prêt à écouter pour la centième fois et aussi à croire les choses les plus extraordinaires, que dix existences de chiens, encore mieux doués que Capitaine, n'eussent pas suffi à accomplir!

L'équipage du *Trident*, depuis l'amiral jusqu'au dernier mousse, passa une délicieuse soirée à Papéiti, capitale de Taïti.

Si les hommes faits ne trouvent plus dans l'île enchantée (ainsi la nommait-on autrefois) le charme, presque l'ivresse qu'ils y éprouvèrent lors de leurs premiers séjours, quand ils étaient midships ou enseignes, c'est encore pour tous la plus agréable des relâches. La mer y est toujours clémente, jamais d'orages, ni de froids, ni de grandes chaleurs; pas une bête malfaisante, pas même de moustiques, cette plaie des pays tropicaux! Un printemps éternel, des eaux limpides, une pluie rafraîchissante vient tempérer les saisons un peu chaudes. Les habitants de l'île sont aimables, gais enfants. « C'est le seul pays, dit un auteur, où la foule sent bon. » Les femmes sont charmantes, d'une beauté toute particulière qu'on n'admire pas le premier jour, mais qu'on apprécie très vite. Grandes, admirablement faites, elles s'habillent avec de longues robes flottantes, serrées autour du cou, la tête couronnée de fleurs. On oublie très vite que leurs traits sont un peu gros, leur teint assez cuivré. Elles ont des dents, des cheveux admirables; leur sourire est charmant, d'une grâce incomparable.

La civilisation menace de gâter les Taïtiens; les hommes aiment de plus en plus cette eau de feu que nous leur avons fait connaître et que nous leur vendons. Diverses maladies, la phtisie surtout, déciment bien des familles. Mais le premier aspect reste encore ravissant : il semble qu'on ne puisse avoir là ni chagrins ni soucis, et, de fait, les naturels n'en ressentent guère.

La terre sans culture, les ruisseaux poissonneux donnent à chacun amplement sa nourriture; les besoins sont forts restreints d'ailleurs. Les femmes tissent leurs robes, les vêtements de leurs maris, ceux de leurs enfants. Une case est aisément construite par ceux qu'elle doit abriter. Quelques planches, des feuilles, et une famille se trouve très bien logée.

Et puis toute cette population restée naïve, s'amuse et rit d'un rien, fait le plus chaud accueil aux étrangers, pleure quand un bâtiment va partir, et l'oublie avant qu'il ait disparu à l'horizon.

Par exemple, il est impossible, quelque peine qu'on se donne, d'implanter une idée sérieuse dans la tête des jeunes garçons ou des jeunes filles. Les prêtres missionnaires, les religieuses se donnent sans se décourager mille peines avec eux. Les jeunes gens ont l'air de comprendre, de faire leur première communion d'une manière satisfaisante; mais le jour où ils quittent l'école, pour retourner chez leurs parents, les enfants, devenus des hommes, des femmes, presque sans transition, comme cela arrive dans ces climats; tous sans exception oublient en quelques heures, sans faire de phrases, sans se révolter, les principes qu'on a eu tant de peine à leur inculquer. Ils sont comme des enfants, de bons petits enfants, pour lesquels l'instinct est tout. Ne leur demandez rien au delà de ce que vous attendriez de petits enfants en fait d'idées ou de principes!

Le terre-neuve fut un objet de curiosité pour les habitants, effrayés d'abord par cette énorme bête ; mais bientôt familiarisés avec elle, et égayés de ses tours, dont ils parleront longtemps. Lorsque le *Trident* appareilla, ce fut au chien que les Taïtiens donnèrent le plus de larmes.

Ces deux semaines passèrent trop vite pour tous, et le jour où l'amiral donna l'ordre de reprendre la mer, pas un officier, pas un homme n'accomplit sa tâche avec entrain. Sans la discipline admirable qui règne sur les navires de guerre, on eût dit tout haut ce qu'on pensait tout bas que : « L'amiral pouvait, sans aucun inconvénient, nous laisser encore pour une quinzaine à Papéiti, afin de brûler ensuite plus de charbon pour regagner ces deux semaines. Mais non, il nourrissait cette manie de navigation à la voile, d'économie de charbon, et qui est-ce qui lui en saurait gré, je vous le demande? »

Petit à petit, ces impressions devinrent moins vives, ainsi que les regrets... C'était comme un beau rêve qui vous avait bercés et qu'on oubliait... On regardait devant soi la distance qui diminuait et le pays dont on approchait.

Le *Trident* continue sa route, profitant des grandes brises régulières de l'océan Pacifique. Pas un jour de mauvais temps, pas une nuit qui ne soit illuminée par les étoiles si brillantes de l'hémisphère Sud. Yvon est de nouveau plein d'entrain et du désir de s'instruire; il connaît maintenant toute sa carte du ciel et passe des heures délicieuses à observer, lorsqu'il fait le quart de huit heures à minuit ou de minuit à quatre heures du matin. Les poissons volants et leurs étranges allures sont une source d'amusement pour lui et les hommes.

L'amiral se décida à rembarquer Filippi et Gauthaume et à les conduire à Brest pour y être jugés. Le second des deux accusés restait simplement en prison. Quant à l'autre, quoiqu'on eût désiré ne pas le garder aux fers tout le temps, on ne put s'en dispenser, parce qu'il paraissait véritablement comme enragé. Tous les jours c'était une nouvelle bataille pour l'obliger à prendre l'air sur le pont deux heures de suite, selon l'ordre de l'amiral.

L'aumônier tâchait de faire entrer dans l'âme de ce malheureux des idées religieuses, de lui parler d'espérance, de repentir. Pour Gauthaume, ces paroles amenaient un grand adoucissement à sa peine; il attendait avec impatience la visite quotidienne du prêtre, que Filippi insultait sans vouloir l'écouter.

« Veillez bien sur ce gaillard-là, dit le commandant en second; si on le laissait seul ou libre, il serait capable de tout. » On le surveillait donc le mieux possible; un homme restait toujours en faction à la porte de sa prison; mais on ne peut sans cesse être sur ses gardes. Un matin, Filippi fut trouvé râlant encore, mais mourant, la tête horriblement mutilée. Il se l'était brisée en se précipitant sur l'angle d'une poutre en fer.

Deux hommes transportèrent le malheureux à l'hôpital. L'aumônier accourut, désolé de n'avoir pas su trouver le chemin du cœur de celui qui finissait ainsi en désespéré, et que le docteur essayait en vain de rappeler à la vie.

Le prêtre se penche sur le moribond qu'il embrasse, et, posant un crucifix sur ses lèvres tuméfiées : « Mon ami, crie-t-il, serrez-moi la main; dites un mot, faites un signe qui me prouve votre repentir, et je vous absoudrai. » Filippi n'est plus le maître de faire un mouvement; ses yeux, une seconde démesurément ouverts, ont une expression d'angoisse et d'horreur; et la seconde suivante ils se referment à jamais. Mais le prêtre croit être sûr que les lèvres du mourant se sont avancées et qu'elles ont donné un baiser au Christ.

L'aumônier, en parlant ensuite de cette mort à l'amiral,

ajouta : « On dira les prières accoutumées lorsqu'il y a un décès à bord; vous y consentez, n'est-ce pas, amiral? Ne jugeons pas, afin de ne pas être jugés. » Et l'amiral approuva.

Le lendemain donc, dès l'aurore, Filippi partagera la sépulture de bien d'autres marins morts avant lui et qui valaient mieux que lui.

Tout l'équipage demeura sous le coup de cette triste fin. On parlait bas dans la batterie. Le malheureux suicidé est couché là, au bout, sous un panneau ouvert, dans une sorte de poste en toile que le maître voilier a établi à la hâte, et devant lequel un factionnaire monte la garde. Un fanal reste allumé à côté du cadre où on a couché le mort. L'aumônier et quelques rares matelots viennent avec Yvon réciter une prière devant ce corps, et lui jeter quelques gouttes d'eau bénite.

Cet homme, mort volontairement, de mort violente, causait à tous une horreur superstitieuse. Si braves dans les dangers véritables, s'exposant sans crainte dans la mâture de leurs bateaux, par les plus mauvais temps, les matelots croient, pour la plupart, aux revenants et aux esprits. Il avait fallu que le commandant désignât d'office un homme pour faire au suicidé sa dernière toilette; il choisit un Parisien provenant du tirage au sort; jamais un marin des côtes, surtout si c'était un Breton, n'eût consenti à se charger de cette triste besogne. Celui qu'on désigna obéit, mais avec peine; il se hâta d'entourer le corps avec un morceau de toile à voile des pieds à la tête, très soulagé quand celle-ci fut enfin cachée par le dernier bout de toile préparée pour cette dernière toilette.

Le soir arrive enfin, la brise est très faible et les voiles pendent le long des mâts et des cordages; le soleil des tropiques se couche rapidement sans crépuscule et la nuit amène quelque fraîcheur. Tous ceux qui peuvent rester en haut ne sont pas pressés de descendre. Par habitude, on commence quelques chansons, interminables complaintes des marins : elles se chantaient il y a deux cents ans et se répètent de nos jours, bien peu modifiées, transmises de générations en générations... Mais tout à coup on pense à l'homme qui se trouve dans la batterie, couché, rigide dans son sac de toile! Beaucoup à bord ont déjà vu mourir des camarades, mais aucun de cette façon-là. On recommence à parler bas!

« Si le prêtre avait refusé les prières, dit un vieux quartier-maître natif d'Ouessant, la nuit le mort serait revenu nous annoncer malheur; nous l'aurions vu à la première tempête, au cap Horn probablement, courir en gémissant le long des échelles et se pencher sur le hamac des dormeurs. Les suicidés auxquels on refuse la messe reviennent toujours! » Et personne ne songe à réfuter l'assertion du vieux matelot.

Pour Yvon, cette journée et celle du lendemain resteront dans sa mémoire comme un affreux cauchemar. Depuis qu'il navigue sur le *Trident*, il y a eu quelques décès à bord, mais jamais à la mer. Cette mort de désespéré le navre et ébranle ses nerfs; par moments, il a grand'peine à ne pas crier, revenant toujours à cette pensée : « Si Filippi ne m'avait pas rencontré, il n'aurait pas commis ce crime. »

Le soleil se lève, au grand soulagement de tous les matelots et même des officiers. Après le lavage général et le premier déjeuner, que les hommes abrègent autant que possible, l'aumônier dresse dans la batterie son autel portatif en face de l'endroit où le mort est couché : un matelot enlève le pan de toile qui formait une porte ; une fois découvert, le cadre avec ce qu'il supporte est amené à deux pas de l'autel. Tous les maîtres, M. de Lestoures, l'officier de quart et quelques matelots, assistent à la messe.

Un canon a été déplacé, démasquant un sabord. Une grande planche neuve vient d'être posée sur le bord de cette baie, par laquelle on aperçoit un coin du ciel bleu foncé. La planche fait saillie en dehors par un de ses bouts; l'autre, en dedans, se trouve maintenu au moyen d'une corde. Trois lanières en toile ont été passées sous cette gaine de toile grise qui garde forme humaine; au commandement de l'officier de service, six hommes saisissent ces lanières et couchent la gaine et ce qu'elle contient, sur la planche en porte-à-faux; la mer bleue semble frémir là-dessous avec de petites vagues courtes. Un rayon de soleil brille et éclaire cette forme du côté où l'on devine que sont les pieds; le prêtre s'avance et donne l'absoute. Un silence solennel règne dans la batterie. Tous les fronts s'inclinent, et au signal de l'officier, le quartier-maître lance un coup de sifflet, les hommes restés auprès du corps larguent la corde qui retenait la planche, celle-ci bascule et tombe dans la mer. Il fait presque calme, on est sous voile avec petite brise, et, d'un bout à l'autre de la frégate, résonne le bruit sourd de cette chute et d'un grand remous dans l'eau... Le boulet, attaché solidement aux pieds du mort, va l'entraîner à travers les zones tièdes d'abord, glacées ensuite, jusqu'aux profondeurs immenses du grand Océan.

Le bâtiment continue sa route et bientôt il n'y a plus trace de ce petit bouillonnement dans la mer. Le canon est replacé, l'autel portatif remis dans sa caisse; on démonte les toiles et le cadre qui ont été la dernière demeure du second maître armurier. La place et la muraille sont lavées à grande eau! Bientôt personne à bord ne parlera plus de cet événement; on s'efforce de l'oublier et on l'oublie.

Le *Trident* semble glisser sur les lames... Encore quelques belles journées... Cependant la brise fraîchit déjà, la mer prend une couleur sombre, mais ce n'est pas encore du mauvais temps. Le ciel reste pur, quoique d'une teinte plus pâle, le soleil réchauffe à peine.

A présent on aperçoit de légers nuages, ils gagnent en étendue à chaque instant et courent avec une vitesse toujours croissante.

De grands oiseaux, qu'on n'a pas encore vus, annoncent

les terres dont on approche. Voilà maintenant un ciel uniformément gris et triste. Le commandant reconnaît le cap Horn. Cette houle énorme des mers australes berce rudement la frégate ; mais l'allure reste grand largue.

« Pour ces latitudes, dit l'amiral, nous sommes réellement favorisés ; et nous n'allumerons les feux que lorsqu'il y aura vent debout. »

L'amiral semblait ravi de refaire à la voile cette grande navigation qui avait été la première de sa jeunesse, alors qu'il était embarqué comme aspirant sur un brick de vingt..., le *Beaumanoir*.

« Après une traversée de quarante jours, racontait-il, le *Beaumanoir* arriva à Rio sans avoir relâché depuis Ténériffe. Nous nous dépêchâmes de dépenser nos avances, pas bien grosses, nos économies presque nulles. Nous gâtâmes nos plus beaux habits. Un jour, je fis et je gagnai le pari de regagner à la nage le brick depuis la jetée et en tenue. Vous vous imaginez l'état de ma tenue après cet exploit. Au lieu d'acheter quelques effets indispensables et chauds, car nous étions partis de Brest en plein été, nous ne songeâmes pas un instant aux rigueurs de l'hiver qui nous attendait en doublant le cap Horn. Et là, trouvant vent debout, nous fîmes une bordée qui nous sembla interminable, ballottés, gelés, incapables, durant quinze jours, de doubler ce maudit cap ! Nous autres, midships, nous avions si grand froid que nous mettions, faute de vêtements chauds, quelquefois quatre, cinq chemises l'une sur l'autre, et pour nous soutenir nous contractions des dettes en sucre et en eau-de-vie vis-à-vis de la cambuse. Enfin, nous passons le cap et nous arrivons à Valparaiso ; mais voici bien une autre affaire ! D'abord, nous nous étions si fort endettés que la cambuse nous refusa du sucre, et nous aimions le café bien sucré. Un négociant me prit en amitié et me donna un énorme sac de cassonnade. Si vous saviez quel succès j'eus, en arrivant à bord, avec mon sucre jaune ! Ensuite, tous nos vêtements étaient détériorés, moisis. Il n'y avait plus qu'une seule tenue de présentable ; elle appartenait à un camarade appelé Marsay, ayant juste la tête de plus que moi ; nous mettions cette tenue à tour de rôle ; quand arrivait mon tour, je n'hésitais pas ; figurez-vous l'aspect que je devais avoir avec les pans de l'habit me tombant sur les talons. On donnait de jolis bals à Valparaiso et nous adorions la danse. Ah ! le bon temps, et que j'y voudrais être encore, quoique le métier fût plus dur, les campagnes plus longues. Et puis nous ne parlions jamais politique ! »

...La frégate naviguait toujours plus au sud, dans les nuées sombres qui se dressaient comme un grand mur devant elle.

A présent le *Trident* se trouvait à quelques milles de ces terres dont la pointe se nomme le cap Horn. Une houle immense jetait le navire tantôt sur un bord, tantôt sur l'autre. Les lames semblaient être hautes comme des montagnes. Quand on n'a pas navigué sur ces mers-là, rien, paraît-il, n'en peut donner une juste idée.

Le froid devenait cuisant. Ces lames monstrueuses, ce ciel où le soleil ne perce jamais les nuages, ces grands oiseaux muets suivant le bâtiment, tout cela paraisait lugubre ; il semblait aux jeunes gens qu'ils ne reverraient jamais le soleil et la mer riante et bleue. Ceux qui connaissaient déjà les parages affirmaient que demain des vents contraires forceraient à allumer les feux et que dans peu de jours on mouillerait à Montevideo. « Si l'amiral avait voulu prendre les canaux du détroit de Magellan, sous vapeur, au lieu de faire cette stupide navigation à la voile ? » disaient quelques-uns.

L'amiral n'ignorait pas ces plaintes, elle ne le fâchaient point et il plaisantait à ce sujet les jeunes officiers...

Un matin, le jour venait de se lever triste et sans soleil, éclairant les voiles humides ; on naviguait avec deux ris, les officiers et les hommes de quart avaient les mains et la figure à moitié gelées. Tout à coup on entendit la voix du matelot

Le trois-mâts passe presque à toucher l'arrière.

de vigie criant dans la hune de misaine : « Un navire ! un trois-mâts par tribord à nous ! »

En effet, on distingua bientôt à l'œil nu, à travers la brume, la forme des mâts d'un navire encore assez éloigné, naviguant en sens contraire de-la frégate. A mesure que diminuait la distance entre les deux bâtiments, l'officier de quart et ceux qui regardaient s'étonnèrent de l'étrange allure du trois-mâts signalé ; il ne paraissait pas gouverner et semblait être ballotté par les lames énormes ! A mesure qu'on s'en approchait, on comprenait de moins en moins cette façon de manœuvrer.

« Appelez le commandant ! » cria l'officier de quart.

Chacun regardait fort intrigué. Le commandant et plusieurs officiers arrivèrent sur le pont. « Serrez davantage le vent, s'écria le premier ; ces idiots vont nous tomber dessus. A-t-on jamais vu naviguer ainsi ? » Le commandement à peine exécuté, on vit le trois-mâts passer presque à toucher l'arrière du *Trident*, dont le commandant prit son porte-voix pour crier des injures à ceux qui gouvernaient si stupidement ; mais il n'acheva pas la phrase commencée. A l'œil nu, sans lunette, au moment où les deux navires passaient à se raser, chacun à bord du bâtiment de guerre comprit pourquoi l'autre agissait avec autant de bizarrerie. On n'y apercevait pas un être humain, seulement quelques grands oiseaux blancs posés sur les vergues dont plusieurs se trouvaient encore à leur place, et sur les bastingages, tous intacts, à ce qu'il semblait du moins. Le gouvernail n'existait plus, le bout-dehors était cassé, ainsi que le mât d'artimon et toutes les vergues de celui de misaine ; le grand mât restait debout ; il était battu furieusement par un immense lambeau de voile.

Ensuite personne ne put dire s'il y avait un nom écrit à l'arrière. La frégate filait ses dix nœuds ; l'autre navire ne fut bientôt plus qu'un point noir à l'horizon ; il s'en allait à l'aventure, rudement secoué par la grande houle de l'Océan austral. D'où venait-il? quel drame s'était passé à son bord? On l'ignorait et on l'ignorera toujours. Il parut et disparut comme ce vaisseau fantôme dont les matelots se racontent la légende, et plusieurs ne se montraient pas éloignés de croire que c'était bien là le bateau-fantôme qu'ils venaient de voir apparaître. Tous, pendant quelques jours, se perdirent inutilement en conjectures. La plus plausible, c'est que ce trois-mâts se trouva entraîné par les courants au milieu des glaces qui avoisinent le pôle Sud : son équipage avait dû mourir de faim, de froid, de maladie... Après un temps plus ou moins long, les glaces, déplacées, poussèrent le navire vers un autre courant jusqu'à la mer libre... Mais tout cela ce ne sont que conjectures [1].

A Montevideo, le *Trident* ne passa que vingt-quatre heures, juste le temps nécessaire pour faire son plein de charbon et prendre des vivres frais. A Rio, la frégate séjourna toute une semaine; Yvon ne se retrouva pas sans émotion dans cette rade où sa vie fut transformée, et il sut exprimer toute sa reconnaissance à son cher commandant. Et encore il n'osa pas dire tout ce qu'il sentait, parce que Jean n'aimait pas les grands discours; mais il devinait ce qu'Yvon ressentait !

Capitaine avait des allures extraordinaires, dont l'amiral s'étonnait un jour. Alors Jossic, qui croit connaître toutes les pensées du chien, les traduisit à l'amiral, qui s'en amusa beaucoup ainsi que ses officiers. Le terre-neuve, quand on ne l'emmenait pas à terre, veillait sans cesse à l'échelle de tribord; il restait là couché et comme remplissant un devoir dont on ne devait pas le détourner; sa vigilance redoublait lorsque des visiteurs débarquaient accompagnés d'enfants : il les surveillait dans ce cas avec une attention comique. Yvon ni aucun matelot ne doutèrent un instant que Capitaine, ayant reconnu la rade de Rio, ne demeurât persuadé

1. Vrai, raconté à l'auteur par un témoin.

qu'elle n'était pas sûre pour les petites filles et qu'il fallait être prêt à tout événement.

Après Rio, dernière relâche à Ténériffe, après quoi on ne mouillera plus qu'à Brest... Mais le beau temps, qui durait constamment depuis Montevideo, se gâta tout à fait, et, dans le golfe de Gascogne, il devint abominable : on dansait presque autant qu'au cap Horn. Le bâtiment fatiguait beaucoup, vent debout, des grains succédant aux grains. Un hiver précoce s'annonçait. Au mois de novembre, de la neige déjà. Tout fut vite humide à bord : les cheminées tiraient mal, chacun avait hâte d'arriver. Deux jours à la cape forcée achevèrent d'énerver officiers et matelots.

« Comme si le ministre n'eût pas pu nous envoyer désarmer à Toulon, où pendant ce mois de novembre il fait toujours admirable, dit un officier; mais non, il faut toujours que ces gens de Brest soient favorisés. Ah, malheur! Moi d'abord, depuis vingt ans que j'entre dans les cinq ports (il prononce *cinque* ports), je ne suis jamais arrivé à Brest sans coups de vent et sans pluies, et quelles pluies! Ça leur est égal, aux Brestois! Té, je suis sûr que, s'ils ôtaient leurs bottines, on verrait qu'ils ont les pieds palmés comme ceux de Capitaine. »

Enfin, on reconnaît Ouessant! Quelle joie! Et les Pierres Noires! *Ar Men dû!* dit le pilote breton qu'on vient de prendre.

Un pâle soleil brille enfin, la houle se calme, il est huit heures du matin à présent. « Dieu aidant, nous serons ce soir à Brest », se répète-t-on d'un bout à l'autre de la frégate. Si cet affreux temps avait continué, il aurait fallu renoncer à atterrir encore aujourd'hui! Ah! voilà la place à peu près, on l'aperçoit avec la lunette, où la *Gorgone* a sombré en 1870. Il faisait très mauvais, le bâtiment était vieux, fatigué, il aura manqué l'entrée du Goulet. On ne connut sa perte qu'après plusieurs jours, des corps furent trouvés le long de la côte, sous des roches : cent vingt hommes, six officiers, pas un n'en réchappa.

Le *Trident* chauffe autant que le permet l'état de ses vieilles chaudières. Le Goulet est franchi... On mouille en rade.

Dix heures piquent et personne ne peut songer à descendre à terre; il pleut à torrents, comme pour donner raison au Toulonnais. Mais on ne s'inquiète plus du temps; voilà le pays atteint. Tous sont joyeux et de belle humeur. Demain, aussitôt les poudres débarquées, l'amiral amènera son pavillon et la frégate entrera dans l'arsenal, où le désarmement commencera pour être ensuite rapidement conduit. Dans quinze jours, ces trois cent cinquante hommes recevront chacun une destination différente; les uns, définitivement libérés, retourneront dans leurs villages; d'autres à la division de Brest, afin d'y attendre un nouvel embarquement; les officiers et les maîtres obtiendront un congé. Plus tard, cette campagne restera comme un bon souvenir dans l'esprit de ceux qui naviguèrent sur le *Trident;* mais cette union intime, ayant duré vingt-sept mois, ne se renouera jamais de la même manière. Quelque chose se brise, lorsque, le désarmement fini, on se dit adieu avant d'aller chacun de son côté. A la joie du retour se mêle un sentiment de tristesse, de regret pour ce qui n'est plus...

Une baleinière accoste le lendemain au quai; un gros chien de Terre-Neuve saute sur l'escalier, suivi de Jean et d'Yvon. Ils courent tous les trois dans les rues de Brest, bousculant les gens sans même s'en apercevoir. Ils arrivent à l'hôtel de Siam et trouvent un garçon bâillant devant la porte. « Madame de Lestoures! » lui crie Jean, enfilant déjà le corridor avec ses compagnons. Le chien renverse le garçon qui se serait fâché s'il avait osé, mais il n'osa pas et répondit : « Au deuxième, n° 27. »

L'escalier vite franchi, la porte ouverte, et alors ce furent des cris de joie, des baisers, quelques larmes peut-être, mais douces au possible! Des questions, des réponses, on s'écoute à peine. On est heureux, tellement heureux!

Deux heures sont trop tôt passées. Il faut se quitter

de nouveau; même pour si peu de temps, cela paraît dur.

« Viens-tu, Capitaine, dit Yvon au moment de partir, viens-tu? »

Mais Capitaine secoue la tête et la pousse sous la main de Marie-Anne, pour réclamer une nouvelle caresse. « On voit clairement, dit Brigitte, qu'il en a assez de la mer! »

CHAPITRE VIII

Le vaisseau canonnier l'*Alexandre*. — Encore Capitaine.

Les amis que nous avons quittés à Brest en novembre 1880 étaient dispersés de fait, mais toujours unis d'affection ils entretenaient une active correspondance. M. de Lestoures, M. et Mme de Kéralec habitaient leurs propriétés du Morbihan. Le contre-amiral de la Jonchère, promu au grade de vice-amiral et nommé préfet maritime à Toulon, choisit alors Jean de Lestoures pour aide de camp et l'emmena avec lui.

Malheureusement le climat de Toulon ne convenait pas à la petite Anne, et Louise dut conduire l'enfant chez son grand-père, M. d'Arnel, qui possédait auprès de Cannes une jolie propriété appelée les Murelles.

Anne de Lestoures ne s'était pas fortifiée en grandissant; très jolie et très intelligente, elle pouvait à peine se tenir sur ses jambes, quoiqu'elle fût âgée de cinq ans.

« Nous serions trop heureux sans cette épreuve », disait quelquefois Jean.

Et ce chagrin s'accroissait encore à cause de l'état nerveux et des exigences de la petite fille. Anne abusait de sa faiblesse pour tyranniser sa mère et pour l'empêcher, par exemple, de s'absenter et de se rendre à Toulon auprès de son mari. Dès que Louise parlait de la quitter, Anne tombait dans un véritable désespoir. La jeune femme essaya ou de ne pas céder ou de partir en cachette, mais à son retour elle retrouvait sa fille réellement malade et n'ayant voulu ni jouer ni manger. Louise se résigna donc, après plusieurs essais malheureux, à ne plus quitter ce pauvre petit tyran, qu'elle adorait.

Pour Jean, le sacrifice était plus dur encore ! Il se réjouissait tellement à la pensée de rester avec les siens, et c'est à peine s'il les voyait à présent !

Le bon amiral de la Jonchère ne refusait jamais une permission à son aide de camp, mais celui-ci ne voulait pas abuser de la bonté de son chef.

Lorsqu'il passait une semaine auprès des siens, les caresses passionnées de sa fille, jointes à la pauvre petite mine de l'enfant, faisaient oublier au père qu'il avait pris des résolutions de fermeté, et il se montrait aussi faible que le grand-père et la mère.

Mme Jossic, toujours la bienvenue, venait de temps en temps aux Murelles ; pendant ses visites, elle se rendait parfaitement compte que par excès de tendresse on suivait une mauvaise voie, et elle soupirait tout bas en voyant la petite Anne, gâtée et écoutée, devenir de jour en jour plus exigeante et plus nerveuse. Mais, comme il ne faut jamais offrir des conseils qu'on ne vous demande pas, Marie-Anne se taisait.

Lorsque Yvon avait quitté le *Trident*, sa mère s'était fixée à Brest. Yvon, d'abord attaché à la division de Brest, fut embarqué ensuite sur le *Borda* en qualité de quartier-maître instructeur, et il remplit ces fonctions pendant un peu plus d'un an.

Le ministre de la marine, chaudement sollicité par l'amiral de la Jonchère, au bout de cette année, accorda le grade de second maître au quartier-maître instructeur Yvon Jossic auquel cette nomination avait fait franchir un grand pas. Lorsqu'il obtint son premier galon d'or, Yvon allait avoir vingt-deux ans. Ceux qui connaissent les choses de la marine constateront que notre héros ne perdait pas de temps, étant donné son point de départ.

A cette époque, l'amiral de la Jonchère dit un jour à son aide de camp :

« J'ai grande envie de faire venir Jossic à Toulon et de le prendre pour patron des embarcations de la préfecture. De cette manière il sera mieux payé, sa mère pourra le suivre, et vous serez content, j'imagine, de vous retrouver non loin de ces braves gens. Que pensez-vous de ma combinaison, Lestoures ?

— Certainement, répondit Jean, mais son ton ne dénotait aucun enthousiasme, certainement, amiral, c'est une bonne idée...

— Allons, je vois bien à votre air que vous la trouvez détestable, mon idée, dit l'amiral un peu vexé.

— Bon ! amiral, si vous lisez en moi, je vais vous répondre bien franchement. Je ne crois pas, amiral, qu'à l'âge de ce garçon, dont vous voulez bien vous occuper, il soit bon de passer un ou deux ans à terre et sans occupation sérieuse. Tout en restant assez libre, votre patron n'aurait guère le temps de travailler avec quelque suite. Et puis, cela ne lui vaudrait rien d'être du matin au soir avec les plantons de la préfecture... Et encore, amiral !...

— Voyons, Lestoures,... je n'ai pas besoin de tant de raisons pour me rendre !... Qu'en faire alors de votre protégé ?

— Ah ! voilà, amiral ! Si vous vouliez parler au commandant du vaisseau canonnier. Le second est un de mes amis, il m'a justement écrit qu'il y a sur l'*Alexandre* un poste vacant pour un second maître. Yvon, j'en suis sûr, remplirait très bien cet emploi, et sortirait de là dans un an, breveté, avec de bonnes notes; alors...

— Et alors, dit l'amiral en l'interrompant, mon aide de camp aura un joli commandement, que son chef, qui aimerait fort à le garder auprès de lui, sera assez bête pour lui faire obtenir, et mons Jossic embarquera avec son protecteur! Hein, Lestoures, est-ce que cette fois encore je ne lis pas dans vos pensées?

— En ce cas, amiral, je pense que vous y voyez aussi à quel point je vous suis dévoué et reconnaissant, car vous êtes la perle des chefs et le meilleur des hommes!

— C'est bon, Lestoures, vous n'êtes qu'un enjôleur, mon ami, et votre Jossic sera canonnier. »

Ainsi fut fait. Quelques mois après cet entretien, nous retrouvons Jossic tout joyeux, prêt à embarquer dans la grande chaloupe des permissionnaires du vaisseau canonnier qui s'appelait alors l'*Alexandre*, et était comme toujours en rade des îles d'Hyères. Le vaisseau quitte son mouillage tous les trois mois pour aller à Toulon, où il reste quelques jours afin de changer hommes et matériel, suivant les besoins du service.

Tout à l'heure, un quartier-maître a fait entendre un coup de sifflet prolongé suivi de trilles. Les matelots savent que cela veut dire : « Armez la chaloupe. » Tout de suite court d'un bout à l'autre du navire comme un bruyant soupir de satisfaction. La *béatitude* va commencer. Les hommes qui font partie de l'équipage de la grande embarcation sont vite rangés, en ordre sur ses bancs. Le même quartier-maître siffle de nouveau et crie : « Les permissionnaires à l'appel. » La phrase n'est pas terminée que les permissionnaires sortent de tous les côtés, par toutes les ouvertures. Ils ont leurs vêtements des dimanches, ils sont propres, rasés de frais, leur figure n'est que sourires. Chacun à son tour, à mesure qu'un nom est appelé, saute dans la cha-

La chaloupe se trouve bondée.

loupe, qui se trouve bientôt bondée. Avec les hommes prennent place quelques maîtres.

A la dernière minute, au moment où on allait pousser au large, M. Martin, le second du vaisseau, demande passage. cela n'est pas très réglementaire; mais aujourd'hui toutes les embarcations du bord sont à la peinture. Il faut qu'elles sèchent avant d'être remises à l'eau; et je vous dirai une chose, c'est que lorsqu'il s'agit de peinture un bon second est prêt à tout, sacrifie tout.

Nouveau coup de sifflet du maître qui gouverne. Les avirons se lèvent et s'abaissent avec un tel ensemble qu'on les dirait mus par un même ressort. Il fait un temps idéal, le soleil se couche et dore les collines, sur lesquelles se pose une petite brume bleuâtre, très légère et transparente qui s'étend jusque sur la mer. Quoi qu'on soit encore en hiver on aspire déjà comme une odeur de printemps et de fleurs précoces.

« Une belle soirée, mes enfants, pour commencer votre béatitude, dit M. Martin, pas même la plus petite risée sur la mer. Et quand on pense à ce que peut être cette rade dans les gros temps. Voilà que nous passons juste sur la place où l'*Arrogante* était mouillée.

— Vous étiez à bord du vaisseau quand la *Batterie* a sombré, n'est-ce pas, commandant? demande un maître.

— Oui, répond M. Martin. J'étais alors lieutenant de vaisseau embarqué depuis quelques mois. Lorsque je me rappelle cette journée d'angoisse !... L'ouragan déchaîné, les lames énormes qui balayaient l'équipage de l'*Arrogante*. Nos camarades, cinq officiers périrent ainsi que les trois quarts des hommes. Les matelots étaient grimpés sur les vergues du bateau et la mer les emportait les uns après les autres! Sur le vaisseau nous nous offrions tous afin d'aller tenter le sauvetage. Mais le commandant ne voulut jamais

L'*Arrogante*, annexe du vaisseau canonnier, sombra en rade des îles d'Hyères le 19 mars 1879.

permettre d'armer une chaloupe parce qu'il croyait en toute conscience qu'elle serait brisée et que son équipage périrait avant même d'atteindre l'épave! Pauvre commandant, il est mort depuis! et combien d'autres, bon Dieu!... »

M. Martin se tait fort assombri en se souvenant de tous ceux qu'il a connus, aimés, et qui ne sont plus en ce monde! de ces marins perdus avec leurs bateaux sur la grande mer, ou bien succombant au retour, usés qu'ils étaient par leur dur métier.

Chacun garde le silence et songe aux absents, oubliant le plaisir promis et la béatitude commencée.

Peut-être, lecteurs, dois-je vous expliquer le sens du mot *béatitude*, selon le lexique des canonniers. Depuis le mardi matin jusqu'au vendredi, sur leur bateau, il y a exercice de canon presque sans trêve. Ce tir incessant sans autre répit que les heures du sommeil ou des repas, dont le bruit est répété, accru par l'écho, cause à tous une extrême fatigue et un grand agacement. Avant d'y être habitués, les officiers et les hommes sont quelquefois malades et pensent que jamais ils ne s'accoutumeront à ces coups de canon assourdissants.

On nomme, par contraste, la béatitude, les trois jours de chaque semaine, vendredi, samedi et dimanche, pendant lesquels on ne tire pas le canon; ce repos, dont chacun jouit délicieusement, a été jugé indispensable : c'est la béatitude. Toutes les quinzaines, la moitié de l'équipage a droit à trois jours de permission. « En béatitude... Nous étions en béatitude... Dans ma prochaine béatitude. » Telles sont les phrases que les canonniers se transmettent de génération en génération.

Yvon, embarqué sur l'*Alexandre* depuis six mois, est déjà bien noté par les deux commandants, qui lui procurent, ainsi que les officiers du bord, les moyens de se distinguer et de montrer ses aptitudes.

« Si votre protégé continue ainsi, dit un jour le second,

M. Martin, à son ami Jean de Lestoures, fiez-vous à moi. Jossic sera proposé pour le grade à la fin de son année. Ah ! si nous en avions beaucoup de semblables, je ne dis pas comme intelligence, mais au moins comme conduite ! La moitié et plus de nos hommes viennent du Nord, surtout de Bretagne. C'est bon, dévoué, honnête, tant qu'on les tient ; mais à terre ça boit, ça crie, ça se fait ramasser, en bordée, dans les bouges, les ruisseaux. De vraies éponges, quoi ! Alors, c'est mon devoir de les punir. Ils se repentent sincèrement, jurent qu'ils ne recommenceront pas... et recommencent à leur prochaine béatitude. Chien de métier que celui du second, dans ces grandes baraques mouillées si près des villes ! Vous avez de la chance, vous, d'en avoir fini avec cette corvée de second ! »

Mme Jossic suivit son fils lorsqu'il quitta Brest, et elle s'installa pour un temps à Salins d'Hyères, où elle loua deux petites chambres et une cuisine, propres et gaies, chez de braves cultivateurs. C'était là qu'Yvon passait trois jours chaque semaine ; d'abord il avait sa permission de quinzaine, et puis un vieux second maître lui cédait son tour ; cet homme, marié et père de famille, n'ayant encore trouvé que ce moyen de ne pas boire et d'économiser l'argent nécessaire aux siens.

Capitaine habitait avec Marie-Anne, et quoiqu'il l'aimât beaucoup, il ne s'était pas accoutumé très facilement à voir l'*Alexandre* en rade, sans aller faire un petit tour de ce côté-là, à la nage. Mais on ne s'amusait guère à bord, et le commandant n'admettait aucun chien, même en visite. Capitaine se rendit vite compte des jours de béatitude et des heures précises où la chaloupe des permissionnaires quittait le navire. En faction au pied de l'escalier, dès que l'embarcation devenait visible, il nageait au-devant d'elle.

Tous les matelots lui faisaient des avances ; lui savait demeurer digne sans être impoli, et quand il rencontrait un homme ayant à son bonnet le ruban de l'*Alexandre*, il saluait à la mode nouvelle que son maître lui avait enseignée. Se dressant sur ses pattes de derrière, il abaissait sa tête, très vite, par un mouvement saccadé, comme les beaux jeunes gens d'à présent; mais devant tout autre ruban que celui de l'*Alexandre*, il refusait absolument de s'incliner.

Le vendredi en question, à la fin de la journée, il accompagne sa maîtresse à l'escalier; tous deux attendent l'arrivée d'Yvon et partent avec lui joyeusement; le fils donnant le bras à sa mère, la mère s'y appuyant un peu plus qu'il n'était nécessaire, parce que c'est si doux pour une mère d'être soutenue par son fils ! Le commandant Martin les regarde s'éloigner, et il soupire en songeant que personne ne l'attend, lui.

Marie-Anne a toujours l'air jeune et son extrême ressemblance avec Yvon demeure frappante; elle est vêtue simplement, mais avec goût, toujours en noir ; elle a abandonné, en soupirant, le costume breton, pensant qu'il valait mieux ne pas se faire remarquer dans un pays nouveau. Son fils est un homme à présent, grand, d'une taille élancée et bien prise; toujours maigre, il a de beaux yeux bleus, des cils et des sourcils bruns, de belles dents et une masse de cheveux châtains. Son nez un peu trop grand et sa tête carrée affirment une origine bretonne; en effet, il tient de sa mère bien plus que de son père; l'air sain et vigoureux du jeune maître fait plaisir à voir, et avec cela il n'a rien de vulgaire.

A présent, les trois jours de repos vont finir, c'est le soir, Mme Jossic et Yvon achèvent de souper.

« Vous ne m'accompagnerez pas, je vous en prie, maman, dit le dernier; d'ailleurs je vais courir. Capitaine viendra jusqu'au bout du verger et je vous le renverrai de la porte. »

Puis donnant un dernier baiser à sa mère, il part, précédé du chien; ensuite il explique à celui-ci, lorsque tous deux sont auprès de la barrière, qu'il faut s'en aller trouver maman. Capitaine comprend, et après avoir suivi des yeux son maître, il reprend doucement, sans entrain, l'allée qui conduit à la maison... Tout à coup il s'arrête et brusquement dresse les oreilles... Un bruit s'est fait entendre dont il ne se rend pas compte, suivi d'un autre bruit semblable. Qu'est-ce? a-t-il l'air de se demander. Mais voilà un coup de sifflet aigu, strident. Ce son, il le connaît au moins!

En deux secondes le chien atteint la barrière, qu'il franchit. Sur la route il s'oriente en flairant, et, sur les traces qu'il a senties, il part au triple galop. A une centaine de mètres, il flaire de nouveau, quitte la route pour se jeter dans un bois de pins qui la borde. Un appel désespéré retentit :

« A moi, Capitaine! »

Le chien fait un bond.

Deux hommes sont par terre, luttant. L'un d'eux, Yvon, est terrassé sous l'autre qui cherche à se servir d'un couteau ouvert, dont la lame brille éclairée par un rayon de lune. Cet homme, à l'instant où le terre-neuve s'élance, pousse un hurlement de douleur. Yvon, à demi relevé, ne se rend pas tout de suite compte de ce qui se passe, le sang l'aveugle à moitié, coulant d'une blessure qu'il a reçue à la tête. Il se remet un peu cependant et voit Capitaine déchirant son ennemi, qu'il a saisi par derrière; l'animal grondant, furieux, le poil hérissé, laboure les chairs de l'homme renversé, celui-ci pousse des cris aigus, puis se tait tout d'un coup. Est-il mort?

Yvon parvient enfin à arracher sa proie à Capitaine.

« Reste là, lui dit-il, et tu entends, garde cet homme, empêche-le de se relever, mais ne le mords plus! »

Et, très affaibli, ayant grand'peine à marcher, Yvon, aussi vite qu'il peut, se dirige vers une auberge située non loin de cet endroit; ce lieu est ordinairement fréquenté par les marins.

Arrivé dans la salle commune, le blessé raconte brièvement ce qui vient de lui arriver, demandant du secours et de l'aide. Tout en parlant, il a mouillé son mouchoir et l'a attaché autour de sa tête, devenue très douloureuse. Plusieurs l'accompagnent au petit bois de pins, où l'agresseur reste toujours étendu, évanoui.

Capitaine est couché une patte posée sur la poitrine de son adversaire, mais sans appuyer. En voyant revenir son maître, le chien ravi pousse des cris de plaisir. En ce moment il paraît aussi innocent et doux qu'un mouton. Six hommes saisissent le corps inerte et non sans difficulté le transportent dans une chambre de l'auberge. Là on déshabille le blessé, on lave ses plaies.

« Pas du pays, dit le propriétaire du cabaret, connais pas ça ! »

Yvon regarde, et il lui semble que cette tête lui rappelle quelque chose, mais quoi ? D'ailleurs, il n'y a pas de temps à perdre.

« Allez dit-il, je vous prie, quelqu'un de vous jusqu'à l'escalier où accostent les embarcations de l'*Alexandre*, racontez ce qui s'est passé et tâchez de ramener un officier si vous en apercevez un. Je ne puis marcher et la tête me tourne ! »

Deux pêcheurs partent en courant et reviennent au bout d'une demi-heure avec le commandant de l'*Alexandre*, accompagné du docteur et d'un officier. Ces messieurs ont été mis au fait par les pêcheurs au moment où leur baleinière allait pousser au large. Le commandant a l'air fort ennuyé, il croit qu'on le dérange à propos d'une rixe entre gens pris de vin.

« Comment, c'est vous, Jossic, dit-il en apercevant le second maître, et dans quel état ? Qu'est-il arrivé ? Voyons, soyez bref et dites-moi la vérité.

— Commandant, répond Yvon, je revenais de chez ma mère à huit heures moins quelques minutes et je courais pour ne pas manquer la chaloupe, lorsqu'il me sembla entendre siffler une balle à mes oreilles ; l'instant suivant partit un second coup de pistolet ou de fusil, et je me sentis touché

Le terre-neuve s'élance.

aû front. Un homme, presqu'en même temps, passait devant moi fuyant à toutes jambes, je me précipitai après lui et je l'atteignis au moment où il se jetait dans le petit bois, non loin d'ici. Vite terrassé, il cria : « Ne me tuez pas, je me rends prisonnier. » Comme un imbécile que je suis, je lui lâchai le cou, tout en le maintenant d'une main. Il profita de ma bêtise pour tirer un couteau de sa poche; je vis le mouvement et j'essayai de prendre le couteau en lui tordant le poignet, mais le coquin était très fort; la perte du sang m'affaiblissait et je compris que cela allait mal tourner!... Juste à cet instant le couteau roula par terre; mon ennemi en fit autant, tiré en arrière par mon chien, qui se mit à le déchirer et auquel j'eus de la peine à faire lâcher prise. Ensuite je suis venu ici chercher du secours. Voilà ce que je sais, commandant.

— Mais quel est cet homme? reprit le commandant; le connaissiez-vous déjà? S'agit-il d'une vieille querelle? Et pourquoi vous en voulait-il au point de vous assassiner? Par cette pleine lune on y voit comme à midi! Il est donc inadmissible qu'il ait cru tirer sur un autre et qu'il ne vous ait pas reconnu.

— Non, vraiment, commandant, il ne s'agit ni d'une vieille ni d'une nouvelle querelle. Je n'ai, que je sache, aucun ennemi! »

A cet instant, le docteur annonça que l'assassin reprenait connaissance, mais qu'il souffrait horriblement.

Le commandant et Yvon se rendirent auprès du blessé, qu'ils trouvèrent couché sur un lit la face contre l'orciller, et dont le dos, le derrière de la tête et le cou ne formaient qu'une immense plaie. Il gémissait d'une manière lugubre. A la lueur d'une bougie Yvon examina attentivement son agresseur et s'écria ensuite :

« Je savais bien que cette figure me disait quelque chose. C'est Fournier! l'ancien maître d'hôtel du commandant Heurtais, sur la *Minerve!* »

Le misérable poussa une imprécation et montra le poing en se voyant démasqué par Yvon. Celui-ci raconta alors ce qui s'était passé : « Fournier, dit-il, ayant volé à bord, voulut faire tomber les soupçons sur moi ; mais découvert il fut traduit en justice et condamné à dix ans de travaux forcés. Entendant sa condamnation, le coquin s'écria qu'il se vengerait un jour !...

Tout paraissait assez clair à présent, sauf un point. Comment cet homme, qui aurait dû être encore à Nouméa, se trouvait-il à Salins d'Hyères ? Avait-il donc été gracié ?

« L'enquête établira cela, dit le commandant, rentrons à bord, nous. Je vais laisser ici quatre hommes pour veiller et recevoir la justice que je préviendrai par télégraphe. »

Jossic fut autorisé à rester à terre, le docteur lui permettant de se rendre chez sa mère, appuyé sur le bras d'un camarade. Capitaine le précédait.

En s'en retournant, le docteur dit :

« Voilà un gaillard qui l'a échappé belle ; si la balle avait dévié d'une ligne, il serait tombé mort sans crier ouf !... tandis que cette plaie sera guérie dans huit jours.

— M'est avis aussi, reprit le commandant, qu'il a été tiré d'un mauvais pas par son chien. Ce terre-neuve doit être une vraie bête féroce !

— Féroce, commandant ? s'écria un autre officier. Ah ! non, par exemple, Capitaine est le plus doux des chiens ; presque un animal légendaire. Le commandant de Lestoures m'en a conté des histoires que j'eusse traitées de fables dites par un autre. Mais l'animal a défendu son maître avec ses armes naturelles, et ses armes naturelles sont fort respectables !... »

Le lendemain le juge d'instruction arriva avec tout l'appareil de la justice. Yvon fut interrogé. Ensuite on transporta Fournier à l'hôpital d'Hyères. Au bout de peu de jours, grâce au télégraphe, l'enquête se trouva complète.

Fournier s'était évadé de Nouméa avec un autre forçat.

Au moment où un transport de l'État quittait la Calédonie pour rentrer en France, l'ancien maître d'hôtel avait pu se cacher à fond de cale ainsi que son camarade, grâce à la connivence de deux matelots. Ni commandant, ni second, ni officiers ne se doutèrent du coup jusqu'à Brest, où le complice de Fournier se fit prendre en flagrant délit de forcer une caisse chez un marchand de vin. Une fois prisonnier, le coquin raconta l'histoire de son évasion, et il dénonça aussi Fournier. En ce moment on recherchait activement dans les environs de Brest l'ex-maître d'hôtel, qu'on croyait encore en Bretagne.

Le ministre de la marine, mis au courant de l'histoire, se fâcha très fort, et distribua blâmes et réprimandes au commandant de ce transport et à son second parce qu'ils avaient embarqué, sans s'en apercevoir, de telles marchandises. On en rit encore à Brest.

Pendant l'enquête, Fournier agonisait; il parla enfin et confirma tout ce que nous savons déjà, ajoutant que se voyant découvert il avait quitté la Bretagne, traversé toute la France, à pied le plus souvent. Arrivé à Marseille, sa ville natale, il espérait s'y embarquer à n'importe quel titre sur un navire de commerce dont le capitaine ne se montrerait pas difficile sur le chapitre des papiers. Après bien des tentatives infructueuses, pendant lesquelles il eut à souffrir du froid et de la faim, il put s'arranger avec le capitaine d'un bateau qui faisait la navette entre Marseille et Hyères. Là il s'était querellé avec son patron, qui l'avait débarqué sans aucune ressource. Par hasard alors, rencontrant le terre-neuve dont il se souvenait trop bien, il s'enquit du maître, et apprenant que celui-ci prospérait, était heureux, estimé, voyant rouge, il se fit à lui-même le serment de tuer Jossic. Il l'épia en vain plusieurs jours de suite. Enfin un soir, l'occasion s'était présentée... On savait le reste.

Quelques heures avant de rendre le dernier soupir, Fournier fit supplier Jossic de venir le voir, ou si c'était impossible, au moins d'envoyer par quelqu'un l'assurance de son pardon.

A la vue de cet homme qu'il avait voulu assassiner, Fournier se ranima, serra les mains à Yvon; celui-ci bien ému rendit au mourant son étreinte et l'embrassa.

« Merci, dit Fournier, merci, je suis content à présent, réconcilié avec Dieu, et bien heureux malgré ce que j'endure! Et voulez-vous dire à votre chien qu'il a très bien fait ? »

A partir de ce jour, Capitaine devint un héros sur l'*Alexandre* comme sur les autres bateaux où il s'était embarqué. Il n'y avait pas de choses extraordinaires que les matelots ne racontassent à propos de lui.

Lorsque l'année d'embarquement sur l'*Alexandre* expira, Yvon quitta le vaisseau. Les deux commandants donnèrent sur son compte des notes exceptionnelles : « Intelligence ouverte, instruction très supérieure à celle des autres maîtres, conduite irréprochable ! » Aussi celui dont on parlait en ces termes fut-il proposé pour le grade supérieur. A présent il s'agissait d'obtenir ce grade et ce n'était pas chose facile. L'amiral de la Jonchère en écrivit et en parla au ministre et surtout au directeur du personnel de la marine; mais avec d'aimables paroles on lui répondit que son protégé était à peine second maître depuis une année, et très jeune d'âge avec cela.

M. de Lestoures, profitant d'un séjour de son chef aux eaux d'Aix, obtint lui-même un mois de permission, dont il jouissait depuis quelques jours, en famille, aux Murelles. Il était à ce moment-là père d'un garçon âgé de six mois, superbe et aussi vigoureux que sa sœur avait été délicate au même âge. Les parents ravis d'avoir un fils se fussent trouvés complètement heureux si la petite Anne ne fût restée chétive, nerveuse et encore plus exigeante depuis qu'elle était jalouse de son frère. Son père et sa mère la ménageaient et se cachaient pour embrasser leur petit Henri. Mme Jossic et Yvon se trouvaient alors depuis peu les hôtes des Murelles. Le dernier jouissait d'un congé de trois mois en attendant un nouvel embarquement.

Un soir, au moment où la famille allait se séparer pour la nuit, un coup de sonnette retentit, très violent... Le domestique ouvrit bientôt la porte du salon, tenant un plateau sur lequel était posé un petit papier bleu.

« Une dépêche, dit-il; l'exprès qui l'apporte est encore là. »

Jean ouvre la dépêche, puis la passe à sa femme, qui lit tout haut :

« Mon cher ami, le ministre vient de signer ta nomination au commandement de l'*Étoile* qui armera le 25 à Toulon. »

La signature était d'un officier, secrétaire du ministre de la marine.

Parmi les marins, qui n'a connu de ces télégrammes? Avec quelques mots tout est changé, bouleversé dans leur existence. Ces mots sont le signal d'une presse sans nom. C'en est fini de la famille, des amis, du pays, pour au moins deux années. Si l'on avait un long congé, il faut le rendre, ou bien quitter un poste à terre qu'on croyait encore garder pendant plusieurs mois. Les officiers de marine vivent d'imprévu, de départ et d'adieux.

Les lèvres de Louise tremblent, elle est pâle, bouleversée.

« Jean, s'écrie-t-elle, n'êtes-vous pas fatigué de ces éternelles séparations? Moi, je suis à bout! Et je n'ai plus le courage nécessaire pour recommencer à vivre d'espoir, à compter les jours, pendant deux ans et plus, à attendre, à craindre les courriers. Toute la jeunesse s'en va ainsi. Voyez-vous, il faut refuser, ou si cela n'est pas possible, sans nuire à votre avancement, renoncez à la marine, mon Dieu, prenez votre retraite dès que vous y aurez droit! »

Jean était navré, lui aussi; il comptait bien passer une année encore à terre. Pendant celle qui venait de s'écouler, il avait si peu joui des siens. Marie-Anne se sentait le cœur gros, ainsi qu'Yvon car c'était chose décidée qu'Yvon suivrait son protecteur dans n'importe quelle campagne prochaine. Cette prochaine campagne arrivait réellement bien trop tôt.

La petite Anne qu'on oubliait et qu'on n'avait pas encore couchée, se mit à crier :

« Papa, ne partez pas ou j'en mourrai ; vous ne me trouveriez plus à votre retour.

— Mes enfants, dit M. d'Arnet, si vous m'en croyez nous nous séparerons, car nous nous faisons grand mal inutilement les uns aux autres; la nuit porte conseil, il n'y a pas de décision à prendre avant demain, n'est-ce pas, Jean? Savez-vous quelle campagne fera ce bâtiment?

— Oui, dit Jean je le sais; il est destiné à l'escadre du Levant : c'est un bel aviso neuf, construit et armé en partie à Brest, et on le croyait destiné à un aide de camp du ministre; celui-ci s'imagine me favoriser.

— Encore, s'écrie Louise, si l'*Étoile* allait au moins en escadre, dans la Méditerranée. On revient à Toulon, quelquefois à Villefranche. On se voit un peu. Mais dans le Levant, et moi qui ne puis quitter mes enfants ! C'est juste aussi pénible qu'une campagne en Chine ou dans le Pacifique. »

Jean ne réplique rien, sentant que tout serait pris en mauvaise part ce soir-là.

On se sépare. Louise est très longue à coucher sa fille. L'enfant ne veut ni s'endormir, ni cesser de pleurer. La jeune femme a presque une attaque de nerfs en rentrant dans sa chambre. Jean lui parle doucement et tâche de la décider à prendre quelque repos.

Voyant que les larmes ne s'arrêtent pas :

« Ma chère enfant, lui dit-il, si demain vous n'envisagez pas ce départ avec plus de courage, je vous promets de faire tout pour rester en France. Vous êtes bien plus jeune que moi, je vous aime de tout mon cœur, et je ne vous ai pas épousée pour gâter toute votre existence. Donc, si vous le désirez, je donnerai ma démission au cas où je ne pourrais pas servir à terre, et nous planterons des choux ensemble, priant Dieu de les faire pousser gros et droits ! »

Jean embrassa sa femme et s'éloigna en essayant de rire. Mais il était à bout de forces, le chagrin de Louise, les larmes et les paroles de sa fille l'avaient bouleversé.

La pendule sonna deux heures. Louise, la tête entre ses mains restait livrée à ses réflexions.

« Comme Jean est bon ! se disait-elle. Il est si parfait qu'il ne me reprocherait jamais rien, il me cacherait même ses regrets, mais je les devinerais ! Et s'il allait moins m'aimer en abandonnant sa carrière ! Ce serait pire que toutes les séparations... »

Lorsque le soleil parut elle songeait encore en pesant toutes choses, à présent qu'elle était de sang-froid.

« Non, cria-t-elle alors presque à haute voix, le cœur très gros, mais bien décidée cependant ; non, je n'accepterai pas ce sacrifice. Jean commandera l'*Étoile*, et que Dieu me donne du courage et nous aide tous deux ! »

CHAPITRE IX

Campagne de l'*Étoile*. — Premier maître. — Robert Leray.

Quinze jours après, les habitants des Murelles, Marie-Anne, Mme de Lestoures et les Kéralec se trouvaient installés dans une jolie villa louée par Jean et située un peu à l'écart de Toulon. Le départ de l'*Étoile* avait été reculé d'un mois à cause de l'installation d'un gros canon de chasse placé à son avant. Ce canon donnait à Jean quelques idées qu'Yvon partageait, mais dont ni l'un ni l'autre ne parlait en famille.

Le premier continuait donc à suivre sa carrière et Louise, revenue à des idées plus raisonnables, cachait à son mari la peine qu'elle ressentait.

L'*Étoile* était enfin prête à prendre la mer à la fin du mois d'octobre 1883. Construite récemment, elle avait filé sans peine, aux essais, ses quinze nœuds à l'heure avec sa machine, malgré une jolie et haute mâture. Sa coque, longue et mince, un peu relevée par l'avant, donnait à l'aviso l'aspect le plus élégant. « Et au moins, disaient les matelots embarqués, à ce bateau-là on ne nous a économisé ni les vergues ni la toile, comme à d'autres qui ressemblent à des paquebots ! »

Quoiqu'il eût grand chagrin de quitter les siens, Jean était fier de l'*Étoile*. Il avait choisi comme second un lieutenant de vaisseau, M. Duroc, qu'il connaissait de longue date. Quatre enseignes, un commissaire, un docteur, complétaient l'état-major réglementaire.

Yvon fut aussi embarqué, mais non sans quelques difficultés, car il ne restait aucune place pour lui lorsqu'il rendit son congé. Les listes étaient déjà complètes quant à la maistrance, et un seul poste se trouvait vacant pour un adjudant ; cette fonction doit être remplie par un premier maître. Grâce à la protection du préfet maritime, les choses purent s'arranger. Il fut convenu que le second maître Jossic remplirait les fonctions d'adjudant, jusqu'à ce qu'il en obtînt réellement les galons. Marie-Anne se berça un moment de l'espoir que son fils ne pourrait embarquer, mais elle se reprocha vite ce qu'elle appelait son égoïsme, car Yvon, malgré la peine qu'il ressentait de la quitter, eût été désespéré de laisser son cher commandant entreprendre cette campagne sans lui.

Pendant tout le temps que dura l'armement de l'aviso et jusqu'à la veille du départ de l'*Étoile*, Capitaine demeura avec sa maîtresse au milieu de la famille de Lestoures ; il était devenu l'ami intime de la petite Anne ; celle-ci l'aimait et s'en occupait au point qu'elle en oubliait de tyranniser sa mère et d'être jalouse de son frère. Le chien avait pour l'enfant des attentions et des soins inouïs ; il savait certainement qu'Anne pouvait à peine se tenir sur ses pauvres petites jambes, et aussi que les médecins conseillaient de la faire marcher peu et souvent, ce qu'elle détestait ; elle ne consentait à jouer qu'assise. Capitaine se doutait de tout cela, disait

Yvon, car plusieurs fois par jour il entraînait la petite fille à faire un tour de jardin, lui prêtant l'appui de son dos sans la presser jamais et sans la faire marcher beaucoup à la fois.

« Depuis qu'Anne joue avec cette bête, regardez, dit Louise à son mari, regardez, il y a de réels progrès. »

Capitaine fera partie aussi de l'état-major de l'*Étoile*, Jean s'en passerait avec autant de peine qu'Yvon lui-même.

« Vous ne sauriez croire, dit le premier, combien de fois ce chien m'a tiré de mes tristes pensées et m'a forcé à me secouer, pendant ma dernière campagne sur le *Trident*. »

Le 31 octobre, le commandant de l'*Étoile* reçut l'ordre d'appareiller le lendemain matin. Anne avait joué presque toute la journée avec le terre-neuve depuis une semaine. Mme Jossic s'était chargée de la petite fille qu'elle ne gâtait pas, mais qui l'aimait cependant beaucoup, ne se montrant ni capricieuse ni exigeante avec la mère d'Yvon, car Mme Jossic, tout en résistant aux désirs peu raisonnables de l'enfant, savait l'amuser, la forcer même à travailler un peu. Les interminables légendes bretonnes aidant, elle acquit une très grande influence sur la fillette.

En se couchant, Anne se montra inquiète, nerveuse. « C'est le départ de son père qui la chagrine », pensait Marie-Anne. La prière dite, l'enfant bordée dans son petit lit, Mme Jossic allait la laisser seule, quand elle jeta ses bras autour du cou de sa vieille amie et s'écria en pleurant :

« Je voudrais garder Capitaine ! Madame, promettez-moi de supplier Yvon de me le laisser. Je vous aimerai de tout mon cœur si vous faites cela, dites, le voulez-vous? Capitaine me consolerait du départ de papa. S'ils s'en vont tous les deux, je sais bien que je serai malade !... »

Marie-Anne se sentait émue du naïf désir, si égoïste pourtant, témoigné par cette pauvre enfant gâtée, à peine âgée de six ans, mais qui était bien plus intelligente que les enfants ne le sont d'ordinaire à cet âge.

Mme Jossic hésitait, se demandant ce qu'il fallait répondre. Elle savait que son fils ferait volontiers ce sacrifice, très réel cependant, afin de prouver sa gratitude envers cette famille qui l'avait adopté et qui comblait sa mère. Mais là se trouvait, comme en bien des choses, deux côtés à la question. M. de Lestoures aimait le chien et avouait que cet animal était une grande distraction pour lui, à bord. Le père aussi ferait tout pour sa fille. Mais était-ce son devoir, à elle, Marie-Anne, qui déplorait la faiblesse des parents, de se montrer aussi faible qu'eux? Elle eut donc le courage de raisonner l'enfant, tâchant de lui prouver que ce serait très beau de sa part de se priver pour ce pauvre papa, qui partait seul, loin des siens, sans ses bébés. Capitaine amusait le commandant qui deviendrait encore plus triste sans le terre-neuve. Petit à petit, la petite fille comprit et promit de ne parler de son désir à personne... Elle versa encore une larme en s'endormant, mais elle ne bouda pas et dit à Marie-Anne : «Je vous aime beaucoup, parce que vous me comprenez très bien. »

Maintenant, nous sommes au matin du 1er novembre. Il y a quelques instants, les femmes et les mères ont demandé à tous les saints d'intercéder pour ceux qui vont partir. Ensuite, à mi-côte de l'une des collines qui dominent la rade, elles regardent l'aviso s'éloigner sous vapeur. Il n'y a pas un souffle de vent, l'air est pur, tiède, le ciel très bleu, la mer unie. Le soleil brille sur le sommet des collines, tandis que leur base encore dans l'obscurité jette de grandes ombres sur l'eau. Des oiseaux jouent et chantent. C'est une de ces matinées telles que l'on n'en voit que dans le Midi en automne. On voudrait être heureux, sans souci, pour jouir d'un temps pareil. Cependant il serait encore plus dur de se dire non pas adieu, mais au revoir, s'il pleuvait et si le ciel était gris. Et cette fête de la nature n'est-elle point d'un heureux présage ? On essaye de se le dire et de le penser.

L'*Étoile* n'est bientôt plus qu'un point noir à l'horizon, une petite fumée, puis elle disparaît.

Le retour est silencieux. On parvient à ne pas pleurer, mais on ne saurait pas prononcer une parole.

Demain, tous vont se quitter, ce sera un nouveau déchirement. M. d'Arnet, Louise et ses enfants retourneront aux Murelles. Mme de Lestoures, Brigitte et son mari partiront pour la Bretagne, avec Marie-Anne; celle-ci a de nouveau accepté l'hospitalité qui lui est offerte de si bon cœur : elle sait qu'elle peut être utile.

Une des dernières paroles de Jean à sa sœur avant de lui dire adieu a été la suivante : « N'oublie pas Yvon, ma Brigitte; je mets la chose en tes petites mains! »

. . . .

L'*Étoile* était depuis six semaines mouillée dans le Bosphore, devant Constantinople, et aux ordres de l'ambassadeur de France, remplaçant pour quelques jours encore un autre aviso le *Pétrel*, rappelé à Toulon pour y faire changer ses chaudières.

Avant d'être envoyée à Constantinople, l'*Étoile* avait séjourné dans plusieurs ports de la Grèce et de l'Asie-Mineure. L'état-major et l'équipage s'estimaient heureux de cette station inespérée. La mer Noire étant une zone neutre, nos navires de guerre ne traversent pas le Bosphore.

Au moment où nous apercevons de nouveau l'*Étoile*, il est cinq heures du matin, l'aviso est à l'ancre devant Péra, faubourg de Constantinople, dans lequel les ambassadeurs ont aussi un palais. Le jour va paraître; tous les hommes qui ne sont pas de quart se réveillent, s'étirent, bâillent. Debout! Aux hamacs! Les hamacs pendus à des crocs dans la batterie sont vite décrochés, roulés, alignés sur le pont, le long des bastingages, et le lavage commence. A terre, on n'a pas l'idée de ce que peut être la propreté des navires de guerre. De grands seaux d'eau fraîche, dès l'aube, chaque jour, inondent tout ce qui peut être lavé et mouillé, du haut en bas du bateau. Ensuite dans la batterie et sur le pont les matelots ont leur tour, ils s'aspergent mutuellement avec le jet de pompe et se frottent des pieds à la tête. Après, il faut rendre brillant le pont, luisant, avec du sable fin, comme si le rabot venait d'y passer. Alors chaque homme s'empare de l'objet dont il est spécialement chargé, qui une poulie, qui un canon. Tous s'y mettent avec beaucoup d'entrain et d'adresse, à plat de main, à tour de bras, jamais de brosses ni de poudres. Ils se servent de petits balais qui ressemblent à des joujoux. A cet instant commence de matelot à matelot une lutte dont le résultat sera une netteté éblouissante. Et quand tout semble astiqué à point, l'heure pique huit coups, annonçant le premier déjeuner du matin, composé de biscuit, de café noir et parfois d'une ration de cognac. C'est une vie dure que celle des matelots, mais c'est aussi une vie saine. Cette extrême propreté prévient les maladies. Lorsqu'on voit passer à terre une compagnie de marins, et ensuite un bataillon de n'importe quels soldats, n'est-on pas frappé de la différence qui existe, tout à l'avantage des premiers?

Les bâtiments de guerre ne sont pas tous également bien tenus, cela dépend des seconds. Mais lorsqu'un commandant en second entend bien son affaire, rien en ce genre en surpasse l'effet du premier coup d'œil et de l'harmonie des choses du bord, depuis le fond de la cale, le magasin général où se trouvent arrimées toutes les réserves de tous les genres, jusqu'aux mâts, aux vergues, aux poulies, aux moindres cordages.

M. Duroc était un second modèle, une perle, affirmaient les officiers, et quel camarade! jamais il ne faisait sentir son autorité, et cependant jamais on n'avait même la tentation de ne pas suivre ses conseils. Quant aux hommes, ils lui obéissaient et l'aimaient.

« Quel dommage, disaient-ils, que nous n'allions pas à la guerre là-bas en Chine sous les ordres du grand amiral, conduits par les deux lapins qui nous commandent! Nous ferions parler de l'*Étoile*. »

Le lavage commence.

C'était bien l'avis d'Yvon. Aussi se demandait-il chaque jour si réellement le gros canon ajouté au dernier moment ne devrait jamais servir.

On faisait certes une très intéressante croisière, on visitait de curieux pays ; mais la guerre, le danger, les combats, quel rêve! Et d'autres en ce moment le réalisaient, ce beau rêve-là !

Yvon pensait encore ce matin là aux dernières nouvelles arrivées de l'extrême Orient, lorsque M. de Lestoures le fit appeler. Dès qu'il entra, son protecteur lui tendit un papier bleu :

« Une dépêche télégraphique, lis », dit-il.

Quelle joie apportaient les petites phrases écourtées :

« Jossic est nommé premier maître, — le ministre vient de signer. — Amitiés à tous deux ! BRIGITTE. »

Cette dépêche rendit Yvon bien heureux, maintenant il se voyait officier dans un avenir prochain, et en ressentait une vive reconnaissance. Jean montrait peut-être encore plus de joie que le nouveau promu, qu'il aimait un peu comme son fils ou son frère. A bord, officiers et camarades se réjouirent également. Yvon s'était fait aimer et apprécier de chacun, parce qu'en dehors de ses brillantes qualités, il n'avait aucun amour-propre et ne s'en faisait pas accroire. Les enseignes, tous à peu près de son âge, dès l'abord se montrèrent disposés à traiter en égal ce garçon, qu'ils voyaient si différent des autres maîtres et que protégeait leur commandant ; mais sur l'avis même de son protecteur, Yvon se tint sur la réserve.

« Tu serais, lui dit M. de Lestoures, jalousé par tes camarades et sans compensation réelle ; puis cela est contraire à la discipline. »

Jossic comprit et agit suivant les conseils de Jean.

L'un des enseignes de l'*Étoile* cependant avait distingué notre héros, et peu à peu une liaison s'établit entre ces deux jeunes gens, de naissance, de fortune et d'éducation si différentes !

Robert Leray, alors âgé de vingt-cinq ans, enseigne depuis trois ans, était colossalement riche, ayant perdu tout jeune encore son père, l'un des plus importants raffineurs de France, et dont il hérita seul ; sa mère, qui l'aimait à sa manière, l'avait outrageusement gâté, ne laissant jamais former à l'enfant, sans le combler ou sans le devancer, un de ces désirs que l'argent peut satisfaire. Remariée à un cousin germain de son mari, portant le même nom, elle était très riche par elle-même. Son fils n'avait pas douze ans qu'elle lui donna un état de maison à lui, des chevaux, des domestiques.

« Robert n'aura que les joies de la vie », disait-elle souvent.

A seize ans, le jeune homme était si bien accoutumé à ce luxe, qu'il s'ennuyait parfois de toutes ses forces. Un de ses camarades se préparant à l'École navale, il eut l'idée de l'imiter et persévéra dans sa fantaisie, uniquement parce que Mme Leray s'opposait à un de ses caprices, pour la première fois de sa vie.

Sorti de l'École, Robert Leray continua, fit une ou deux campagnes, mais avec le projet d'abandonner bientôt ce métier, qui ne l'amusait décidément pas plus qu'autre chose. Lorsqu'il fut désigné pour l'*Étoile*, il venait de passer six mois à Paris, faisant courir, dépensant un million à établir une écurie de course, qu'il revendait moins d'un quart de ce qu'elle valait, gaspillant ses revenus, jouant et dormant à peine la nuit. Il avait presque promis à sa mère de donner sa démission à l'expiration de son congé, que Mme Leray sut faire prolonger outre mesure.

« Il me semble, lui disait-elle, que tu peux te marier. Avec ta figure, ta position, et surtout avec ta fortune, tu n'auras que l'embarras du choix. »

Ces réflexions de sa mère avaient le don d'agacer Robert. Oui, on pourrait essayer du mariage, mais encore fallait-il trouver une jeune fille qui ne vous ennuyât pas avant de la bien connaître, et qui ne vous assommât pas dès qu'on la connaîtrait. Toutes celles qu'on lui présentait étaient trop aimables pour lui et lui déplaisaient à cause de cette amabilité banale, qui n'avait d'autre raison d'être que sa fortune; il le savait, Mme Leray n'ayant pas eu l'idée de chercher hors de son monde, le monde riche, élégant et désœuvré.

Rappelé en toute hâte à Toulon où les officiers étaient rares à cette époque, il fit rapidement ses apprêts et ses adieux, sans bien savoir pourquoi il ne quittait pas le métier.

M. de Lestoures disait parfois : « Il y a quelque chose chez Leray, né sans fortune ou dans un autre milieu, cet officier eût pu montrer de réelles qualités ; » Duroc n'était pas du même avis, et affirmait qu'il n'y avait rien du tout dans cette tête-là. Les autres camarades de l'enseigne, très jeunes et peu fortunés, furent vite éblouis par ce prodigue qu'on trouvait toujours prêt à payer pour les autres, à jeter son argent par tous les sabords, et qu'ils savaient avoir un compte courant chez les principaux banquiers des diverses villes où l'on relâchait.

La personne qu'aimait le mieux Robert Leray dans les premiers temps, à bord, c'était sans contredit Capitaine. Aussi eut-il bien vite la fantaisie de l'acheter.

« A votre prix, dit-il à Yvon ; je vous en donnerai ce que vous demanderez. »

Yvon déclina l'offre, tranquillement, mais d'un ton à prouver qu'il serait inutile d'insister, ajoutant :

« Vous pouvez, capitaine, vous amuser de mon chien juste comme s'il vous appartenait. »

« Quel animal, dit un matin Leray en déjeunant, je lui eusse bien donné dix mille francs de Capitaine. Croyez-vous, Duroc, qu'il se doutait de cela ? »

Les autres à l'envi de s'écrier :

« Mais non, bien sûr, il ne pouvait croire que vous iriez

jusque-là ! Pensez donc ! dix mille francs ! c'est une petite fortune pour le fils d'un pêcheur.

— Voulez-vous, Leray, que j'aille les lui offrir de votre part ? » proprosa le docteur.

Robert accepta et après le départ du messager :

« Je ferais bien un pari, dit Duroc entre ses dents.

— Bon, tenu, trente louis, voulez-vous ?

— Ah ! Dieu ! répondit Duroc, que vous êtes donc insupportable avec cette manie d'avoir toujours vos louis à la bouche. Si vous saviez à quel point vous me portez sur les nerfs ?

— Je le sais bien, allez ! Eh bien, dit-il au docteur qui revenait achever son déjeuner.

— Cet idiot refuse, il m'a dit sèchement : « Capitaine ne sera jamais vendu à aucun prix. »

— Alors j'ai perdu, Duroc. C'est dommage que vous n'ayez pas parié, vous auriez mes trente louis. Je vous agace, n'est-ce pas ? Allons, je vous demande pardon, je ne voudrais pas vous empêcher de digérer, mon bon Duroc ! »

A partir de ce jour, Robert regardait parfois Yvon avec une certaine curiosité. Quelque temps après, il ramassa dans la batterie, sous ses pieds, une lettre décachetée dans son enveloppe, et dont l'adresse avait évidemment été tracée par une femme. Les caractères étaient un peu gros, et il s'y trouvait trop d'explications. Les femmes qui n'ont pas l'habitude de la correspondance croient toujours qu'elles n'en mettront jamais assez sur l'enveloppe. Celle-ci étant toute déchirée, son contenu en tomba ouvert, et cette phrase sauta aux yeux de Robert : « Mon cher bien-aimé ! » Et sans réfléchir qu'il faisait une chose peu délicate, l'enseigne lut la lettre jusqu'au bout ; il fut d'abord assez désappointé, et puis très touché. La lettre venait de Mme Jossic ; elle exprimait, dans un bon style et avec une orthographe irréprochable, des pensées élevées et chrétiennes, et avant tout des pensées telles qu'il en naît dans le cœur d'une vraie mère.

Robert comprit trop tard sa faute et se sentit très honteux de son indiscrétion. Et en même temps il se disait :

« Si ma mère savait écrire de ce style, je serais meilleur que je ne suis. »

Peu de jours avant cet incident, l'*Étoile* étant à Smyrne, la veille de Noël, les jeunes officiers que leur service ne retenait pas s'étaient rendus dans la chapelle de l'hôpital, pour y assister à la messe de minuit : les uns parce qu'ils n'auraient pas manqué volontiers la messe ce jour-là surtout; Leray et les autres, par désœuvrement et pour réveillonner ensuite. Au moment où les fidèles, fort nombreux, s'approchaient de la sainte table, un second maître de l'*Étoile*, décoré de la médaille militaire, se détacha d'un petit groupe de matelots restés au bas de la chapelle; il fut suivi de trois de ces derniers, un peu hésitants et embarrassés. On les regardait, et « certainement, pensa Leray, si Jossic ne leur montrait le chemin, ils n'oseraient pas !... »

Leray ne s'était guère préoccupé des pratiques religieuses dont sa mère ne l'entretenait jamais; catholique de nom, comme ses parents, il avait fait sa première communion à la campagne fort jeune, allant le moins possible au catéchisme; il n'en avait donc gardé qu'un très faible souvenir. Il n'ignorait pas que M. de Lestoures observait sa religion. Mais le commandant était marié, père de famille, et un peu à la mode d'autrefois. Enfin, la tenue de ce maître avait touché l'enseigne... et cette lettre maintenant, cette union qui semblait si complète, cette piété commune à cette mère et à ce fils, si gai malgré cela, si bon enfant, que tout le monde appréciait à bord.

Yvon se trouvait occupé à la salle d'armes lorsque Leray l'aborda :

« Tenez, dit-il, je viens de ramasser une lettre que vous avez sans doute perdue...

— Merci, capitaine, c'est en effet une lettre de ma mère, et je vous suis bien reconnaissant de me la rapporter, j'eusse été désolé de la perdre, parce que je garde toutes ces lettres-là!...

— Savez-vous, Jossic? je suis très coupable. Je pourrais vous laisser ignorer que, par sotte curiosité et sans réflexion, j'ai lu ce que contenaient ces pages; mais j'en suis tellement honteux que je m'en confesse, afin de me punir!

— En effet, capitaine, vous avez eu grand tort, dit Yvon tout rouge, mais puisque vous le regrettez, n'en parlons plus... »

Leray une fois parti, Yvon continua d'astiquer un fusil avec plus de force qu'il n'était nécessaire, très agacé qu'on eût lu les choses intimes, écrites par sa mère. Cet enseigne, capable d'abuser d'une pareille trouvaille, ne lui avait jamais été sympathique.

Au bout d'un quart d'heure, le canon du fusil brûlait ses doigts. Cette sensation fit sourire Yvon en le rappellant à lui-même.

« Mon ami, se dit-il, il faut être franc! tu es surtout vexé parce que M. Leray a pris connaissance de petits détails de votre vie intime, à ta mère et à toi; il sait à présent votre pauvreté et les bienfaits de la famille sans laquelle vous végéteriez encore à Étretat. Et vrai, si tu deviens vaniteux, mon pauvre Yvon, tu seras complet! »

Yvon quelques instants après monta sur le pont et en faisant son quart il entendit cette conversation entre Leray et un autre enseigne :

« Non, disait le premier appuyé sur la rampe de la passerelle, je m'ennuie tant! Vous n'en sauriez avoir une idée. J'espérais, on me l'avait presque juré à Paris, que nous irions au Tonkin, mais pas du tout! Et ces éternels ronds sur les mêmes eaux, ces relâches, toujours les mêmes aussi, dans des endroits que je connais depuis quinze ans! J'ai visité tous ces pays avec ma mère, et ensuite j'y suis revenu avec mon précepteur, qui n'était pas fâché de les parcourir à mes frais. Non, c'est assommant, voyez-vous! Et ces quarts et ces détails!

— Alors, répondit l'autre, pourquoi rester dans la marine avec votre fortune et l'existence que vous pourriez mener à Paris? Ah! si j'étais à votre place.

— Voilà, je me le demande! Mais quelle est la chose en ce monde qui vaille un effort? Ce sera tout de même ma dernière campagne. Pourtant, il ne faut pas croire que je m'amuserais beaucoup plus à Paris. Presque tout est assommant, allez, là-bas comme ici.

— Voyons, Leray, avouez que vous posez et faites poser Dubois, et ce n'est pas une jolie pose, je vous assure, dit Duroc qui avait entendu ces dernières paroles.

— Je ne dis pas qu'elle soit jolie, mais si vous saviez comme c'est vrai que rien ne m'amuse ni ne m'intéresse! »

Duroc retourna à sa besogne en haussant les épaules; il ne pensait jamais que l'enseigne fût digne d'une discussion sérieuse. A ce moment Robert levant les yeux aperçut ceux d'Yvon fixés sur lui avec une pitié et une expression de réelle sympathie.

L'enseigne avait été un peu vexé en ne voyant pas ses excuses acceptées avec reconnaissance; il détourna ses regards, continuant à fumer silencieusement; son porte-cigare étant tombé, Yvon le ramassa et le tendit à son propriétaire en souriant d'un bon sourire.

« Capitaine, dit-il, je vous demande bien pardon pour ma réponse de tout à l'heure, je serais désolé de vous avoir froissé.

— Très gentil, répondit l'autre, l'air réellement satisfait, très gentil, Jossic, ce que vous faites-là; voulez-vous me donner une poignée de main?

— De grand cœur! »

Les deux jeunes gens se serrèrent vigoureusement la main. A partir de cet instant, Robert s'intéressa beaucoup à Yvon, cherchant et faisant naître l'occasion de causer avec lui, surtout lorsqu'il le rencontrait à terre; à bord, c'était assez difficile. Au Pirée, Robert demanda et obtint la permission d'emmener Yvon pendant huit jours, pour visiter Athènes et les environs. Lui, il connaissait tout cela et ne s'y intéressait pas beaucoup. L'enthousiasme, les réflexions justes du maître amusaient l'enseigne, et puis c'était du nouveau de voir quelqu'un tomber en extase devant les antiquités. Tout cela paraissait réellement « rafraîchissant », selon l'expression de Robert, qui ne s'ennuya pas une minute pendant toute la semaine. Les deux amis firent leur excursion à pied, comme des voyageurs modestes ; le plus riche, ne voulant pas froisser l'autre, s'arrangea pour que celui-ci crût avoir payé la moitié de la dépense.

« Alors vous vous êtes amusés, leur dit M. de Lestoures qui les rencontra au moment où ils revenaient ensemble à bord ; j'en suis ravi, et très heureux de voir que vous commenciez à vous apprécier, Jossic et vous. »

L'idée d'être apprécié par un second maître, fils de pêcheur eût fait pouffer de rire Robert quelques jours plus tôt. A présent, il savait pourquoi le commandant aimait autant Yvon. Jusqu'aux jours précédents, aucun des officiers, excepté Duroc, n'avait compris cette profonde affection, qui se montrait, toutes les fois que la discipline n'était pas en jeu, entre un maître de basse naissance et le commandant de Lestoures, titré, gentilhomme jusqu'au bout des doigts, et qui leur en imposait à tous, malgré sa bonté et sa politesse exquise.

« Je savais bien, dit Jean le soir en dînant avec Duroc, qu'il y avait quelque chose chez Leray, c'est un enfant gâté, mais il y a de la ressource.

— Hum ! dit Duroc, nous verrons ce que durera cette belle fantaisie. Jossic vaut mieux dans son petit doigt que l'autre dans toute sa personne, avec tous ses millions ! »

Mais la fantaisie durait encore, peut-être grâce à la réserve et à la résistance de celui qui en était l'objet, et qui n'entendait pas être traité à bord autrement que les autres maîtres.

Les deux jeunes gens se serrèrent la main.

« Lorsque je serai officier, répétait-il souvent à l'enseigne, nous bavarderons autant que vous voudrez.

— Ah! disait Leray, que je donnerais bien cent mille francs et vite pour que vous fussiez enseigne dès demain.

— Pour l'amour de Dieu, n'ayez donc pas toujours des cent mille francs à la bouche, c'est une triste habitude, capitaine, que vous avez prise de tout traiter au point de vue de l'argent. »

On voit, par cette réflexion, que la liaison avait fait des progrès. Cependant en deux ou trois occasions cette naissante amitié faillit être rompue.

Leray était habitué à une extrême générosité. Il faut dire aussi que cette générosité était entretenue par l'habitude qu'on avait prise de lui laisser tout payer en toute occasion. On allait même au-devant de ses largesses, que les autres jeunes officiers, excepté Duroc, acceptaient volontiers. Leray, toujours prêt à faire un cadeau, eut vite le désir d'en offrir à son nouvel ami. Yvon s'en montra reconnaissant tant que les présents furent sans valeur réelle; mais bientôt l'enseigne crut pouvoir en accoître le nombre et le prix. Apprenant par hasard que c'était le jour de naissance d'Yvon, Robert alla à Constantinople et acheta au bazar le plus beau chronomètre et la plus belle chaîne qu'il put se procurer avec de l'argent, chez le meilleur joaillier. Déjà embarrassé par la valeur toujours croissante des derniers objets, Yvon refusa net celui-là, assez sèchement, afin d'arrêter toute insistance; Robert, très blessé, ne sut pas cacher sa contrariété, il fut cassant en paroles, et en dit même une ou deux qu'il regretta trop tard, et auxquelles l'autre répondit sur le même ton. Ils se séparèrent furieux l'un contre l'autre, et, naturellement, ayant eu tort tous les deux. Pendant une semaine, ils évitèrent absolument de se parler autrement qu'en service. Robert fit seul une excursion aux eaux douces d'Asie et s'y ennuya royalement; la bonne humeur, l'enthousiasme du second maître lui manquèrent fort.

« Vous êtes-vous amusé, Leray? lui demanda son commandant.

— Moi, pas du tout, je me suis ennuyé, et l'expression n'est pas assez forte, allez. »

Regardant Yvon occupé à côté d'eux sur la passerelle, et qui souriait légèrement, Robert ajouta : « Si ce crétin de Jossic avait voulu venir avec moi, c'eût été bien différent ! »

Le prétendu crétin éclata de rire. Le nuage se trouva dissipé, et les deux jeunes gens se donnèrent la main.

M. de Lestoures mis au courant approuva absolument la conduite du maître, et l'enseigne, pour gage de la réconciliation, promit de ne plus recommencer.

« Vous me donnerez mes premières épaulettes, lui dit Yvon, je les accepterai venant de vous et de grand cœur. »

CHAPITRE X

Capitaine n'aime pas les Prussiens. — L'*Étoile* reçoit une destination nouvelle.

Jossic était premier maître depuis quelques jours, et tous s'étaient montrés charmés de sa promotion. Il voulut offrir un repas à terre aux maîtres, aux quartiers-maîtres de l'*Étoile* ainsi qu'aux hommes de sa bordée; il accepta que son cher commandant en fît les frais, qui eussent été bien trop lourds pour sa bourse.

« De mon commandant j'accepterais tout, au besoin un bon de pain, sans être humilié. Ne m'a-t-il pas donné déjà ce que toute une vie de reconnaissance ne saurait payer? » C'est à Robert qu'Yvon parlait de la sorte, parce que l'enseigne avait tout de suite offert son aide et se montrait fâché de se la voir refuser; mais les raisons de Jossic étaient trop bonnes pour n'être pas comprises.

Le dîner à Péra, dans un hôtel français, se passa le mieux du monde; seulement il fut trop long, trop bruyant, et par cela même fort apprécié des convives. Le nouveau promu en fit les honneurs avec sa bonne grâce habituelle, mais il éprouva un réel soulagement lorsque après le dernier toast on se retrouva en plein air.

On en avait porté terriblement de ces toasts, à commencer par la santé du grand amiral dont un fourrier fit l'éloge en disant « qu'il relevait l'honneur de notre vieux pavillon là-bas ». Et puis celle de notre cher commandant et de notre lieutenant. « De rudes poulets, mes enfants! » cria un vieux maître, déjà fort animé. Ensuite on but à tous ceux qui se trouvèrent présents et à tous les officiers. L'amphitryon se demanda plus de cent fois jusqu'à quelle heure cela pourrait bien durer. Il ne se sentait plus du tout dans son milieu avec ces braves gens qu'il aimait et appréciait cependant. Et puis il avait mal à la tête, à cause des toasts, quoiqu'il eût bu chaque fois très modérément. Mais il sut dissimuler son impression, dont personne ne se douta. Les vins et les liqueurs étaient de la meilleure qualité. Tous les invités connaissant de longue date l'horreur de leur hôte pour les ivrognes, pas un ne roula sous la table. Plusieurs titubaient et devenaient tendres, jurant les larmes aux yeux qu'ils voudraient se faire tuer pour le premier maître Jossic; deux ou trois même embrassèrent celui-ci au dessert.

Leray entrait à cet instant, porteur d'excellents cigares qu'il avait demandé la permission d'offrir. Nouvel enthousiasme et nouvelle santé! L'enseigne s'amusa de tout son cœur, comme il ne l'aurait jamais cru possible, de la joie de ces grands enfants, et puis de l'air d'Yvon au moment où ceux qui avaient le vin reconnaissant l'embrassaient sur les deux joues.

Enfin on se quitta. Le soir à l'appel, que fit le quartier-maître de service, plusieurs étaient réellement gris, mais gris seulement; personne ne manquait ou ne faisait de

Le dîner fut bruyant.

bruit; il n'y aurait pas de punitions. Tout finissait donc pour le mieux.

On parla longtemps à bord de l'*Étoile* de ce « crâne festin-là ! »

Capitaine engagé aussi partit au milieu du repas, et il rentra à bord bien avant les convives de son maître. Il connaissait le chemin des embarcations, et à Constantinople comme dans toutes les relâches il jouissait d'une grande réputation.

Une des maisons où Capitaine allait le plus volontiers, était celle de l'ambassade d'Angleterre. M. de Lestoures étant lié de longue date avec l'ambassadeur lord***, son état-major et lui furent tout de suite les bienvenus au palais de l'ambassade. Il y avait là une nombreuse famille et des enfants de tous les âges qui raffolaient du terre-neuve. Souvent Capitaine leur faisait tout seul une petite visite, et alors on riait, on jouait avec lui à cache-cache. Le chien se prêtait à tout avec sa patience que rien ne lassait, recommençant vingt fois les mêmes tours, sans s'ennuyer, du moment qu'ils amusaient ses petits amis. Lorsque Capitaine arrivait conduit par le commandant, il partait avec M. de Lestoures; mais par exemple, lorsqu'il venait seul, il s'en allait à quatre heures précises. Aucune friandise, aucune caresse ne le pouvait tenter; il ne voulait pas manquer le canot-major et il ne le manquait jamais. Il aurait bien pu nager jusqu'à l'aviso, mais il savait que le lieutenant n'aimait pas à voir son pont tout mouillé à cette heure tardive.

A l'ambassade on essaya de retarder la pendule, Capitaine ne s'y laissa jamais prendre. « *He is a witch!* il est sorcier», disait la petite Bessie, son amie particulière.

Un grand seigneur prussien se trouvait en ce moment de passage à Constantinople. C'était un aide de camp de l'empereur Guillaume, le comte de Firbach, très riche, possesseur d'un superbe yacht, le *Meteor*, qu'on apercevait mouillé non loin de *l'Étoile* devant Péra. M. de Firbach, témoin des exploits de Capitaine, fut tout de suite pris du désir de l'acheter.

« Croyez-vous, dit-il à l'ambassadeur d'Angleterre, que le commandant de l'*Étoile* consentirait à me vendre sa bête? J'en donnerais sans marchander un bon prix.

— Non, répondit lady Mary***, non, je ne le crois pas. M. de Lestoures m'a raconté que ce chien appartient à un sous-officier de son bord, qui en a refusé déjà de grosses sommes, et plusieurs fois.

— Bon, s'il n'est pas au commandant, répondit le Prussien, l'affaire peut être regardée comme faite, j'en donnerai ce qu'il faudra. Il n'y a rien au monde qui ne se vende. »

Lady Mary était trop bien élevée pour contredire son hôte, tout en pensant qu'il y avait bien des choses qui ne s'achetaient pas, Dieu merci!

Dès le lendemain, un valet de chambre arriva à bord de l'*Étoile* prier, au nom de M. le comte de Firbach, le nommé Jossic de vouloir bien se rendre de suite sur le *Meteor*, avec la personne qui faisait la commission. Cette invitation étonna profondément Duroc, auquel elle fut transmise, et qui répondit que le premier maître canonnier étant de service ne pouvait s'absenter.

« Qu'est-ce qu'il pouvait bien vouloir à Jossic? dit-il ensuite au commandant; qu'avait donc à lui raconter ce grand diable de Prussien, pas bien éduqué, avec sa figure rouge et ses yeux de faïence déteinte? »

Le soir, M. de Firbach arriva en personne; le commandant le reçut lui même à la coupée et se montra fort poli, quoique le Prussien ne lui plût guère; mais le dernier était officier et il avait droit aux égards des autres officiers.

« Commandant, dit M. de Firbach, après les phrases d'usage, vous avez à bord un matelot ou un sous-officier possédant un terre-neuve que je désire acheter. Seriez-vous assez aimable pour vous charger de la négociation? Quel prix croyez-vous qu'on en demande?

— Mais, monsieur, répondit son interlocuteur fort surpris, je ne crois pas que vous puissiez l'avoir à n'importe quel prix, le maître auquel appartient ce chien en a refusé des sommes très élevées; du reste, je vais le faire appeler et vous lui parlerez vous-même. Timonier, ajouta-t-il en se tournant vers un homme, faites prier Jossic de venir me parler.

— Tiens, commandant, vous priez vos hommes; ça ne se fait pas chez nous : nous ne prions pas, nous ordonnons. »

Il dit cela avec un affreux accent et un air gouailleur qui agacent M. de Lestoures; cependant ce dernier répond simplement :

« A chacun ses habitudes, monsieur. Jossic, ajoute-t-il en s'adressant au maître qui monte sur le pont où a lieu l'entrevue, voici M. le comte de Firbach, il désirerait acheter Capitaine, et il demande quel prix tu en voudrais. »

Yvon en arrivant avait fait le salut militaire, M. de Firbach ne daigna pas s'en apercevoir.

« Commandant, répond-il tout de suite, vous savez bien que je ne vendrai jamais mon chien à aucun prix.

— Oui, je l'ai affirmé à monsieur le comte, mais il valait mieux que tu lui répétasses toi-même. »

Le Prussien s'obstine :

« J'y mettrai ce qu'il faudra; combien, mon garçon? allons, je vous répète, combien?

— Mais, monsieur le comte, reprend Yvon, je ne puis que vous répéter la même chose : je ne veux vendre Capitaine à aucun prix. »

Yvon commençait à s'impatienter et devenait rouge, il avait l'air d'un jeune coq en colère; il se calma, à un signe de son commandant qui, lui, s'amusait beaucoup de cette scène.

« En voulez-vous dix mille francs, hein? » demanda M. de Firbach.

« Monsieur le comte, criait presqu'Yvon au Prussien, vous m'offririez deux cent mille francs que je ferais la même réponse.

— C'est bien, Yvon, tu peux te retirer, retourne à ton service. »

Yvon s'en va et cette fois oublie de saluer.

« Savez-vous, commandant, dit le Prussien, que si cet homme était chez nous, je le ferais mettre aux fers, pour avoir parlé aussi haut devant des officiers supérieurs, et pour être parti sans faire le salut militaire à l'un d'eux?

— Heureusement pour lui, répond Jean, cet homme sert à mon bord et non au vôtre. C'est d'ailleurs un serviteur hors ligne, et qui sera officier un de ces jours, j'espère. Il ne vous a pas salué en sortant, problablement parce que vous n'aviez pas répondu à son premier salut. Chez nous, monsieur, on rend toujours un salut. Néanmoins, le maître a eu grand tort et je le réprimanderai. Avez-vous, monsieur le comte, autre chose à me communiquer?

— Non, commandant, et je vais me retirer; car je vois que vous approuvez cet imbécile et sa sotte conduite; d'ailleurs de telles idées ne m'étonnent nullement de la part...

— Monsieur, permettez-moi de vous interrompre parce que vous alliez sûrement vous oublier! Comme je suis chez moi, il me déplairait de vous faire la leçon. Je vais donc avoir le plaisir de vous accompagner jusqu'à votre embarcation. »

M. de Lestoures avec son grand air conduit jusqu'au bout de l'échelle le Prussien qui n'ouvre plus la bouche, mais qui se venge en administrant une volée d'injures grossières à ses hommes, pour avoir mal accosté. M. de Lestoures comprenait l'allemand.

« Quelle brute! » dit-il en se tournant vers Leray, celui-ci est de quart et regarde fort étonné. Mis au courant, l'enseigne s'amuse de l'histoire, qui fait vite le tour du bord.

Deux jours après cette petite scène, Capitaine manquait à l'appel.

Le commandant n'était pas descendu à terre, plusieurs officiers étant en permission, les canots rentraient un à un, personne n'avait vu le terre-neuve; aucune embarcation ne le ramena, cela devenait inquiétant; où pouvait-il être resté? Le lendemain de très bonne heure, Jean envoya son domestique à l'ambassade d'Angleterre, l'unique endroit où Capitaine eût l'habitude d'aller seul. La veille, en effet, il avait honoré l'ambassade de sa visite presque quotidienne, et il était parti à quatre heures comme de coutume. Yvon, de son côté, fureta dans tous les coins de Péra où il croyait avoir quelque chance de rencontrer son chien ou d'obtenir des renseignements; mais ce fut en vain. On ne pouvait l'avoir volé, car il ne permettait jamais à personne de le toucher. Il n'était pas querelleur et ne se battait jamais avec les autres chiens. En outre à Péra comme à Constantinople toute la race canine est fort respectée. Chacun le sait.

Le soir après des recherches infructueuses :

« Je parie, dit Yvon, que ce Prussien l'aura emmené ou empoisonné pour se venger; il avait la figure d'un homme capable de tout ! Mais, dans ce cas, comment Capitaine se serait-il laissé prendre? Si on l'avait tué avec une arme à feu, quelqu'un aurait entendu la détonation. »

La police fut mise en quête. Après bien des recherches on crut être sûr qu'un Arménien avait vu un chien, dont le signalement répondait à peu près à celui de Capitaine; ce chien était emporté sur un brancard par des hommes dont on perdait les traces dans un endroit écarté auprès de la mer. Les jeunes officiers très excités proposèrent d'aller à bord du Prussien et d'y faire une espèce d'enquête, mais M. de Lestoures leur démontra l'impossibilité de la chose. Plusieurs fois, avec une baleinière, Yvon gouverna autour du *Meteor*, sifflant comme il en avait l'habitude et appelant; s'il était là, Capitaine répondrait. Tout demeurait silencieux. Leray fit crier dans Péra, en turc, en français, en anglais et en allemand, qu'il donnerait 2000 francs de récompense à qui ramènerait Capitaine ou donnerait de ses nouvelles.

« Et pour une fois, disait Duroc, l'argent de Leray serait utile à quelque chose! »

Huit jours s'écoulèrent! Aucune nouvelle. A quelques encâblures de l'*Étoile*, le yacht prussien chauffait; on savait qu'il allait partir, emportant probablement le secret de cette disparition.

. . . .

C'est le soir, le soleil se couche et Yvon, employé sur la passerelle, songeait à ce passé, déjà lointain, où lui, presque un enfant, avait été sauvé par son chien, et depuis bien souvent aidé, secouru!... Tout à coup ses regards sont attirés par un va-et-vient inusité à bord du navire allemand. Avec la longue-vue il voit des hommes courir sur le pont, et quelque chose sauter dans la mer, quelque chose qu'il ne distingue plus parce que c'est du côté opposé. Deux ou trois minutes après, une petite barque quitte l'échelle du yacht, à la poursuite d'une masse informe et noire, qui remue et qu'on voit se diriger, le cap sur l'*Étoile*.

« Bonté divine, voilà Capitaine, crie Yvon, il n'y a que lui pour nager de cette façon-là. Mais comme il va lentement!

— Prenez le youyou qui se trouve à l'eau, dit l'officier du quart, dépêchez-vous. Allez au-devant de votre chien. »

Yvon saute dans la petite embarcation, où deux matelots l'ont déjà précédé; il gouverne, les hommes font force de rames; bientôt ils arrivent, juste à temps, sur le pauvre animal qui allait couler à pic, parce qu'un énorme morceau de chaîne en fer paralysait ses mouvements. L'autre youyou n'est plus qu'à une faible distance, mais les hommes qui le montent, une fois le chien recueilli par les matelots français, virent de bord aussitôt, et s'éloignent, non sans recevoir, par la bouche des deux Toulonnais, compagnons d'Yvon, une belle bordée d'injures.

Capitaine pousse des cris de joie, lèche la figure, les mains d'Yvon, des hommes. A bord on lui fait une ovation, commandants, officiers, matelots, tous lui donnent de vigoureuses poignées de main. Cette chaîne qu'on vient de lui retirer est énorme, rivée à un solide collier après lequel elle tient encore par un des bouts, tandis qu'à l'autre pend un morceau d'acajou qui doit être un gros pied de table en bois, massif, et cassé net.

« Tout de même, dit Robert, presque aussi content qu'Yvon, il y a de bons moments dans la vie. Mais comment Capitaine a-t-il pu rester presque à nos côtés si longtemps sans se faire entendre, et pourquoi n'a-t-il jamais hurlé lorsque son maître passant autour du yacht l'appelait et le sifflait?

— Demain, dit le commandant, j'irai me plaindre chez notre consul; ce Prussien nous a volés et nous en avons des preuves et des témoins ! »

Mais le lendemain, lorsque M. de Lestoures s'apprêtait à descendre, le yacht prussien commençait à chauffer de nouveau; et vers midi le *Meteor* disparaissait à l'horizon.

Cependant l'histoire fut connue, contée par un médecin, Anglais de naissance, fort estimé à Constantinople, et qui eût été parfait sans un péché mignon qu'il cultivait avec amour : Conteur émérite, il ne résistait jamais au plaisir de dire, d'enjoliver une anecdote, fût-ce aux dépens de ses amis ou de ses clients. Et cette dernière aventure était trop amusante pour qu'il songeât un seul instant à ne pas la divulguer.

« M. le comte de Firbach, dit-il, m'a supplié de lui garder le secret, mais j'ai évité de répondre, chaque fois qu'il me répétait : « Tocteur, épruitez pas la josse !... » Et vraiment, ce vilain monsieur ne mérite point qu'on l'épargne. »

C'était à lady Mary, l'ambassadrice, que le docteur parlait en ces termes.

« L'autre soir donc, milady, le valet de chambre de M. de Firbach arrivait chez moi et au nom de son maître me suppliait de me hâter. Je me dépêchai et fus conduit à bord du *Meteor*, où je trouvai M. de Firbach couché; sa figure n'était pour ainsi dire qu'une affreuse plaie, et son nez à moitié dévoré. « Bon Dieu ! m'écriai-je, monsieur le comte, qui vous a mis dans un tel état? — Une attaque terrible d'un chien féroce, répondit-il, d'un chien enragé sans doute! » Et il pleurait, s'agitait, criait : « Je suis un homme mort! Si jeune! Sauvez-moi, docteur! »

» Je le pansai de mon mieux, et je lui promis que le lendemain je reviendrais dès l'aube.

» Je fis causer le valet de chambre. Il m'apprit qu'un vieux petit juif était arrivé à bord, il y a quelques jours, et demandant à parler à M. le comte, et qu'il était reparti ensuite après avoir discuté longtemps avec M. de Firbach. L'avant-veille du jour fixé pour le départ du *Meteor*, le même juif, très tard dans la soirée, accostait de nouveau, accompagné deux hommes de sa religion; tous trois montèrent sur le pont, portant un grand sac percé de quelques trous dont ils tirèrent un énorme chien. Il nous parut que ce chien était mort. « Non, dit le juif, la bête n'est que chloroformée, attachez-la avant qu'elle se réveille, voilà un gros collier et une bonne chaîne que j'ai apportés exprès. » Il nous donna ces objets, et, sur l'ordre de mon maître, j'amarrai la chaîne au pied de la table à manger, cette table est rivée au plancher par des vis énormes. Le chien fut descendu, toujours inerte, et, le collier passé à son cou. M. le comte donna sans marchander une grosse somme au juif, qui nous raconta comment il avait suivi le terre-neuve, de loin, guettant l'occasion propice et tenant ses « petits moyens » dans sa poche. L'ayant enfin trouvé seul, il lui jeta quantité de chloroforme, et ensuite l'emporta chez lui, aidé de deux Arméniens, faisant immédiatement prévenir M. le comte. Le terre-neuve fut alors enfermé dans un souterrain jusqu'au jour convenu. Ce jour-là, après lui avoir administré une nouvelle dose de chloroforme, on mit l'animal dans un sac et on nous l'apporta.

» Les juifs nous quittèrent, la bête stupéfiée donna à peine signe de vie pendant la nuit et la journée suivante. Enfin vers le coucher du soleil, M. le comte, qui guettait le terre-neuve par une ouverture, le vit s'agiter, ouvrir les yeux, remuer la queue d'un air très calme. « Il doit mourir de faim, s'écria mon maître; donnez-moi une jatte de soupe, une autre d'eau, je les pousserai vers lui, il m'en sera reconnaissant et, petit à petit, il s'attachera à moi. Vous verrez quelle bête c'est, et quel succès il aura à Berlin! » En effet M. le comte poussa les deux plats, le chien mangea et but avec un plaisir évident. Derrière la porte, nous le regardions qui léchait l'écuelle et remuait la queue; tout à coup il secoua furieusement sa chaîne et se leva debout, instinctivement je me jetai à plat ventre; il passa sur mon corps sans me toucher et sauta par-dessus le bastingage de l'avant, je me relevai aux cris poussés par M. le comte, qui était couvert de sang et qui nous criait de rattraper le chien; on fit semblant d'obéir. Vous pensez bien, docteur, que personne n'avait envie de toucher à cet animal enragé.

» Enfin nous désabillons M. le comte qui hurle et nous maltraite, et finalement je viens vous chercher, docteur.

» Voilà, milady, acheva le médecin, le récit un peu long peut-être, mais véridique, de ce fidèle serviteur qui s'était caché derrière son maître et n'avait eu garde de le défendre.

» Le lendemain, donc je retournai à bord du yacht prussien, le blessé allait mieux, et je pus l'assurer que le terre-neuve n'étant point enragé, la guérison serait certaine, que cependant il fallait être philosophe et se résigner à vivre avec une lèvre en moins et très peu de nez. Je lui permis en outre de partir, en lui donnant des instructions pour ses pansements. Et j'espère, par ma petite histoire, avoir diverti Votre Seigneurie. »

Le docteur se tourna ensuite vers les enfants de l'ambassadeur, qui avaient écouté son récit avec un intérêt passionné.

« Et n'est-il pas moral, leur dit-il, mes chers petits amis, que les méchants soient punis et aient le nez mangé par les bons terre-neuve? »

Bessie, l'amie de Capitaine, répondit avec un soupir de satisfaction :

« Ah! oui, docteur, je suis bien heureuse; j'avais si grand'peur que vous ne guérissiez tout à fait le vilain Prussien! J'espère, ajouta-t-elle avec sa petite voix douce, qu'il souffrira toute sa vie et qu'il sera hideux!

— Allons, Bessie, s'écria sa mère, ne dites pas de ces horreurs-là, et vous, docteur, voulez-vous bien ne pas faire de ces réflexions qui rendraient mes petites filles féroces! »

Mais au fond lady Mary était ravie. Le soir même, elle répéta à M. de Lestoures cette histoire, qui fut vite répandue à Péra et à Constantinople. On y rit encore aux dépens du comte. Quant à Capitaine, il devint à la mode et on le caressait, on lui faisait fête à terre, on se l'arrachait presque! Lui, il restait fidèle à ses premiers amis de l'ambassade anglaise.

Le 20 juin au matin, le vaguemestre arrivait de la poste avec le courrier destiné à l'*Étoile*; chacun lisait sa correspondance au carré des officiers pendant le déjeuner, lorsqu'un timonier appela Duroc chez le commandant, ce dernier achevait de transcrire une très longue dépêche chiffrée qu'il communiqua au lieutenant et dont tous deux causèrent ensuite à voix basse, d'un air fort sérieux.

Duroc retourna au carré, où le repas finissait.

« Messieurs, dit-il aux officiers, qui le regardaient un peu étonnés de sa longue absence, le commandant m'a chargé de vous annoncer que nous appareillerons ce soir, après le dîner des hommes. L'équipage est consigné dès à présent. Dans dix minutes le canot-major sera paré à la disposition des officiers qui ne sont pas de service. A partir de quatre heures du soir les embarcations seront hissées et tout le monde doit être de retour. Nous nous rendrons directement au Pirée, où l'amiral commandant la division du Levant nous appelle dans le plus bref délai. »

Alors ce furent des exclamations sans fin.

« Le *Pétrel*, disait l'un, arrivera ici au plus tôt dans quinze jours, on me l'écrit de Toulon.

— Et, ajoutait un autre, qu'est-ce qu'il veut faire de l'*Étoile* au Pirée, l'amiral ?

— De la fantasia avec toute sa petite escadre, devant la reine de Grèce ! ou des régates ! alors il veut toutes les embarcations !

— Mais enfin il faut nous presser, si nous voulons profiter du canot-major. Ah ! chien de métier, toujours partir en cinq minutes ! »

Tel est le refrain. Pourtant on l'aime, cette dure vie. On ne la quitte jamais sans d'amers regrets !

. . . .

Ceux qui ont des visites à rendre, des emplettes à faire, des notes à payer se hâtent, afin d'être prêts en même temps que le canot ; ils sont accablés de commissions par les camarades retenus à bord.

« N'oubliez pas le bazar, dit l'un. — Et le tabac turc autant que vous pourrez en apporter, dit un autre. Et ceci et cela, — et mes cartes, dans telle ou telle maison où nous avons été reçus. »

Que de relations agréables sont aussi interrompues qui s'étaient vite formées parce que de part et d'autre on les savait précaires.

Robert, n'étant pas de service, flâne tout le jour dans les rues de Constantinople et de Péra, laissant quelques cartes, faisant quelques emplettes, uniquement parce qu'elles sont coûteuses ; une seule l'intéresse un peu ; Yvon, retenu à bord comme les autres hommes, pria l'enseigne de vouloir bien acheter, pour sa mère, une petite table incrustée de nacre, et dont on demandait vingt-cinq francs. Les jours précédents l'ayant marchandée, il ne put l'emporter parce qu'il n'avait pas encore touché sa solde et comme Robert ouvrait la bouche :

« Je sais, capitaine, ce que vous allez me dire ; mais vous

comprendrez aisément que ce bibelot ne ferait aucun plaisir à maman, si je ne le payais pas de mon argent à moi ! »

Leray avait appris à ne pas insister ; cependant, arrivé au bazar, il acheta aussi une petite cafetière et deux tasses très jolies, en argent. Une fois rentré à bord porteur du cadeau destiné à Mme Jossic, il fit appeler Yvon et lui dit :

« Tenez, mon ami, voici la table, elle a coûté juste vingt-cinq francs. Mais pour une fois vous allez ne pas dire non, parce que j'ai aussi pris ces méchants petits objets, en argent turc, vous savez, l'argent turc, ça n'a pas de valeur. Je vous prie de les envoyer à votre mère de ma part, et vrai, si vous refusez, je les jette à la mer ! Soyez gentil en acceptant cela aussi simplement que je vous l'offre, et quand nous reviendrons en France, vous m'inviterez chez vous ; votre mère me fera du café dans cette cafetière, je serai si content de vous entendre lui dire maman, et de voir une vraie mère ! Allons, Jossic, pour une fois, ne faites pas le fier. »

Yvon ne fit pas le fier, il accepta au contraire très touché et sentant qu'il n'avait jamais autant aimé Robert que dans ce moment-là.

M. de Lestoures fit aussi des visites d'adieux, entre autres, à l'ambassade d'Angleterre, où Capitaine le suivit. Là on échangea mille politesses, il y eut entre le chien et les enfants force caresses et paroles attendries, surtout de la part de Bessie.

« Tu ne m'oublieras pas », disait-elle au chien. Capitaine remuait sa tête et sa queue. « Il comprend, c'est certain, maman, ajoutait la petite fille, et il est désolé de me quitter, comme moi de le voir partir ! »

Et elle sanglotait dans le cou du chien, qui léchait la petite figure et qui vraiment avait l'air triste en épongeant avec sa langue les larmes de son amie.

Le soir, après le coucher du soleil, le crépuscule s'étendait peu à peu à tous les points de la rade, les étoiles s'allumaient l'une après l'autre, la mer absolument calme les reflétait toutes. On eût dit que l'*Étoile* glissait très vite sur un autre firmament. Les eaux étaient phosphorescentes aux places remuées par l'hélice, et l'air si pur, qu'il laissait arriver les sons les plus lointains. Chacun regrettait ce merveilleux pays. Mais les regrets s'effacèrent avec le sommeil. Le lendemain on était tout au désir de savoir quelle serait la nouvelle destination de l'aviso.

Quarante-huit heures après, un pilote grec accosta au large et monta sur l'aviso. Voilà le Pirée, l'*Étoile* entre dans le port. Il est minuit. La lune pleine, énorme, monte à l'horizon, on y voit aussi clair qu'en plein jour. On mouille non loin du bâtiment amiral; on distingue les moindres objets sur la *Vénus*. La mer continue à être phosphorescente. Les deux navires semblent avoir été arrêtés au milieu d'un lac de feu.

Dès sept heures du matin, M. de Lestoures fait armer sa baleinière, pour se rendre aux ordres de l'amiral.

Comme le commandant reste longtemps absent Deux, trois heures s'écoulent !... Enfin l'embarcation revient, on va savoir quelque chose, et on se presse sur le pont. La baleinière accoste, le commandant en grande tenue est au milieu des officiers réunis. Après leur avoir rendu le salut :

« Messieurs, dit-il, nous partons dès que nous serons parés, après-demain, si cela est possible, et à toute vitesse, pour la Chine, aux ordres de l'amiral Courbet. Dieu aidant, tous les officiers et les matelots qui ont l'honneur d'être sur l'*Étoile* feront leur devoir là-bas; ils aideront ceux qu'ils vont rejoindre à porter haut et loin le pavillon de notre bien-aimé pays; vive la France, messieurs ! » ajoute-t-il en ôtant son claque. « Vive la France ! vive l'amiral Courbet ! » crie-t-on de tous les côtés.

En trois jours, l'*Étoile* fut parée, propre, peinte, brillante. M. Duroc ne se coucha pas trois heures en tout pendant cette période. Le commandant aussi dormit à peine, car il avait des quantités de lettres à expédier et des rapports à rédiger pour le ministre.

Jossic, toutes les fois qu'il pouvait arrêter son commandant ou Duroc, leur disait :

« Croyez-vous que nous serons là-bas à temps? que la guerre va continuer? Si nous arrivions à Saïgon pour apprendre que la paix est signée, il y aurait de quoi mourir de chagrin !

— Sois tranquille, répondait Jean, nous aurons notre part, je le crois! Quant à traiter, cette fameuse convention Fournier nous servira de leçon, et je pense aussi que tu cours au-devant de ton épaulette, mon cher enfant! »

Tous les officiers de l'*Étoile* se montraient joyeux, exaltés, chauvins. Ses camarades ne reconnaissaient plus Leray tant il témoignait d'entrain.

« Réellement il y a des instants où la vie est agréable », disait-il à Yvon, un jour, la veille de l'appareillage.

Ils avaient pu descendre ensemble au Pirée, et causaient de la guerre et de leur joie d'y aller prendre part enfin.

« Vous serez vite officier, Jossic, répétait Robert souvent, et nous pourrons vivre bien davantage ensemble. »

Capitaine était le seul à bord dont le calme ne se démentît pas, il avait seulement un peu trop chaud, pour ses goûts, mais il prenait patience à cause de sa grande philosophie.

« Pauvre bête! lui dit son maître, comme tu vas souffrir dans la mer Rouge! » Yvon regrettait de ne connaître personne sur la *Vénus* qui pût se charger du terre-neuve, qu'il eût volontiers laissé à bord, afin qu'on le ramenât en France, lorsque le bâtiment y serait rappelé.

Le 25 juin, dès l'aube, l'*Étoile* salua le pavillon amiral en passant devant la frégate.

L'aviso avait appareillé, il se dirigeait vers ce pays de l'extrême Orient, pour prendre part à cette guerre dont rêvaient les officiers. On espérait s'y distinguer, y trouver la gloire! En tous cas, pour chacun c'était la vie active,

« Vive la France, messieurs! » ajoute-t-il.

le terme de cette oisiveté dont tous désiraient sortir.

Robert et Yvon à cet instant, montés sur la passerelle, prirent le quart ensemble et regardèrent longtemps le sillage blanc tracé par l'*Étoile* sur les eaux calmes de l'Archipel, tout en causant de ce qui les passionnait également, de la guerre et des derniers combats.

« Seulement ajouta Yvon, je vous avouerai, capitaine, que je serai bien soulagé pour tous, mais particulièrement pour vous, lorsque nous aurons passé Aden. Vous n'avez pas encore traversé la mer Rouge? Moi, je l'ai parcourue deux fois, à des époques différentes, et jamais aussi avant dans l'été. Et vous ne pouvez vous faire une idée de ce que cela peut être. Je vais prier le barbier de raser Capitaine en attendant! »

CHAPITRE XI

De Port-Saïd à Saïgon. — Nouvel exploit de Capitaine.

Port-Saïd, Suez, Ismaïlia! Pour la troisième fois depuis qu'ils naviguent ensemble, M. de Lestoures et Yvon traversent ce canal, œuvre française, conçue et achevée par un Français.

L'*Étoile* entre dans la mer Rouge. De mémoire d'Arabe, la température n'y a jamais été aussi brûlante. Il semble que l'aviso glisse dans une mer d'eau chaude. Le soleil est blanc, terne; ses rayons arrivent à travers des nuages de sable que le désert envoie avec un vent du sud, chaud, étouffant sans une minute de répit. On aspire cette poussière, rien n'en peut garantir; elle dessèche les poumons, couvre tout à bord, se colle sur la figure et sur les membres en moiteur, causant une démangeaison insupportable en faisant sortir des milliers de petits boutons qui ne tarderont pas à s'écorcher.

Les plus stoïques sont énervés ; pour les autres, si cette épreuve durait plus longtemps, elle les amènerait à un état voisin de la folie. On ne ménage pas le charbon. Ce sont des Arabes qui de Suez à Aden servent la machine, pas un Européen ne supporterait la température des chambres de chauffe. On ne songe pas sans frémir à ce que doivent endurer les bâtiments à voile.

Les tauds, les voiles tendus sur le pont et partout où cela est possible tamisent les rayons de ce brûlant soleil. Des jets de pompe inondent tout ce qui peut être mouillé, rafraîchi. Il y a, chez le commandant et au carré, des machines à faire de la glace qu'on utilise constamment. Elles procurent au moins de l'eau fraîche à boire pour tous ; mais ces précautions, ces soins ne sont que des palliatifs, ils aident à vivre, mais rien n'empêche ces souffrances cruelles de toutes les minutes, que les officiers endurent en silence, parce qu'ils doivent donner l'exemple ; mais la plupart des hommes viennent des ports du Nord et ils ne savent pas se résigner. Ils s'agitent, se plaignent, remuent plus que leur service ne les y oblige, cela augmente la transpiration et l'agacement. Les commandants essayent en vain de leur remonter le courage et le moral.

Un matin, trois jours après que l'*Étoile* eut quitté Suez, Duroc dit au commandant : « Il y a des hommes malades, ainsi qu'un enseigne, Leray, qui inquiètent le docteur et moi. Il m'a fallu exempter Leray de ses quarts, je dois lui rendre cette justice qu'il ne me le demandait pas ; mais ses camarades sont obligés de faire son service, et voilà pour eux un pénible surcroît par cette température. Est-ce que vous avez vu la pareille ? Moi, depuis quinze ans que je navigue, je ne pensais pas qu'il fût possible de la supporter... »

La journée se traîne péniblement, de même la soirée suivante. L'heure pique minuit :

« Réveillez au quart », dit l'officier qui prend le sien.

Alors un quartier-maître siffle et crie :

« Debout les tribordais, debout, debout! Allons donc, debout les tribordais ! »

Il faut quand même que le service suive sa marche et que la bordée qui finit soit remplacée par ces hommes dormant, étendus sur le pont, presque nûs, accablés ! Enfin ils se réveillent, s'étirent, baîllent, s'épongent avec n'importe quoi!

« Je rêvais qu'il faisait très grand froid, dit l'un, n'est-ce pas dur d'interrompre un rêve comme celui-là? »

Un seul homme restait étendu, sans bouger...

« Allons, Réville, disait le quartier-maître, allons, mon garçon, chacun son tour ; faut pourtant que les autres dorment, est-ce pas? Voyons, pas de mauvaise plaisanterie. Je sais bien que tu es éveillé !... »

Il s'impatientait, et afin de se faire obéir il prit rudement par les épaules le dormeur qui lui échappa et retomba lourdement. La nuit était obscure, sans lune :

« Un fanal?... »

Et le fanal mis sous la figure du matelot, le quartier-maître dit à mi-voix :

« Pauvre diable ! il n'a plus chaud du tout!... »

Et il reposa doucement celui qu'il avait de nouveau soulevé ! à présent à peine tiède, en effet ! Puis s'adressant à l'enseigne de quart :

« Réville est mort, capitaine...

On réveilla le docteur qui tenta vainement de ramener la vie chez le matelot. Réville était bien mort, et mort de chaleur !

« Je ne vois, dit le médecin, aucune autre cause à ce décès, je ne constate aucune lésion! Cet homme n'a pu supporter cette température inouïe ! Et ce ne sera pas le dernier à qui çela arrivera. J'en ai peur !...

Les commandants appelés furent très douloureusement affectés, on transporta Réville à l'hôpital, sous un sabord ouvert. Le jour parut... Dans quelques heures il faudrait se hâter d'ensevelir le mort et de le faire glisser dans la mer un boulet aux pieds ! A cause de la chaleur, il serait impossible de le garder jusqu'à Aden.

En effet dès que l'équipage eût dîné, le second lut les prières des funérailles. Le commissaire et le commandant signèrent l'acte de décès. L'hélice cessa de s'agiter, le bâtiment stoppa quelques instants... Et tout en ce monde fut dit pour ce pauvre garçon que sa mère, peut-être sa fiancée attendaient au pays normand, près de Saint-Vaast !

A l'avant, là où il y avait quelquefois un peu d'air, couché sur des coussins depuis la veille, Leray, de son côté, donnait à peine signe de vie... Yvon, dès qu'il était libre, accourait auprès de son ami ; il le soignait, le changeait de place, lui baignant les tempes et les lèvres avec de l'eau de Cologne, ensuite lui faisant avaler de force un peu de bouillon ou de cognac. Le docteur disait souvent, plus tard, que l'enseigne serait mort sans les soins de Jossic.

Capitaine, d'instinct, ne quittait pas l'avant de l'aviso, son maître se privant d'une partie de sa ration pour que le chien eût de l'eau fraîche aussi.

Yvon avait suivi son idée. Le terre-neuve était rasé par tout le corps, excepté la queue et la tête : il ressemblait ainsi à une lionne noire énorme.

La vue d'Aden fut saluée par des cris de joie. Le plus dur était passé et l'*Étoile*, ayant fait son plein de charbon et embarqué des vivres frais, mit le cap sur Ceylan, à la voile, profitant d'une grande brise de nord-ouest.

Les officiers et les hommes purent se baigner, et le moral remontait avec la santé qui revenait. De nouveau on causait guerre, on faisait des plans pour battre les Chinois.

Leray aussi reprit tout son entrain ; mais une petite fièvre lui revenait chaque nuit, et chaque matin il avait plus mauvaise mine que la veille. Yvon s'inquiétait en constatant l'inefficacité des remèdes essayés par le docteur. Leray affirmait que la chaleur seule causait ce malaise passager, et, ajoutait-il : « Si je tombais malade, Jossic, n'ai-je pas la

Yvon lui baignait les tempes.

meilleure des gardes en vous, qui m'avez soigné comme une mère pendant cette maudite traversée? ma mère n'en a jamais fait autant! »

Capitaine, tout à fait remis, devint l'ami intime de Robert, peut-être était-ce parce qu'ils avaient beaucoup souffert ensemble.

Au moment de quitter Aden, l'*Étoile* prit le courrier de France que lui apportait le *Niger*, des Messageries maritimes, faisant escale aussi.

On attendait impatiemment cette correspondance, car en l'expédiant chacun devait connaître au pays la destination nouvelle de l'aviso.

Les lettres de Mme de Lestoures, de Brigitte, de Marie-Anne étaient toutes dictées par les mêmes sentiments; le style différait, mais chacune disait :

« Faites votre devoir, et je sais que vous le ferez, ne pensez pas à nos inquiétudes. Nous prierons et espérerons. Seulement ménagez vos santés autant qu'il vous sera possible! »

Aucune plainte égoïste, aucun retour personnel. Louise avait déchiré trois lettres avant d'écrire celle qu'elle envoyait, parce qu'elles étaient mouillées de larmes, et que la pauvre femme n'arrivait pas à les empêcher de couler sur le papier.

« Voilà de vraies femmes, de vraies mères de marins », dit Jean très ému de ce qu'il devinait et fier de ce qu'il lisait.

Un jour qu'ils se trouvaient de quart tout deux, Yvon lut à Robert toute la lettre de Mme Jossic. L'enseigne s'intéressait beaucoup à la mère de son ami. Cependant cette fois-ci il ne fit aucune réflexion et resta sombre, les sourcils contractés.

« Qu'est-ce donc, qu'avez-vous, capitaine? dit Yvon; vous ai-je contrarié? mais comment?

— Non, pas du tout!... Mais voilà, je songeais, en vous écoutant, à quel point ma mère à moi ressemble peu à la vôtre. Il y a mère et mère, comme il y a fagot et fagot, vous savez! »

Et le pauvre garçon essaya de rire, quoiqu'il eût les larmes aux yeux.

« Tenez, ajouta-t-il, tirant une feuille de sa poche, lisez ceci. »

Et voyant qu'Yvon hésitait :

« Je vous en prie, mon ami, cela me fera du bien. »

Ce n'était pas une lettre bien tendre que celle de Mme Leray, lettre fort bien écrite d'ailleurs, sur du papier très épais, qui sentait bon, et les marges occupaient plus de la moitié des pages. Dans l'autre moitié, il n'était question que des impressions de la dame au moment où elle reçut la nouvelle du départ de l'aviso, ensuite elle ajoutait :

« Je t'avais bien dit et répété que tu faisais une folie; mais tu es l'entêtement en personne, et tu ne penses jamais qu'à satisfaire ton caprice du moment. Comme tu dois regretter de n'avoir pas suivi mes conseils en quittant ce sot métier! Enfin, on peut toujours réparer une sottise... Hier soir, au Cirque, j'ai rencontré l'amiral Laplante. Je lui ai tout de suite parlé de mes angoisses et de l'ennui que tu éprouverais certainement à être retenu si loin de nous et de Paris. L'amiral souriait avec cet air aimable et un peu moqueur que tu connais : « Mais, madame, m'a-t-il dit, si votre fils est aussi contrarié que vous me l'affirmez, il n'a qu'à revenir? Il trouvera dix permutants avant d'arriver sur le théâtre de la guerre! » Évidemment, l'amiral ne pensait pas nous donner un aussi bon conseil. Je ne l'en ai pas moins remercié. Il faut donc, mon cher enfant, que tu profites de la première occasion avant que l'*Étoile* ait rejoint l'escadre. Je me rends très bien compte qu'une fois les combats engagés, ta permutation ferait mauvais effet. D'ici là, permute et reviens à tout prix; je me suis laissé dire que, quelquefois, un officier gêné, ayant des dettes, acceptait une aide délicatement offerte. Tu es le meilleur juge en ces matières, songes-y cependant. On fait tant de choses avec de l'argent!

» Nous sommes à Trouville où l'on s'amuse énormément et où je te regretterai bien. Il y aura pour les régates un bal costumé. J'y porterai un costume historique, qui sera, je crois, réussi ; celui de ta sœur est un vrai bijou. Je te quitte parce que nous allons en essayer une partie. Au revoir. Lucie n'a pas le temps de t'écrire par ce courrier. Nous t'embrassons tous, etc. »

« Hein ! n'est-elle pas tapée, cette épître-là ? reprit Robert lorsqu'Yvon eut terminé sa lecture ; qu'est-ce que vous dites de cette idée lumineuse de femme riche ? Acheter un officier qui se ferait tuer à ma place ! Et Lucie, que j'aime mieux que tout au monde, que j'ai gâtée stupidement depuis qu'elle est née, en allant au-devant de tous ses désirs ! Pas même un pauvre petit mot de sa main ! Elles se font faire des costumes historiques. Bonté divine, c'est complet ! Vous pouvez comprendre à présent pourquoi la lettre de votre bonne mère après celle-ci m'a paru un contraste un peu vif. »

Et Robert se promenait sur le pont, froissant la malheureuse lettre qu'il finit par déchirer en autant de morceaux que cela fut possible, les jetant à mesure par-dessus le bord, rageusement, comme pour se venger sur le papier de ce qu'il souffrait en cet instant. Yvon ne savait que dire, ces pages lui paraissant encore plus frivoles et plus coupables qu'elles ne l'étaient réellement.

« Ne croyez pas, Jossic, continua l'enseigne, que ma mère soit une exception dans notre monde.

— Je ne sais pas quel est votre monde, répondit son ami, ni aucun autre monde. Je n'ai connu que les pêcheurs d'abord, ensuite la famille de Lestoures et des amis de cette famille, les femmes y sont douées de cœurs élevés, charitables, dévoués. Ma mère m'a souvent parlé d'une amie de Mme de Lestoures, riche d'une fortune colossale, et qui, ayant perdu son mari et ses enfants, passe une partie de son existence à soigner des cancéreux dans un hôpital.

— Certainement, Jossic, il y a de ces femmes, et ce sont les vraies; mais riches ou pauvres, on les a élevées autrement que des poupées. Elles travaillent, se sacrifient au besoin, et ne mettent pas en avant ce maudit argent comme les femmes de la société où vivent ma mère et les miens. Oui, je sais ce que vous pensez !... Je n'ai pas assez de respect pour ma mère; mais sa lettre m'a causé l'impression d'une douche glacée... Autrefois, je ne réfléchissais guère et je faisais comme les autres; mais jamais je n'ai beaucoup joui de tout cela, et je l'apprécie de moins en moins !... A présent, si je vis, je resterai dans la marine, j'y suis résolu, et je ferai du bien avec mon argent, des choses utiles. Voyons, quelles sont celles que vous me conseillez, il faudra m'aider, Jossic ! »

Jossic, interpellé une seconde fois, se mit à rire aux éclats.

« Vous pensez, capitaine, que je n'ai jamais beaucoup arrêté mes pensées là-dessus. Mais vous pourrez demander leurs avis au commandant ou à sa mère.

— C'est cela, et à la vôtre aussi, et je suivrai ces avis-là ! »

L'*Étoile* mouilla à Colombo de Ceylan. C'est une ville anglaise encore. Relâche forcée pour les bâtiments qui font la traversée de Cochinchine et au delà !... la seule entre Aden et Singapoure.

Leray, de plus en plus souffrant, gardait le lit, secoué par de terribles frissons. La quinine, administrée à haute dose, ne produisait aucun effet :

« J'ai peur, dit le docteur au commandant, que ce garçon ne finisse par avoir un accès pernicieux; c'est étrange, car rien chez lui ne paraît précisément malade. Si nous étions dans de mauvais climats, je comprendrais mieux !... »

A Singapoure, l'*Étoile* communiqua avec un grand transport, le *Bien-Hoa*, qui arrivait de l'extrême Orient, ramenant en Europe des officiers de terre et de mer, des matelots, des soldats, surtout malades ou en convalescence; tous avaient de tristes mines. Sur le théâtre de la guerre les troupes commençaient à être décimées par les épidémies.

En causant, les deux commandants en arrivèrent à parler de Leray, et M. de Lestoures ajouta :

« J'ai grand'peur que cet officier ne soit pas de taille à supporter une fatigante croisière. Il n'est pas assez malade, à ce qu'affirme le docteur pour que nous vous l'embarquions d'autorité. Dix à parier contre un, cependant, que nous le laisserons à l'hôpital de Saïgon. »

L'autre commandant répondit :

« J'ai à mon bord un enseigne, excellent officier, provenant de l'escadre Lespès; il a terminé ses deux ans, et il est désolé de revenir, ayant vainement cherché à rester. Il sautera de joie si votre officier consent à permuter avec lui ! »

M. de Lestoures, jugeant la combinaison excellente, se rendit auprès de Robert. Celui-ci, en proie à un redoublement de fièvre était couché, anéanti, glacé ; Capitaine restait étendu à ses côtés. Yvon avait expliqué au chien qu'il devait souvent agir ainsi parce que sa chaleur réchauffait un peu le malade. Le commandant sourit en voyant Yvon avec ses grandes mains donner à son ami les soins d'une sœur de charité, adroitement, sans faire de bruit.

Robert reprit toute son énergie pour repousser la proposition du commandant; celui-ci insista :

« Vous n'êtes pas raisonnable, mon ami, dit-il; je ne puis vous ordonner de permuter, mais je vous en prie. Dans quelques jours et dans de pires conditions, j'ai grand'peur d'être contraint de vous laisser à l'hôpital de Saïgon. Et puis, comme vous ne faites pas de service, songez que vos camarades sont chargés du vôtre, et que, s'ils doivent continuer, je ne pourrai vous garder en aucun cas. Je ne vous parle pas de Jossic, parce que je sais avec quel empressement il vous soigne. Pourtant il ne s'est pas couché une heure pendant ces trois dernières nuits où vous aviez le délire et parce qu'il fallait vous veiller. Pesez toutes ces raisons avec calme, Leray. »

Robert se montrait consterné de tout ce qu'il entendait et de tout ce qu'il comprenait. Les malades sont tous plus ou moins égoïstes, et lui, avait toujours si peu songé à la peine qu'il pourrait causer aux autres. A présent il s'exagérait son importunité et les ennuis qui en étaient la suite. Mais quitter l'*Étoile*, son commandant, Jossic, il ne pouvait s'y résigner, et très excité, la fièvre aidant, il s'écria :

« Commandant, au nom de ce que vous avez de plus cher, de votre femme, de vos enfants, écoutez-moi. Ne me forcez pas à permuter. Non, je me trompe, ne me prouvez pas que je le dois, et qu'il me faut rentrer en France comme une poule mouillée que la première fatigue a mise sur le flanc. Savez-vous ce qui m'arrivera si je permute? Je me remettrai vite à bord du *Bien-Hoa*, j'arriverai à Toulon en bonne santé. Et aux yeux de tous, j'aurai quitté la Chine pour éviter de me battre. Attendons jusqu'à Saïgon, je vous promets de ne plus me laisser vaincre par cette maudite fièvre, de faire un peu de service dès ce soir. Jossic, mon ami, suppliez le commandant de me laisser essayer, il vous aime et il écoutera vos raisons.

— Allons, Leray, dit M. de Lestoures en l'interrompant, tâchons d'être calme et de ne pas dire de bêtises comme un enfant malade. Je ne vous parlerai plus de cette permutation. Jusqu'à Saïgon, nous resterons dans le *statu quo*. Là, si vous n'êtes pas en bonne voie, rien ne me décidera à vous garder à bord. Et toi, Jossic, tâche de lui faire boire quelque chose de calmant pour qu'il dorme. »

Yvon resta à donner des soins à son ami qui tomba sur ses oreillers presque sans connaissance et que le délire reprenait.

Le soir l'*Étoile* était de nouveau sous vapeur en route pour Saïgon, sans nouvelle relâche.

Jean en racontant à son second ce qui venait de se passer, ajouta :

« Il était vraiment touchant, le pauvre garçon, en même temps si peu militaire; vous auriez faibli comme moi, Duroc, et vous eussiez ri aussi, car j'avais peine à garder mon sérieux. Lorsque Leray suppliait Jossic de m'attendrir, la figure de ce dernier était à peindre; il se rendait compte de l'absurdité de la chose, bouleversé quand même par les supplications que l'autre m'adressait.

— Oui, commandant. Je comprends Leray et je le plains; ce serait dur de s'en aller au moment où l'on arrive à la guerre. Mais, si nous le gardons, quel embarras et quelle entrave tout le temps, vous verrez. »

Le lendemain, après une transpiration abondante, Robert se sentit mieux. Il eut un peu d'appétit dans la journée; le soir, la fièvre ne reparut pas, non plus que le jour suivant; celui d'après, l'enseigne insista pour faire du service. En entrant dans la rivière de Saïgon, il se sentait tout à fait bien, à ce qu'il affirmait, riant et plaisantant. Seulement il flottait dans ses vêtements.

« Eh bien, Leray, dit M. de Lestoures, vous avez voulu me donner tort, j'en suis fort heureux, mon ami, aussi bien de vous garder toute la campagne, Dieu aidant !

— C'est la quinine qui a fini par produire son effet, disait le docteur.

— C'est la volonté de guérir, affirmait Duroc, on fait tout avec de la volonté. »

Yvon pensait :

« C'est la médaille que maman avait fait bénir à Sainte-Anne d'Auray ! Faut-il que j'aie été lâche de ne pas la lui offrir plus tôt ! »

Tous étaient ravis à bord, espérant que dans peu de jours on rejoindrait la grande escadre, lorsque, le 26 juillet, l'*Étoile* mouilla devant Saïgon.

A ce moment, dans la capitale de notre Cochinchine, régnait une animation, un mouvement continuel de bâtiments de guerre ou autres. A terre, on voyait des troupes de toutes les armes, depuis le turco nègre jusqu'aux matelots du Nord. C'était le passage, la relâche forcée de tout ce qui prenait part aux combats, la ville française dans l'extrême Orient.

On se retrouvait à Saïgon : sur les terrasses, dans les maisons des fonctionnaires, des officiers en service. On causait, on racontait ; ceux qui en revenaient disaient leurs actions sur le théâtre de la guerre ; les autres expliquaient ce qu'ils auraient fait s'ils eussent été commandants en chef. Les derniers avaient vite gagné de grandes batailles, et pris forteresses et mandarins.

Aucun ordre n'était encore parvenu au gouverneur touchant la destination de l'*Étoile*; en attendant, elle entra au bassin de radoub, afin de réparer diverses avaries. Ces réparations demandèrent une semaine, pendant laquelle M. de Lestoures autorisa Leray à rester chez un ami à terre, sans faire de service. Robert obtint qu'Yvon eût aussi cette semaine de liberté. Duroc, en parlant de cette permission au commandant, ajouta :

« Ce garçon, qui ne se plaint jamais, qui fait toujours avec la sienne la besogne de quelqu'un, mérite qu'on pense à lui. Une bonne note à Leray pour y avoir songé. »

Capitaine accompagna les deux amis, se baignant beaucoup et témoignant sa joie de n'être plus à bord. Au fond, il pensait certainement que les hommes habitaient une bien chaude planète, et que Saïgon, malgré ses arbres et ses eaux, manquait de fraîcheur. Terre-Neuve, son pays natal, voilà un paradis ! Étretat aussi ! Mais qu'il avait donc visité de pays chauds depuis qu'il navignait !

« Il a meilleure mine depuis que nous sommes à terre, ne trouvez-vous pas ? » disait son maître.

La mine d'un terre-neuve ! Cette réflexion réjouissait les jeunes officiers.

Un soir, pendant cette semaine de repos, Duroc suivi de Capitaine se promenait dans les environs du marché, lorsque tout à coup de grands cris se firent entendre, et une lueur rouge éclaira le ciel presque au même instant; Duroc courut, et, guidé par le bruit toujours croissant, il arriva sur une assez grande place au bout de laquelle brûlaient quelques maisons. Des torrents de fumée sortaient de la principale de ces maisons, qui, à en juger par son apparence et sa hauteur, était certainement la case de riches indigènes.

La foule, tenue en respect, n'osait approcher, quelques hommes retenaient une femme annamite celle-ci voulait s'élancer vers le lieu du sinistre.

« Qu'est-ce que c'est? demanda Duroc à un matelot de commerce qui regardait et dont les cheveux et l'habit étaient roussis.

— Ce sont des maisons annamites incendiées, répondit cet homme; tous les habitants ont pu sortir, du moins on le croyait, dès le commencement de l'incendie; mais voilà une femme qui vient d'arriver, il paraît qu'elle était absente lorsque le feu a pris, et elle ne retrouve pas ses enfants; alors elle veut aller les chercher, et vous voyez, capitaine, que ce n'est plus possible! Deux ou trois hommes et moi avons tenté d'approcher, mais la fumée nous a presque asphyxiés avant que nous ayons pu gagner l'escalier au haut duquel nous entendions crier et appeler.

— A-t-on demandé du secours? demanda Duroc.

— Oui, capitaine, mais le gouvernement est assez loin et les pompes ne sont pas encore arrivées. »

A cet instant, des cris déchirants, dominant ceux de la foule, sortirent de la maison et arrivèrent jusqu'aux oreilles de Duroc. A l'une des fenêtres venaient de se montrer deux enfants qui appelèrent en tendant les bras, et qui ensuite firent mine de se précipiter; mais ils rentrèrent dans l'intérieur et disparurent presque aussitôt, aveuglés probablement et terrifiés parce que les flammes léchaient déjà la fenêtre.

Cette fenêtre se trouvait peu élevée au-dessus du sol; il

est probable que, si les enfants eussent sauté, ils ne se fussent pas tués en tombant sur l'herbe de la place.

Duroc s'était avancé afin de recevoir les enfants ; il criait dans l'espoir de les faire revenir. Voyant ses efforts inutiles, il courut autour de la maison et disparut bientôt au milieu de la fumée toujours croissante. Capitaine s'élança à sa suite.

Au bout de quelques minutes, on vit reparaître Duroc portant un enfant et en traînant un autre ; celui-ci affolé se débattait ; le matelot de commerce vint à leur rencontre et prit un des enfants ; les deux hommes, chargés de leur fardeau, sortirent bientôt de la zone brûlante et apportèrent à la femme les enfants sauvés, deux petites filles d'une dizaine d'années environ ; mais cette femme criait toujours, retenue par des hommes annamites. Elle saisit les petites filles, cependant, mais les repoussa tout de suite, continuant à hurler, tâchant de se dégager sans y pouvoir parvenir, et s'arrachant les cheveux à poignées.

« Ah ! s'écria un Français, je comprends un peu l'annamite et voilà ce qu'elle crie : « Ma fille, ma petite Thi-Nam brûle, laissez-moi aller mourir avec elle !... »

— J'ai pourtant parcouru toutes les chambres, répondit Duroc, et je n'ai trouvé que ces deux enfants. »

A ce moment, les cris redoublèrent, et tous les bras tendus montrèrent sur le toit de la grande maison incendiée Capitaine vivement éclairé, pareil à un énorme et fantastique animal émergeant des flammes. Le chien courait et tournait sur lui-même, comme affolé, tenant une petite créature dans sa gueule.

Capitaine ayant suivi Duroc, son instinct lui avait fait découvrir ce petit enfant, et il s'était réfugié sur le toit avec sa trouvaille, probablement parce que le feu barrait toutes les autres issues.

« Thi-Nam ! répétait en sanglotant la mère, les bras levés au-dessus de la tête.

Capitaine s'était réfugié sur le toit.

— Une échelle, s'écria Duroc, une échelle, est-ce que personne ne pourrait m'en procurer une? »

Le Français comprenant l'annamite traduisit la demande de l'officier, et, trois minutes après, une haute échelle était apportée par deux indigènes. Duroc s'en empara; aidé par quelques hommes, il la traîna jusqu'à la place brûlante; là les hommes se sauvèrent, à l'exception du matelot de commerce.

« Prenez un bout de l'échelle et tâchons de la mâter contre la maison, cria Duroc; hâtons-nous! »

Enfin, et avec grand'peine, l'échelle fut redressée et Duroc essaya d'en grimper quelques échelons; bientôt aveuglé par la fumée, il recula comme avait déjà fait son compagnon, mais en se retirant, il criait :

« Capitaine, Capitaine, descends, allons, dépêche-toi! »

Capitaine ne courait plus, et comprenant certainement qu'on lui portait secours, il se pencha et regarda. L'échelle mâtée arrivait jusqu'au bord du toit, où elle avait été posée, par hasard, contre une place que le feu n'atteignait pas encore. Le chien avança une patte, puis deux, se retira, revint et finit par s'élancer sur les échelons; arrivé au milieu de sa descente, il fit un bond et tomba sur l'herbe roussie, mais sans lâcher le petit enfant. A l'instant même, l'échelle prit feu.

Duroc et vingt autres saisirent et entraînèrent à l'abri le chien qui geignait doucement. La mère, à son tour, se dégageant des bras qui la retenaient, vint prendre son enfant, que Duroc enleva de la gueule de Capitaine. Le petit être n'avait pas une brûlure, il regardait d'un air effaré. Sa mère, l'embrassait et le serrait sur sa poitrine, elle se jeta ensuite à genoux devant le terre-neuve, parlant avec volubilité et tendant son enfant au chien, elle avait l'air de le lui offrir.

Le pauvre Capitaine se plaignait tristement et Duroc mit fin à cette scène; il écarta la femme, celle-ci n'avait pas songé à remercier le sauveur de ses deux autres filles; peut-être après tout ces enfants n'étaient-elles pas à cette mère-là? Mais Duroc, sans se soucier d'éclaircir ce mystère, emmena Capitaine, aidé de quelques-uns des matelots et des hommes présents.

Le pauvre animal s'arrêtait à chaque pas, il semblait en proie à de cruelles souffrances.

Enfin, on atteignit l'escalier où attendait la baleinière de l'*Étoile*. Duroc s'embarqua avec le terre-neuve, après avoir remercié et récompensé les hommes qui les avaient assistés.

Arrivé le long du bord, il appela à l'aide, car lui-même commençait à souffrir de plusieurs brûlures aux mains, dont il n'avait d'abord pas eu conscience; il y ressentait des douleurs de plus en plus vives depuis le sauvetage des enfants et de Capitaine. Celui-ci, couché sur le dos, continuait à se plaindre.

« Prenez-le, dit Duroc aux matelots de quart, et portez-le à l'infirmerie, je vais m'y rendre moi-même. »

Le docteur s'occupa tout de suite du lieutenant, dont les blessures, quoique étendues à toute la main droite et à la moitié de la gauche, n'offraient aucune gravité. Celles de Capitaine paraissaient bien plus sérieuses, les quatre pattes du pauvre chien étaient brûlées en dessous; le chirurgien les pansa et les enveloppa avec l'aide des matelots de service, en prenant autant de soin que si le chien eût été un homme et un ami. Enfin lorsque le pansement fut terminé, on posa Capitaine sur un lit et le maître d'hôtel du commandant lui apporta un grand bol de lait tiède bien sucré. Ensuite l'animal s'endormit, et de temps en temps le matelot de garde à l'infirmerie venait voir si le malade n'avait besoin de rien et lui tâter le pouls.

Le lendemain, Capitaine souffrait moins et ses plaies prenaient un bon aspect. Yvon et Leray arrivèrent, afin de voir le terre-neuve, dont Duroc raconta le nouvel exploit au commandant et aux amis, sans mentionner en rien son propre dévouement et qu'on apprit par hasard.

Quelques jours après, M. de Lestoures allant chez le gouverneur, celui-ci lui demanda s'il connaissait le nom d'un lieutenant de vaisseau qui, suivi d'un chien, avait exposé sa vie pour sauver deux petites filles annamites au milieu d'un incendie.

M. de Lestoures répondit : « C'est mon second, M. Duroc ; mais comme il est aussi modeste que brave et dévoué, il ne nous avait nullement raconté la part qu'il a prise à ce sauvetage ; même, comme je le questionnais au sujet des brûlures de ses mains, il m'a dit que cela lui était arrivé par hasard, il ne savait trop comment. »

Quant à Capitaine, au bout de trois jours il put se traîner sur le pont au milieu de ses amis, officiers et matelots ; les derniers, dans leur enthousiasme, se disaient entre eux qu'on devrait décorer un chien ayant accompli de semblables exploits.

CHAPITRE XII

Déception. — Croisière dans la baie d'Ha-Long. — Pirates. — Capitaine bonne d'enfant. — Départ pour Formose.

Le 2 août, lorsque le courrier fut signalé, l'équipage de l'*Étoile* était consigné depuis la veille au matin, parce que peu de matelots savaient résister aux tentations, et que Saïgon leur en offrait beaucoup. En arrivant en Cochinchine, ils avaient touché non seulement leur solde, mais encore leur entrée en campagne. Ce furent certainement les cabarets qui vidèrent les bourses des permissionnaires dans cette ville comme dans beaucoup d'autres.

Le commandant venait d'être appelé chez le gouverneur ; au cas où ce dernier aurait reçu l'ordre d'expédier l'*Étoile*, le bâtiment pourrait se mettre en route au bout de deux heures.

M. de Lestoures revint plus tôt qu'il n'était attendu, et pendant qu'il montait à bord, tous les regards l'interrogeaient, tous les cœurs battaient.

« Quelle escadre allons-nous rejoindre? » s'écrièrent plusieurs officiers presque en même temps.

Grande déception ! l'*Étoile*, aussitôt parée, devait se rendre au nord du golfe du Tonkin, dans la baie d'Ha-Long.

Quand le commandant eut communiqué cette nouvelle :

« Messieurs, ajouta-t-il, je suis certain que nous saurons faire là comme ailleurs notre devoir, sans murmure ni plainte. J'espère que cette mission ne sera pas de longue durée, et que nous rejoindrons dans un bref délai l'une des escadres. Il est dix heures, nous appareillerons vers midi. »

Les officiers se doutaient bien que leur commandant était aussi désappointé qu'eux-mêmes.

« Quelle douche ! disaient-ils. Croire qu'on va se battre, faire parler de soi, sous les yeux de l'amiral Courbet, qui prépare de grandes opérations, et être envoyé pour guerroyer contre de méchantes jonques de pirates; pas même cela, peut-être, seulement leur faire peur! Un transport, des canonnières eussent suffi à la tâche qu'on nous impose. Mais non, il faut immobiliser le plus bel aviso de la station, celui qui marche le mieux. N'y a t-il pas de quoi en mourir de dépit? »

M. de Lestoures avait bien vite fermé sa porte afin de ne pas entendre.

« Il faut laisser passer le premier moment », dit-il à Duroc, en lui transmettant les dernières instructions reçues au sujet du départ.

Lui-même éprouvait un vif chagrin, qu'il tâchait de ne pas laisser voir.

Deux heures après, le commandant donnait la route, l'aviso levait l'ancre et descendait lentement la rivière. L'équipage restait silencieux. Personne ne pouvait encore prendre son parti, et la surprise avait été cruelle pour tous.

Robert venait de prendre le quart, Yvon s'approcha de lui :

« Capitaine, dit-il, j'ai une lettre de maman, voulez-vous que je vous la lise ?

— Oui, répondit Robert, cela nous distraira de nos ennuyeuses pensées.

— D'abord, je vous dirai, capitaine, reprit Yvon, que ma mère, il y a deux ans, avait fait la connaissance d'un vieux monsieur, cousin germain de mon père, qui vivait à une lieue de la propriété de Mme de Lestoures. A présent, lisez la lettre. »

Entre autres choses trop longues à transcrire ici, Marie-Anne faisait part à son fils de la mort de ce vieux cousin breton, « pieusement décédé le 1er juillet dans la paix du Seigneur ». Sentant sa fin prochaine, et trois jours avant de mourir, notre parent m'appela à son chevet, et sans témoin me raconta qu'il avait peu de temps avant fait et signé, devant le notaire, un testament qui m'instituait légataire universelle de sa petite fortune. « Et votre nièce ? » ai-je demandé. Il a répondu : « Ma nièce n'est que celle de ma défunte femme, je l'ai aidée de mon vivant ; mais n'est-il pas juste que mon petit avoir retourne à mon sang ? » Tu sais qu'il avait recueilli cette nièce veuve et sans ressources.

» Mon cher Yvon, je n'ai pas trouvé cela juste du tout, parce que j'étais certaine que cette nièce comptait vivre et mourir là où elle avait trouvé un abri ; elle est en outre presque infirme, incapable de gagner sa vie, non plus que sa fille, fort délicate aussi, qui n'a que douze ans. Notre cousin ne nia pas avoir plusieurs fois, avant de me connaître, promis à cette jeune femme qu'elle serait son héritière... Se rendant à demi, il me proposa ensuite de partager son héritage entre sa nièce et moi. Je lui ai prouvé que la moitié ne suffisait pas à faire vivre deux femmes qui n'auraient pas comme lui le talent d'exploiter sa terre. Bref, mon chéri, le testament a été changé, je n'hérite point, mais j'ai fait mon devoir, il ne me reste aucun doute là-dessus, non plus qu'à Mme de Lestoures à laquelle j'ai tout confié. Tu m'approuves, n'est-ce pas? Oui, j'en suis certaine, est-ce que nous pourrions penser différemment, pour la première fois de notre vie?... »

La lettre parlait encore d'autres choses... Quand sa lecture fut terminée :

« Eh bien, Yvon, quelle est votre opinion à ce sujet ? dit Robert, dont les yeux étaient humides.

— Mais celle de ma mère, naturellement. Je l'admire bien, vous comprenez ! Elle n'a pas pensé une minute à elle dans cette affaire. D'ailleurs, si je lui manquais, tout l'or du monde ne la consolerait pas, et tant que je vivrai, rien ne lui paraîtra meilleur qu'un morceau de pain gagné par moi. Il n'y a pas beaucoup de mères pareilles, allez, capitaine !

— Non vraiment, non plus que de fils semblables à vous. »

Robert, fort ému, posa affectueusement sa main sur l'épaule du premier maître : tous deux étaient à l'arrière du bâtiment, appuyés sur le bastingage, le paysage se déroulait devant leurs yeux sans qu'ils y fissent attention, heureux, charmés, parce que leur amitié grandissait tous les jours. Ils éprouvaient, à s'en rendre compte, une sensation de joie et de calme qui leur parut délicieuse...

L'*Étoile* remonta le golfe du Tonkin, et arrivée dans la baie d'Ha-Long, elle accomplit pendant six semaines la plus ennuyeuse et la plus fatigante des croisières, surveillant la plage du débarquement, ainsi que les jonques et visitant celles qui paraissaient suspectes.

Le commandant avait un flair pour reconnaître celles qui étaient montées par des pirates, disaient les officiers. Dans ce cas, on brûlait les bateaux : une fois leur équipage mis aux fers sur l'*Étoile* pour être envoyé à Saïgon par un transport qui traversait la baie tous les quinze jours.

A Saïgon, les pirates étaient jugés et presque tous envoyés au bagne de Poulo-Condor.

Lorsque les brigands résistaient quelque peu, cela faisait une heureuse diversion; mais presque tous se rendaient immédiatement, dès qu'ils apercevaient un hotchkiss pointé sur la mâture de leurs jonques.

Les jonques des pirates sont des bateaux plus ou moins grands, mais dont la longueur ne dépasse jamais une cinquantaine de pieds. La coque est peinte de couleurs voyantes, rouge, ocre; des deux côtés de l'avant, un grand œil.

« Sans ces yeux, comment les bateaux pourraient-ils se diriger? » disent les matelots chinois.

A l'arrière, qui est carré, règne une sorte de galerie rappellant de loin celle des anciens bâtiments de guerre français. Au-dessous de cette galerie sont peints des boucliers, des armes, alternant avec des figures hideuses.

Les pirates pillent des villages sans défense, emmenant ensuite les femmes et les enfants pour les vendre dans le Nord ou dans les îles. Depuis le commencement des hostilités, ils transportaient aussi de la contrebande de guerre. Plusieurs des jonques capturées par l'*Étoile* furent trouvées bondées de fusils remington ou de projectiles anglais, achetés par les chefs des Pavillons noirs, ou par tel et tel mandarin que le gouvernement chinois était tout prêt à désavouer.

Un assez curieux document fut communiqué au commandant de Lestoures pendant la croisière de l'*Étoile* dans le golfe du Tonkin.

Des pirates avaient volé un train de bois appartenant à une mission catholique. Le chef de ces pirates écrivit au curé lui proposant de racheter son bois et cet échantillon de littérature annamite mérite d'être cité.

« Nous, très humbles serviteurs, venons faire savoir au grand homme du Saint Temple que, dans nos parages, nous avons un compagnon chargé de la police de la mer (Bala, autre chef de pirates), qui, rencontrant dernièrement un train de bois abandonné, le recueillit et chercha à le vendre.

Alors nous le lui achetâmes pour la somme de deux cents et quelques taëls. Aussitôt après l'achat, nous apprîmes qu'une partie de ce train de bois appartenait à la maison du Seigneur du Ciel. Mais nous avions déjà délivré l'argent, de sorte que voilà une difficulté qui se présente pour nous !

» Quant à la portion du train revenant au Saint Temple, une partie a disparu ; mais nous ne savons comment.

» Nous venons, aujourd'hui, vous faire connaître ces détails.

» Nous espérons que vous voudrez bien nous faire rentrer dans nos dépenses, autrement le cœur de votre saint Maître ne serait pas satisfait. Apportez donc de l'argent, si vous désirez recouvrer votre radeau.

» Nous vous écrivons cette lettre afin que le saint maître veuille bien nous faire connaître ses intentions.

» Le 23 de la 3e lune (18 avril 1884).

» Tsoui-Yam-si et Tiong-Aï-Ao, qui vous envoient cette lettre de Dam-haâ... »

Le rivage de la baie d'Ha-Long est bordé d'immenses rochers découpés, éboulés, bouleversés, qui donnent l'idée d'un gigantesque chaos. De profondes cavernes y ont été creusées par la mer et servent de repaire et d'abri aux pirates.

Les petits cours d'eau qui se jettent dans le golfe du Tonkin sont sillonnés par des sanpans, bateaux à fond plat ; trois hommes, une femme les dirigent dans la journée, en se donnant l'apparence de très honnêtes pêcheurs. La nuit venue, ils attaqueront les sampans de commerce, les habitations isolées et commettront toutes les atrocités.

Les côtes se trouvent donc à la merci de ces brigands.

1. Historique, l'original de ce document fut envoyé à l'auteur par l'amiral Courbet.

Il faudrait des années et une surveillance de tous les instants pour en purger le pays.

Deux canonnières avec l'*Étoile* croisaient en ce moment dans la baie. Si les trois bâtiments coulèrent bien des jonques et envoyèrent à Saïgon, captifs, bien des brigands, d'autres remplacèrent celles-ci et ceux-là. On ne pouvait même, avec les faibles moyens dont on disposait, fouiller toutes les criques et toutes les plages.

Une nuit, au moment où une jonque capturée allait être coulée, les matelots en train de la saborder entendirent sortir de la cale un cri aigu.

« Une bête, dirent-ils, mais faut voir ! »

Et l'on dirigea un fanal vers l'endroit d'où partait cet appel; c'était un coin de la cale qu'on n'avait pas visité à fond, car il semblait n'y avoir là que de la paille pourrie et des loques. Le tout secoué démasqua quantité de poudre anglaise et un tout jeune enfant.

Les matelots s'empressèrent d'emporter les paquets de poudre, l'un d'eux empoigna aussi la petite créature, qui était horrible et d'une saleté effroyable !

Les pirates faits prisonniers sur cette jonque, interrogés par l'interprète, ne voulurent ou ne purent donner aucun renseignement au sujet de l'enfant, qui appartenait peut-être à l'un des morts.

Les prisonniers furent attachés deux à deux, pieds et mains liés ; on ne leur déliait ces dernières qu'aux heures des repas. On avait construit sur le pont de l'*Étoile*, à l'avant, une sorte de tente avec un toit en toile à voile goudronnée ; une ouverture pratiquée des deux côtés opposés permettait au courant d'air de balayer l'atmosphère empoisonnée par ces hommes, les uns malades, et tous d'une malpropreté révoltante ; chaque matin, on les aspergeait avec un jet de pompe. Grâce à ces précautions, l'*Étoile* évita les épidémies qui décimèrent d'autres bâtiments, où l'on était moins scrupuleux.

L'enfant se trouvait être une fille de trois ou quatre ans. On la présenta à chacun des pirates, aucun ne voulut la regarder, l'interprète comprit que si l'on forçait l'un d'eux à s'en charger, il profiterait de la liberté de ses mains pour casser la tête de la misérable petite créature.

Bien misérable, en effet. Elle criait sans s'arrêter deux heures par jour; la nuit, elle se réveillait pour hurler, juste comme les chacals d'Afrique dont on aurait tué la mère, disait un des enseignes. C'était à en devenir fou.

La petite fille fut, après bien des essais, couchée sur le canapé du carré des officiers; là elle continua ses vagissements aigus. Comme elle ne voulait ni boire ni manger, il fallait la contraindre, et encore était-on obligé de lui tenir les mains, sans quoi elle aurait griffé ceux qui s'occupaient de la nourrir : et ses ongles pointus ressemblaient à ceux d'un chat sauvage.

Un soir, les officiers se réunirent tous sur le pont, fuyant le carré devenu inhabitable, à cause de cet horrible petit monstre.

« Si le transport tarde à venir nous en délivrer, c'est à la jeter par-dessus le bord ! Êtes-vous sûr, docteur, que réellement nous n'avons pas là un singe d'une espèce inconnue ? » s'écria l'un des enseignes.

Cette enfant, aux yeux des Européens leur semblait l'image de la laideur sur la terre, avec ses tout petits yeux bridés, sa figure jaune plissée, maladive, ses ongles démesurément longs, son ventre énorme, et sa saleté repoussante. Impossible de la baigner. On l'avait essayé, mais la malheureuse était tombée en convulsions et on y avait renoncé, se contentant de la saupoudrer d'insecticide des pieds à la tête pendant son sommeil.

« Tiens, s'écria Leray, avez-vous remarqué? Depuis une demi-heure au moins, ça ne glapit plus. Morte, peut-être; ce serait pourtant dommage qu'on ne pût envoyer ce joli spécimen aux bonnes sœurs de Saïgon. »

On avait établi une tente.

Un des officiers alla voir.

« Bon, dit le docteur, c'est moi qui serais content qu'elle fût morte !

— Allons, docteur, dit Dubois, un des enseignes, ne vous faites pas pire que vous n'êtes. Est-ce que je ne vous ai pas vu, la nuit dernière, par le panneau ouvert, pendant que j'était de quart : vous vous promeniez dans le carré, chantant pour endormir cette horrible petite chose. Vous aviez, ma parole, l'air d'un grand singe dodelinant son petit ! »

Tous se mirent à rire. A ce moment, l'officier qui était descendu parut au haut de l'échelle du carré :

« Psitt, psitt ! fit-il, silence ! Venez doucement contempler un curieux spectacle !... »

Ils se précipitèrent en bas, et dès la porte, ils aperçurent en face d'eux la petite Annamite, endormie paisiblement, et pour la première fois, dans les bras... Non, devinez !... dans les pattes de qui? Dans les pattes de Capitaine, et blottie dans sa fourrure qui commençait à épaissir.

Depuis qu'on avait amené l'enfant à bord, Capitaine s'en approchait souvent, la regardant, la sentant et se retirant toujours d'un air profondément dégoûté : souvent il s'allongeait tout au bout du carré, ses yeux alors ne quittaient pas ce paquet informe, étalé sur le sofa. Et le chien semblait réfléchir. Leray, plusieurs fois, avait observé ce manège.

Enfin, sûrement, la bonté d'âme du terre-neuve n'y a pas résisté. Et le voilà couché auprès de l'enfant qui repose. Elle était glacée, à présent elle est réchauffée.

Et pendant trois jours, sans se lasser, la quittant à peine, seulement lorsqu'il la sait bien endormie, Capitaine s'occupera de la pauvre créature. On devine que ce devoir n'amuse pas beaucoup celui qui l'accomplit; aussi a-t-il l'air de dire : « Tous les devoirs ne sont pas bien agréables. » Du moins son maître traduisait ainsi ses pensées, ce qui était toujours une source d'amusement pour les officiers.

La petite fille tire quelquefois les poils de la figure du

chien, alors elle rit aux éclats de la grimace du pauvre Capitaine.

« Cela me fait une singulière impression, quand cette créature rit », dit le commissaire.

Le lendemain, grand succès : Yvon tente de nettoyer ce paquet de chiffons sales, il y réussit avec l'aide du domestique du carré. On jette à l'eau tout ce qui a servi de vêtement à l'enfant, ensuite Capitaine se laissant asperser en même temps qu'elle avec de l'eau tiède, on en arrive à un bain complet. Une toilette s'improvise alors. Quand elle est terminée, rien ne semble plus drôle à voir que ce petit magot à peau jaune, les cheveux coupés et encore humides collés sur son crâne, vêtue de la chemise d'un mousse, du tricot d'un officier, d'un cache-nez d'un autre en forme d'écharpe, les pieds chaussés de sandales à courroies, fabriquées par le maître charpentier!...

Deux jours après le transport fut signalé, et bientôt sa chaloupe accosta l'*Étoile*. Par une chance heureuse, une femme se trouva passagère sur le premier de ces bâtiments ; elle voulut bien se charger de conduire la petite Annamite aux sœurs de l'hôpital de Saïgon. M. de Lestoures lui remit l'enfant avec un acte signé de deux témoins, Yvon et le docteur, et dressé par le commissaire, où le peu que l'on savait à ce sujet avait été relaté et certifié.

« Commandant, dit Yvon au moment de signer, voulez-vous faire ajouter que l'enfant est baptisée, c'est-à-dire ondoyée seulement. »

Voyant l'air étonné de M. de Lestoures, Yvon ajouta :

« J'espère que vous ne me blâmerez pas, parce que vous savez, commandant, la pauvre créature pourrait mourir avant d'arriver aux sœurs de Saïgon. Alors, avant-hier, la voyant dans les pattes de Capitaine, propre, reposée, réellement moins laide qu'à l'ordinaire, j'ai ondoyé la petite de la manière enseignée par le catéchisme. Auparavant, le docteur m'avait bien assuré que ce n'est pas un singe, mais un

Une toilette s'improvise.

être humain; réellement, je doutais, ayant vu dans divers jardins d'acclimatation des guenons moins laides que cette Annamite. Vous ne me blâmez pas, commandant? dit Yvon en terminant.

— Non, vraiment, répondit le commandant, tout au contraire, et j'aurais dû baptiser l'enfant aussitôt qu'on l'a amenée à mon bord; mais avec ces pirates et ces Annamites, on en arrive à ne plus penser à rien! »

Quant à Capitaine, il fit mille folies et montra clairement que les enfants jaunes n'étaient pas de son goût, et qu'il ne regrettait pas celle-ci; qu'il l'avait soignée par pure philanthropie, et il courut du haut en bas de l'*Étoile*, sautant par-dessus l'affût du gros canon, cachant les bonnets des hommes qu'il aimait le mieux. Les matelots se montraient enchantés d'avoir retrouvé leur ami, celui qui savait si bien les distraire pendant cette ennuyeuse croisière.

Le commandant du transport remit aussi une dépêche à M. de Lestoures : c'était l'ordre de rejoindre devant Tam-Sui l'escadre de l'amiral Lespès.

Un cri de joie sortit de toutes les poitrines. Depuis les combats de la rivière Min et la prise de Fou-Tchéou, chacun souffrait davantage en accomplissant cette aride croisière. En quelques heures, l'aviso fut prêt à appareiller, laissant à un autre bâtiment l'ennui de continuer la chassse aux pirates. Par la même dépêche de départ, l'amiral Courbet félicitait les commandants et le personnel de l'*Étoile*, à cause du résultat obtenu dans la baie d'Ha-Long.

Un soir, après le dîner, en prenant le café, M. de Lestoures et deux officiers, ses convives, causent en fumant. Il fait très beau, les flots sont unis, d'un bleu foncé comme le ciel; on dîne de bonne heure; à la mer le soleil n'est pas encore couché. L'*Étoile* marche à toute vitesse, on n'entend guère à bord que le bruit assourdi de la machine et de l'hélice. Le bâtiment est propre, sa peinture fraîche, tout à bord paraît dans un état parfait d'ordre et d'harmonie. Passant en revue ces détails familiers qu'il aime et dont il est fier, Duroc s'écrie :

« Ne dirait-on pas que notre bateau sort de l'arsenal? je parie que nous n'en verrons pas un semblable à l'escadre. »

Comme toujours la conversatisn retombe sur les mêmes sujets : la politique, la guerre, l'amiral Courbet, et les combats divers soutenus par nos troupes à terre, à la mer, et sur ceux, hélas, qui ont déjà glorieusement succombé.

« Pauvre Bouët-Willaumez, dit le lieutenant, nous étions ensemble au *Borda*. Il cachait déjà ses excellentes qualités comme d'autres cachent leurs défauts. Mais quel brave cœur et quel honnête garçon! En 80, je passais à Cherbourg sur le *Suffren;* il m'y amena ses quatre petits enfants, dont il était si fier!... Une belle mort, cependant! »

Tous se taisent en pensant aux amis qui ne sont plus.

Leray rompt le silence :

« Puisque nous sommes sur ces sujets, commandant, dit-il, je vais vous adresser une prière, et à Duroc aussi. C'est une corvée, mais enfin peut-être avez-vous un peu d'amitié pour moi à présent. Il me semble que je n'agace plus Duroc! hein?... Il s'agirait d'être mes exécuteurs testamentaires; accepteriez-vous?

— Mais vous êtes plus jeune que nous deux, comment penser à de pareilles choses? dit M. de Lestoures fort étonné.

— Je suis plus jeune; mais est-ce que les balles et les obus regardent à l'âge? Et puis, j'ai beaucoup réfléchi lorsque j'étais si malade. Donc, pour en finir, je vous remettrai mon testament. J'espère qu'il ne soulèvera aucune difficulté. Un notaire de Saïgon m'a bien expliqué comment je devais m'y prendre, et je l'ai écrit, signé, etc., pendant que nous étions à croiser dans la baie. Vous concevez pourtant que je n'aurais pas aimé vous imposer cette corvée, le cas échéant, sans vous en avoir prévenus à l'avance. Attendez, je vais chercher les papiers.

— En voilà un qui a fait du chemin dans le sérieux, dit Duroc. On croirait que ce n'est plus le même homme. »

Robert revient, tenant un portefeuille dont il tire deux enveloppes pareilles, cachetées toutes deux avec un énorme cachet :

« Voici les choses, dit-il. Une pour vous, commandant, une pour Duroc; chacune contient les mêmes dispositions. En outre, voilà une plus petite enveloppe, vous l'ouvrirez,

commandant, ou vous, Duroc, le jour de ma mort. Et, ajoute-t-il, ce jour-là, j'espère vous donner aussi peu de tracas que possible. Je vous remercie d'avance et de tout cœur.

— Nous acceptons, dit Jean, et, Dieu aidant, j'ai l'espoir que nous reviendrons tous au pays et que nous vous y rendrons ces papiers inutiles.

— Je l'espère bien aussi, dit Duroc, secouant les mains de l'enseigne.

— Et moi donc! reprit le dernier. Et laissez-moi vous remercier aussi tous deux pour votre bonté et votre patience envers l'animal que j'ai été et que je m'efforce de ne plus être. »

On parla ensuite de sujets plus gais, et peu après du désir que tous avaient, officiers et commandants, de voir Jossic changer ses galons de maître pour ceux d'enseigne. M. de Lestoures ajouta :

« J'ai l'honneur de connaître l'amiral Courbet, je tâcherai de lui expliquer que celui-ci est un cas exceptionnel. De mon côté, si l'occasion se présente, je mettrai Yvon à même de montrer ses rares qualités.

—Et quelle joie, dit Robert, quand nous l'aurons toujours sans contrainte au milieu de nous. »

Duroc se mit à rire.

« Qui eût dit ou cru que votre meilleur ami à bord serait un maître, fils de pêcheur? S'ils savaient cela, ceux de Paris, quelle surprise !

— Oui, vraiment ! Mais je n'ai pas d'amis à Paris ou ailleurs. Je n'aime que ma mère, ma sœur et l'*Étoile!* »

Enfin, voilà Formose. On la reconnut en entrant dans le détroit de ce nom.

Le soir, l'*Étoile* saluait le pavillon de l'amiral Lespès et le *La Galissonnière*, et mouillait devant Tam-Sui, au milieu des autres navires de la subdivision : la *Triomphante*, la *Vipère*, le *Lynx*. On était au 30 septembre 1884. Les hostilités devaient recommencer le lendemain. Le surlendemain, très probablement, l'ordre serait donné aux bâtiments pour que leur artillerie visât et détruisît les forts chinois qui dominaient la rade.

Un rapide coup d'œil en arrière sera fort utile à mes jeunes lecteurs s'ils veulent comprendre et les opérations qui vont se dérouler devant eux et les causes qui les avaient amenées.

Le 23 avril 1883 le contre-amiral Courbet avait été nommé commandant d'une division d'essai, formée à Cherbourg et bientôt envoyée dans la baie de Quiberon.

Après la mort du commandant Rivière (combat d'Hanoï, 19 mai 1883), on résolut d'envoyer des renforts considérables qui devaient être appuyés par des forces navales importantes et l'amiral Courbet, appelé à Paris, reçut ses instructions et communiqua ses plans. Au bout de quelques jours il rejoignait à Alger le *Bayard*, portant son pavillon. Ce vaisseau avait pour commandant M. Parrayon, capitaine de pavillon de l'amiral. M. de Maigret était chef d'état-major de la division.

Avec le *Bayard*, l'escadre se composait de l'*Atalante*, frégate cuirassée; — de trois grands croiseurs le *Château-Renaud*, le *Kersaint* et l'*Hamelin;* — des avisos le *Drac*, le *Lynx* et la *Vipère;* — de deux torpilleurs, ces derniers déjà en Cochinchine.

Après une croisière dans la baie d'Ha-Long, le *Bayard* bombarda et détruisit les forts de Thuan-An (août 1883).

Cependant des projets de traité d'entente se continuaient toujours sans résultat avec le gouvernement chinois et la cour de Hué.

L'amiral Courbet fut enfin nommé commandant en chef des troupes de terre et de mer, le 20 octobre 1883. Notre situation se trouvait des plus critiques alors; malgré leur valeur nos troupes avaient été sinon battues, du moins souvent forcées de se replier, surprises quelquefois; toujours en nombre insuffisant, ce qui les empêchait de profiter d'un succès et de marcher en avant. Des bandes, appelées généralement les Pavillons noirs, sillonnaient le pays, ramassis d'Annamites, de Chinois surtout, désavoués par le gouvernement impérial du Céleste-Empire, mais encouragés et soutenus en secret par les grands mandarins, d'abord parce que ces mandarins haïssaient la France, depuis la guerre de 1861 et l'incendie du palais d'Été; ensuite parce qu'ils savaient que le gouvernement chinois, trop faible pour détruire ces bandes, serait ravi de les voir longtemps occupées en Annam, probablement décimées; en tous cas éloignées des pays frontières qu'elles pillaient et rançonnaient depuis des années, lorsque la guerre les entraîna vers le sud.

Les Pavillons noirs tirent leur nom de l'étendard noir qu'ils déploient en campagne. Ils sont presque toujours coiffés d'un large chapeau de paille doublé de bleu, et portent un pantalon également bleu dont le bas est serré dans des guêtres de cuir noir. Leur veste est retenue autour de la taille par une cartouchière contenant de trente à soixante étuis : c'est là leur ceinture. Un long coutelas pend à leur côté. On put souvent constater qu'ils avaient des fusils de modèles récents.

Depuis le commencement des hostilités, le chef des Pavillons noirs était un homme des plus habiles et des plus audacieux, dont le nom seul suffisait à terroriser les Annamites, Luh-Vhin-Phuoc[1]. Par ses ordres ou ceux de ses lieutenants un ennemi pris en vie devait être torturé, mutilé avec la plus horrible cruauté.

On trouva souvent jetés au fil des rivières des cadavres de soldats français, qui avaient été tout vivants, attachés sur une sorte de croix de Saint-André faite avec deux bambous liés ensemble. Les oreilles, le nez, la langue de ces martyrs étaient piqués aux extrémités d'autres petits bambous et fixés en triangle sur le corps par des cordelettes. Ces horreurs, si elles ne les excusent pas, expliquent les terribles représailles que nos matelots exercèrent quelquefois

Le commandant en chef arriva devant Son-Tay après une longue et pénible marche où il avait fallu triompher de mille obstacles et de mille difficultés.

Son-tay fut pris, comme on sait (16 décembre 1883) ; à la suite d'un combat qui dura deux jours. Chacun fit son devoir sous les yeux d'un chef qui, lui, n'hésita jamais à payer de sa personne, une fois qu'il avait adopté un plan. Ce plan, il

1. Luh, d'après les feuilles anglaises paraissant à Canton, avait été nommé par le gouvernement chinois généralissime des armées du Tonkin.

l'étudiait avec un soin minutieux, prévoyant même l'imprévu.

Peu après la victoire de Son-Tay, l'amiral Courbet dut se rendre dans le golfe du Tonkin afin d'y tenir le blocus, et le commandement en chef des troupes de terre fut donné au général Millot et ensuite au général Brière de l'Isle.

Le traité Fournier aboutit à la demi-trahison de Bac-Lé.

Enfin l'amiral Courbet reçut cet ordre si passionnément attendu, désiré, d'agir et de commencer les hostilités, cette fois entre la Chine qui soutenait sous main les Pavillons noirs et les perfidies du gouvernement de Hué!

L'amiral préparait depuis quelque temps son plan de campagne, il en commença l'exécution le 22 août 1884. Il s'était enfoncé les jours précédents dans la rivière Min avec toute son escadre mouillant devant l'importante ville de Fou-Tchéou, et se mettant ainsi dans l'impossibilité de descendre la rivière autrement que victorieux. Les passes Mingan ou Kimpaï qui resserraient et commandaient l'embouchure de la rivière étaient défendues par des forts armés d'une puissante artillerie et de canons krupps servis par de nombreux soldats.

D'abord sur le *Villars* où il eut à ses côtés deux hommes tués, ainsi que son pilote, par un éclat d'obus, ensuite sur le *Duguay-Trouin*, l'amiral Courbet dirigeait en personne les attaques et les mouvements. Les combats durèrent six jours, menés avec la sûreté de coup d'œil et la prudence d'un grand chef.

L'arsenal fut brûlé en partie, la flotte chinoise fut détruite ou mise hors de service, les forts démantelés et les canons krupps brisés; le 28 août notre escadre descendit la rivière Min et sortit triomphante des passes dont l'artillerie et les constructions n'étaient plus qu'un amas de ruines.

Tous, commandants, officiers et matelots se montrèrent dignes de la France et de leur amiral, pendant ces journées où rien ne fut donné au hasard et où les manœuvres et les combats se succédèrent sans un moment de répit.

L'escadre victorieuse mouilla devant Mutsou. Ensuite l'amiral demanda immédiatement à Paris l'autorisation de remonter dans le nord afin de bombarder Fort-Arthur. Mais l'occupation de l'île de Formose était décidée.

Formose veut dire la Belle, son nom lui fut donné par les Portugais qui la visitèrent dès le XVIe siècle. Les Chinois la nommaient Thaï-Ouan. L'île est situé entre 117° et 119° de longitude sous le 21°50 de latitude. Sa population est à peu près de 2 500 000 habitants. Les Chinois s'y établirent en 1430. Vers la fin du XVIIe siècle ils furent chassés par un fameux pirate tartare, Koringe, qui garda l'île vingt-deux ans. Les Chinois la reprirent alors. Des colonies hollandaises et japonaises y fondèrent des établissements prospères à diverses époques.

L'escadre quittant Matsou appareilla donc pour Formose afin de s'emparer de Kélung et de Tam-Sui, villes commerçantes du nord de l'île et qui sont situées à 50 kilomètres de distance l'une de l'autre.

Le 2 octobre, le *Bayard*, le *Duguay-Trouin*, le *Château-Renaud* et le *Lutin* s'embossèrent devant Kélung. L'amiral ouvrait le feu sur les ouvrages avancés et les forts, tandis que les compagnies de débarquement de l'escadre poursuivant l'ennemi à terre, le délogeaient de ses positions et lui faisaient de nombreux prisonniers. En quelques heures, succès complet et destruction des forts reconstruits et réarmés depuis le 5 août.

L'amiral Lespès reçut l'ordre d'opérer à Tam-Sui ; sa division comprenait le *La Galissonnière* portant son pavillon, la *Triomphante*, le *Lynx*, la *Vipère* et l'*Étoile* arrivée tout récemment. Avant les combats de la rivière Min, et les attaques de Fou-Tchéou, l'amiral Lespès et sa division avaient déjà le 5 août attaqué Kélung et détruit en les bombardant les forts puissamment armés qui dominaient la ville ; mais nos troupes de marine poursuivant l'ennemi à terre durent promptement se réembarquer, parce qu'elles n'étaient pas assez nombreuses et que les Chinois tenaient en réserve des forces considérables. L'attaque de la ville fut remise à un autre moment.

Le 8 octobre, les compagnies étaient prêtes, commandées par M. Boulineau, capitaine de frégate, avec des lieutenants de vaisseau et des enseignes en sous-ordre. Les troupes furent conduites à terre par des chaloupes à vapeur. Elles devaient marcher rapidement sur le fort Neuf, rabattre sur le second fort tous deux réarmés depuis le 5 août, briser les pièces de canon qui s'y trouvaient et en passant détruire le poste d'inflammation des torpilles coulées à l'entrée de la rade par les ennemis.

Protégées d'abord par les canons-revolvers des embarcations, les troupes se montrèrent pleines d'entrain et marchèrent en bel ordre. A une faible distance de la rade tandis qu'on longeait un chemin bordé de rochers qui conduit au fort Neuf, une terrible fusillade partant des broussailles épouvanta les soldats. « En avant ! criaient les officiers qui donnaient l'exemple, en avant ! débusquons ! » Mais les matelots surpris se débandaient. Il en est toujours ainsi lorsqu'ils sont attaqués à l'improviste ; si on a le temps de les raisonner ils reviennent se battre comme des lions et avec tout leur sang-froid...

A cet instant le commandant Boulineau craignit et avec raison d'être enveloppé par des forces bien supérieures, car les Chinois se montraient du côté opposé à celui où ils tiraient tout à l'heure. Beaucoup d'hommes, plusieurs officiers étaient à terre. L'ordre fut donné de se replier !...

CHAPITRE XIII

Le désastre de Tam-Sui. — A la recherche des prisonniers. — Encore une fois Capitaine. — Enseigne de vaisseau.

La compagnie de l'*Étoile* faisait partie du corps d'opération contre les forts de Tam-Sui. Dubois, le plus ancien en grade, avec Leray pour adjudant, marchaient à la tête des marins de l'aviso.

Des chaloupes à vapeur et des embarcations qu'elles remorquaient conduisirent les compagnies à terre. Les chaloupes étaient armées de canons-revolvers, celle de l'*Étoile* sous les ordres du premier maître canonnier Jossic, qui eût préféré de beaucoup se battre comme les camarades ; mais, en service, il ne s'agit pas de désirer, mais d'obéir.

Tous, en quittant le bord, se montraient pleins d'ardeur, joyeux d'aller enfin à la vraie guerre : chacun espérait se distinguer; on plaisantait, on riait, un peu trop peut-être. Ceux qui restèrent les suivirent longtemps des yeux, leur enviant cette bonne fortune à commencer par les commandants.

Au moment où la chaloupe montée par Jossic et les canonniers pousse au large, voilà Capitaine qui se jette du haut de l'échelle de l'*Étoile* et qui se met à la nage; il veut partir aussi. Son maître a oublié de l'enchaîner. L'enseigne Dubois est dans la chambre de la chaloupe, ainsi que Leray.

« Renvoyez ce chien, Jossic, dit le premier, nous n'en avons que faire aujourd'hui. »

Mais deux hommes avaient déjà aidé Capitaine à se hisser, il se fait aussi petit que possible, sachant bien qu'il n'est pas encore autorisé, et il jette des regards suppliants sur les officiers! les hommes rient, Dubois insiste :

« Rejetez-le à l'eau et expliquez-lui qu'il lui faut retourner bord, Jossic!

— Certainement, capitaine, tout de suite, répond Yvon, mais il nous suivra quand même à présent qu'il a son idée! Et voyez comme il est tranquille! et puis, qui sait, à terre il peut être utile?

— Je ne vois pas trop de quelle manière, reprend Dubois. Pourtant s'il veut rester où il est et sans bouger, et s'il ne mouille pas nos armes, gardez-le si cela vous fait plaisir; surtout empêchez-le de sauter à terre avec nous! »

Les embarcations accostent aux berges, les hommes descendent, les compagnies se forment, chaque compagnie et chaque officier au poste assigné par le commandant Boulineau qui se met à leur tête! Le détachement part.

Leray quitte la chaloupe un des derniers afin de causer une minute avec Yvon.

« Je suis heureux, mon ami, dit-il, bien heureux! J'ai tant désiré cette heure qui sonne! mais que j'en jouirais davantage si vous partiez avec nous, pour gagner cette épaulette! Enfin ce sera pour une autre fois! »

Ils se serrent les mains et Robert s'éloigne en courant pour rejoindre ses hommes qui ont pris les devants.

Yvon suit des yeux le détachement qui défile en superbe tenue, bien en ordre ; les armes brillent au soleil, il fait beau, même chaud, malgré une brise du nord-est qui vient de se lever ; le drapeau flotte au milieu, c'est lui qui disparaît le dernier aux regards de ceux qui sont restés. Yvon se sent aussitôt envahi par un sentiment de tristesse inexplicable ! il lui semble qu'autour de lui le paysage est sinistre, qu'il a lui-même un poids sur le cœur.

« Je donnerais bien des choses pour être à ce soir, et voir les compagnies de retour ! » dit-il à un autre maître.

L'ordre est donné presque aussitôt par l'officier qui les

commande, aux canonniers des embarcations armées, d'appuyer l'attaque avec les canons-revolvers. Et personne ne prononce plus une parole que pour les besoins du service... jusqu'au moment où des cris se font entendre à terre, suivis bientôt de l'arrivée de quelques hommes, qui fuient annonçant la déroute.

La troupe, pêle-mêle, se répand sur la plage et les berges, les officiers essayant d'abord, en vain, de mettre quelque ordre dans ce désordre, de faire embarquer les blessés d'abord et chacun à son tour. Les matelots, comme affolés, n'écoutent pas ou ne comprennent pas !...

Les chaloupes de l'*Étoile* sont les plus éloignées... Ceux

qui les montent attendent anxieux à leur poste, armés, les canons prêts à tirer, si l'ennemi poursuivait les fuyards! Mais, comme je l'ai déjà dit, les Chinois, craignant un retour offensif, s'étaient retirés à l'abri des forts et des rochers.

Les hommes de l'*Étoile* atteignirent les berges.

Le premier qui sauta dans le canot était un maître, blessé grièvement à la tête, d'autres le suivirent, beaucoup avaient jeté leurs armes. « Et les capitaines ? » demandèrent les canonniers d'une seule voix.

D'abord les arrivants ne répondirent pas distinctement, ils paraissaient encore sous le coup de la panique. Les vêtements de plusieurs hommes étaient couverts de sang, un matelot avait la jambe cassée : les autres le portaient.

« Mais parlez, au nom du Ciel ! » hurla presque Jossic, fou d'inquiétude ! Il n'apercevait nulle part les deux enseignes ! Alors, sautant sur la berge, il secoua rudement un des matelots.

Celui-ci répondit enfin : « Est-ce que je sais, prisonniers, tués, peut-être, avec cinq des nôtres ! Vous voyez bien que s'ils ne sont pas ici, c'est qu'ils seront restés là-haut ! Les Chinois nous ont enveloppés, coupés ! Ils étaient dix fois plus nombreux que nous et nous canardaient à travers les brousses ! nous ne pouvions même pas les voir.

— Eh ! cria un autre, tandis qu'Yvon restait muet d'horreur ! va-t-on nous rendre responsables d'une surprise ? D'ailleurs le capitaine de frégate a fait sonner la retraite ! Nous formions l'arrière-garde et les capitaines marchaient les derniers. Nous ne nous sommes pas retournés. Ce n'est qu'en arrivant à la plage que nous avons pu nous compter !

— Et vous avez abandonné vos officiers et vos camarades, lâches que vous êtes ! Ils sont peut-être vivants aux mains des Chinois qui les torturent ! Vous mériteriez d'être fusillés ! »

Yvon, en criant ces reproches, était pâle, exaspéré.

Les hommes essayaient de parler et de se justifier.

Yvon en criant était pâle.

« Qu'est-ce? » dit un lieutenant de vaisseau, celui qui commandait le tir, et qui tâchait à présent de faire réembarquer les fuyards à leur tour.

Yvon expliqua en quelques mots, essayant de se calmer, mais sa résolution fut prise dès ce moment. L'officier mis au fait s'écria :

« C'est encore bien pire que je ne le croyais ! Un lieutenant de vaisseau de la *Triomphante* manque aussi... le pauvre Dehorter a été blessé à mort, je le crains, et d'autres encore... des hommes aussi et plusieurs disparus !... »

Yvon l'interrompit :

« Capitaine, je vais à leur recherche ! Qui m'accompagne ? »

Se tournant vers les canonniers :

« Morts ou vivants, il nous les faut, n'est-ce pas, mes enfants? »

Dix hommes sautèrent à terre, résolus aussi.

« Mais, reprend l'officier, je ne puis vous laisser courir ces dangers sans l'autorisation du commandant Boulineau !

— Non, capitaine, c'est inutile de la lui demander, il refuserait, c'est son devoir ! Et nous perdrions du temps. Laissez-nous tenter de secourir ces malheureux, ne nous arrêtez pas, je vous en supplie, au nom de ce qu'il y a de plus sacré. Si je reviens, je passerai en conseil de guerre, voilà tout. Allons, les canonniers en marche et au pas de course !... Prenez les fusils et les cartouches de ceux qui en ont ! »

Lui-même venait de s'emparer de deux revolvers et d'un étui à cartouches. Un quartier-maître qui était revenu et qui avait un pied dans un canot descendit et cria :

« Je pars avec vous, je vous guiderai... »

Capitaine courait derrière son maître ; celui-ci enmenait douze hommes en tout, en comptant celui qui s'était offert pour les guider.

A peine engagée dans un étroit sentier, la petite troupe rencontre un matelot dont les habits sont en loques, les mains, la figure déchirées.

« Qui es-tu ? lui cria Jossic sans s'arrêter.

— Je suis de la *Triomphante*, répond le matelot. Pris par les Chinois, j'ai réussi à me sauver en sautant du haut de cette roche. Les brigands ont cru que je m'étais tué. C'est là à gauche que je les ai vus disparaître. »

A gauche en effet existe une sorte de chemin très étroit, plutôt une coulée entre de hauts blocs de roche et des taillis inextricables. Jossic et ses hommes s'y engagent. Certainement, une troupe a passé là, les brousses sont hachées, brisées par places. Sur la poussière blanche qui couvre les pierres on distingue des taches encore humides, des taches de sang.

Le sentier devient de plus en plus raide, presque à pic ! On relève encore les même pistes. Les Chinois ont dû marcher un à un, poussant leurs prisonniers. Enfin on aperçoit l'horizon plus libre ! Une fois derrière ce gros rocher on pourra certainement se rendre compte et peut-être découvrir l'ennemi. Tout à coup Capitaine gronde furieusement.

« Tais-toi, tais-toi ! » dit Yvon.

Le chien se tait, mais s'agite, flaire. A voix basse, pourtant de manière à être entendu de tous, le vieux maître commande :

« Couchez-vous tous à plat, et levez la tête seulement. Là-haut ! Voyez-vous ? »

Sur la roche dont on ne se trouve plus qu'à quelques mètres un soldat chinois reste immobile accroupi, son fusil au bras, évidemment c'est une sentinelle posée là pour surveiller le sentier. La sentinelle regarde cependant du côté tout opposé.

Yvon s'avance en rampant jusqu'au bas du rocher, suivi de Capitaine tenu en laisse. A mesure qu'il s'approche, il entend de plus en plus distinctement des cris, des hurlements qui percent l'air. Le soldat continue à regarder de l'autre côté, on peut bien le voir de profil maintenant et reconnaître qu'il rit aux éclats.

Le sentier devient de plus en plus raide.

« Je devinai trop bien ce qui amusait ainsi ce damné brigand », raconta Yvon plus tard.

Capitaine tremble de tous ses membres, excité au possible. Son maître comprend que c'est le moment ; lui-même se voit arrêté par ces pierres presque à pic qui se dressent devant eux, et la sentinelle peut bouger, donner l'éveil.

« Prends cet homme, Capitaine, prends-le, pille, mange, apporte ! mais ne crie pas, tu entends, ne grogne pas ! vite ! »

Le terre-neuve lâché ne fait qu'un bond, s'accrochant aux fentes des pierres avec ses griffes, et il arrive très vite au sommet de la roche. Alors il saisit le soldat par le milieu du corps ! Le Chinois, terrifié, ne prononce pas une parole, et tous deux roulent jusqu'à la place où attend Yvon. Par un hasard prodigieux le fusil du Chinois tombe avec lui sans se décharger, quoique armé.

« En avant, tous ! » crie Yvon.

Ils grimpent alors par un côté plus accessible, quoiqu'un peu moins direct, le quartier-maître de la *Triomphante*, resté une minute en arrière, a rejoint Yvon :

« Vous avez bâillonné le brigand ? dit ce dernier.

— Oui, de la bonne manière, il ne pourra crier, soyez tranquille ! »

Les voilà au sommet, sur une petite plate-forme, Capitaine pleure, il paraît dans un état effrayant, il regarde son maître avec des yeux désespérés.

« Couchons-nous tous », dit Jossic, qui retient encore le chien. Ils aperçurent là, à quelques pieds en dessous un spectacle horrible qu'aucun d'eux n'oubliera jamais.

Cent Chinois, cent vingt peut-être, entouraient des prisonniers. Tous se trouvaient dans une sorte de cirque dominé et formé par des roches plus ou moins hautes ! Les prisonniers, liés deux à deux, les mains aux genoux, restaient immobiles, tandis que les soldats chinois, guidés par un chef, dansaient et hurlaient autour du cirque, jetant des poignées de sable, des petites pierres à ceux qui ne pouvaient se défendre.

Dans un coin, quelques brigands confectionnaient des croix en bambous. Les Français y devaient être attachés vivants et torturés!

En quelques secondes Jossic et les matelots pèsent les chances de succès et les dangers.

« Écoutez bien et obéissez de même », dit Yvon, se rejetant en arrière.

Mais les Chinois ne pensaient pas à regarder en l'air.

« Vous tirerez quand je dirai feu, pas avant! deux coups chacun, le plus vite possible, pas plus! ménageons nos munitions! Immédiatement après nous sauterons sur ces damnés chiens! Alors que Dieu nous inspire! Vendons chèrement nos vies si nous ne délivrons pas nos amis, et ne tirons pas sur les nôtres!... Vous avez bien compris?... Feu! »

Tous redressés au bord de la roche tirent en ligne. Une vingtaine de coups surprennent les Chinois qui se croyaient à l'abri.

Jossic et ses hommes sautent ensuite dans le cirque. Capitaine, qui les a précédés au milieu des ennemis, les mord, les renverse, les déchire, surtout il les terrifie. Évidemment les derniers prennent le terre-neuve pour un tigre ou pour un lion; le prétendu lion sème l'épouvante parmi les brigands qui fuient débandés, grimpant de tous côtés, le long des roches sous le feu des revolvers. Les Chinois qui ne sont pas atteints disparaissent.

Une vingtaine seulement demeurent pour obéir aux appels et aux menaces d'un mandarin, qui se distingue des autres par son bonnet.

A présent on se bat à l'arme blanche! car les fusils des Chinois sont restés en faisceaux et les Français n'ont plus de cartouches.

Capitaine, entraîné à la poursuite des fuyards, revient vite à la charge. Il mord cruellement, par derrière, les ennemis de son maître, surtout le chef que Jossic combat corps à corps. Le mandarin tombe dans des convulsions sous la dent du chien qui ne veut pas le lâcher ! Six ou sept autres râlent, les matelots les achèvent. Les survivants fuient... à temps, car la petite troupe était épuisée, meurtrie, sans avoir reçu pourtant une blessure sérieuse.

Yvon et les siens se précipitent vers les prisonniers, ils les délient et les embrassent.

Il fallait cependant se hâter, les Chinois pouvaient revenir en plus grand nombre.

« Prenons nos amis, dit Yvon, et tâchons de les hisser sur la roche d'où nous avons sauté ; là nous dominerons le pays ; déchargeons d'abord les fusils que nous ne pouvons emporter ; sans bruit ôtons les cartouches, jetons-les. »

On exécute rapidement ces ordres, les sept prisonniers sont délivrés ; deux seulement arrivent à s'aider et, avec des peines inouïes, on les hisse sur la petite plate-forme. On peut enfin se rendre compte de l'état des pauvres martyrs. Hélas ! deux avaient déjà cessé de vivre, ils respiraient encore quand on les a déliés. Les efforts tentés pour les ranimer restent infructueux, ils ont rendu le dernier soupir, leur tête a été labourée de coups !

Yvon est désolé, terrifié aussi de l'expression du visage de Robert, dont les yeux sont bien ouverts cependant et qui essaye de sourire à son ami. Celui-ci fait charger l'enseigne sur ses propres épaules, jetant ses armes et tout ce qui pourrait retarder sa marche. Dubois et deux autres, quoique blessés, peuvent se traîner, à condition qu'on les soutienne. Le dernier survivant est mis sur les épaules d'un camarade, deux matelots veulent se charger des morts !

« Oui, disent les autres, qui approuvent, nous nous relayerons et nous ne laisserons pas les cadavres de nos amis exposés aux profanations de ces damnés brigands. »

Et la petite troupe reprit le sentier qu'elle avait escaladé peu d'heures auparavant.

Presque à bout de forces, plusieurs fois les matelots furent tentés d'abandonner les deux cadavres ! Mais non, ils ne purent s'y résoudre! Yvon, soutenu par son désir d'arriver, ne céda qu'une fois son cher fardeau, qu'il ressaisit dès qu'il eut repris haleine.

Enfin la pénible descente s'acheva dans ce sentier abrupt qui aboutit à un chemin praticable. Bientôt on arriva sur une route et l'on aperçut la mer.

Il était temps, car tous se sentaient exténués, la nuit arrivait et au loin retentissaient les vociférations des soldats chinois, dans la direction du cirque! Ils y seront revenus en nombre et auront trouvé leurs morts!

Voilà la rade! Il fait presque nuit. La petite troupe descend la berge que les compagnies ont escaladée si joyeusement ce matin même. Il semble à Yvon qu'il y a des mois de cela, tant il a vécu et souffert en quelques heures.

Une chaloupe à vapeur de la *Triomphante* croise un peu au large, Yvon la reconnaît et la hèle. A son grand soulagement il la voit se diriger vers la berge. Elle y arrive, commandée par un aspirant : son fanal est allumé, avec ses canons-revolvers pointés en cas d'attaque, mais les cris des ennemis partent encore de loin, pourtant ils se rapprochent à chaque instant.

On embarque. A présent la houle heureusement est apaisée. Blessés et morts sont dans la chambre de la chaloupe.

Les sauveurs ne pouvaient d'abord répondre une parole aux questions de l'aspïrant. Presque épuisés, ils mouraient de faim et de soif, car ils n'avaient ni bu ni mangé depuis le matin. La tête de Robert reposait sur les genoux de son ami qui sentait cette pauvre tête devenir glacée.

Enfin la chaloupe accosta l'*Étoile*, et chacun reprit un peu de force pour monter à bord. Les commandants, les officiers, au bas de l'échelle aidaient les blessés et les matelots.

Depuis le retour des compagnies, M. de Lestoures était dévoré d'inquiétude, navré de l'insuccès des troupes, pardessus tout du danger et de la perte presque certaine de ceux qui manquaient. Pour faire une nouvelle tentative à terre il fallait la permission du commandant en chef. Et puis, à six heures du soir, l'ordre avait été transmis à l'*Étoile* de rejoindre l'escadre de l'amiral Courbet, devant Kélung, dès l'aube le lendemain matin.

Jamais Jean n'oubliera ces heures d'angoisse qu'il a passées ce jour-là, cloué à bord par le devoir. Il avait senti alors à quel point Yvon lui était cher, et il était hanté par la pensée de la pauvre Marie-Anne, par celle de Leray, qu'il aimait aussi. Et puis ceux qui manquaient !

Duroc, d'un bout à l'autre de l'aviso, se promenait comme un lion en cage, donnant les ordres nécessaires, mais, pour la première fois de sa vie, jurant tous les jurons imaginables, et malmenant les hommes.

Quand tous furent à bord et qu'on put les compter, les cœurs étaient bien gros ! malgré la joie de retrouver vivants ceux qu'on croyait presque perdus, joie bien mêlée d'amertume, car il y avait les deux morts. On les porta à l'infirmerie et les blessés à côté d'eux. Dubois resta au carré, parce que ses blessures n'offraient pas de gravité.

Robert donnait à peine signe de vie, cependant lorsqu'on l'eut déshabillé et que ses plaies eurent été lavées et pansées par Yvon sous la direction du docteur, l'enseigne reprit connaissance et dit doucement :

« Merci, mon ami, va te reposer et manger, il me semble que tu es bien pâle. »

En effet, le pauvre Jossic une fois debout se trouva mal ; il n'avait encore pris aucune nourriture, et il ne pensait guère à lui ! Son commandant l'emmena dans l'office et lui fit avaler ce qui se trouva sous sa main, ensuite il le força à se coucher, promettant de veiller lui-même le blessé.

Yvon dormit dix heures de suite, sans qu'aucun bruit parvînt à le réveiller. Même l'appareillage de l'aviso ne le tira pas de son sommeil. Quand il se leva enfin, l'*Étoile* venait de mouiller devant Kélung, au milieu des bâtiments de la grande escadre, et non loin du *Bayard*.

M. de Lestoures alla saluer le commandant en chef. Il lui raconta ce qu'il savait de cette triste affaire de Tam-Sui, en ce qui concernait sa compagnie. L'amiral Courbet en était informé depuis quelques heures, aussi bien que de l'héroïsme du premier maître Jossic et de la bravoure des hommes qui l'avaient suivi, l'amiral Lespès ayant déjà envoyé son rapport dans la nuit.

Le commandant en chef se montra fort contrarié de cet insuccès. Mais, toujours maître de lui, poli et bienveillant, il se fit répéter en détail chaque épisode concernant l'*Étoile*, avec les noms des hommes qui, eux, méritaient toute son admiration, et il ajouta :

« Vous pouvez considérer le premier maître Jossic comme s'il était déjà officier, faites-lui remplir les fonctions d'enseigne puisque l'un des vôtres est si malade ! Je n'oublierai pas les autres hommes. Vous me les amènerez tous. Je serai particulièrement heureux de serrer la main à votre protégé. On est fier de commander à de tels hommes ! J'espère aussi, mon ami, que vous deviendrez capitaine de vaisseau à la fin de la campagne et que vous me forcerez à vous proposer pour ce grade. »

Jean retourna à son bord après avoir serré la main aux officiers du *Bayard*, très heureux des nouvelles qu'il rapportait, mais persuadé que si Leray demeurait toujours en danger, rien ne parviendrait à réjouir Yvon.

Quelques jours s'écoulèrent. On était au matin du dimanche 24 octobre; les officiers de l'*Étoile* groupés sur la passerelle attendaient leur commandant, appelé à bord du *Bayard*. Quand M. de Lestoures revint, dix heures piquaient, et l'inspection générale commença aussitôt.

Au moment où l'ordre allait être donné de rompre les rangs, le commandant monta sur la passerelle, un papier à la main en disant :

« Je suis chargé de faire une communication au personnel de l'*Étoile*. »

Et il lut :

« Le ministre de la marine et des colonies, par une dépêche télégraphique reçue hier, informe M. le vice-amiral commandant en chef l'escadre de l'extrême Orient que, sur sa demande, et après avoir pris connaissance de ses propositions au sujet du glorieux fait d'armes accompli par les maîtres, quartiers-maîtres et canonniers de l'*Étoile*, le président de la République a bien voulu, en date du 20 octobre 1884, signer les décrets suivants. Sont promus :

« Le premier maître canonnier Jossic, Yvon-Marie, au grade d'enseigne de vaisseau ;

» Le second maître, Durand, François-Louis, au grade de premier maître ;

» Le quartier-maître Kergris, Joseph, est décoré de la médaille militaire, ainsi que le quartier-maître Gros-Jean, de la *Triomphante*.

» L'amiral commandant en chef, continue le lecteur, m'a chargé en outre de vous annoncer qu'il a mis à l'ordre du jour de son escadre l'enseigne de vaisseau Jossic, le premier maître Durand, les quartiers-maîtres Kergris et Gros-Jean et les canonniers dont les noms suivent. »

Le commandant lut les noms des neuf matelots qui avaient pris part au fait d'armes, et ajouta :

« Après le dîner de l'équipage, j'aurai l'honneur de conduire à bord du *Bayard* ceux que je viens de nommer ; l'amiral désire leur remettre lui-même leurs croix et les décrets de promotion, et féliciter aussi ces braves marins dont il est fier d'être le chef et qu'il n'oubliera pas, le cas échéant. »

Alors éclatèrent des cris, des vivats, d'un bout à l'autre de l'aviso. Officiers et matelots partagèrent honnêtement la joie des camarades, sans préoccupations personnelles comme sans regrets égoïstes ! Tous se montrèrent franchement heureux !

M. de Lestoures serra la main aux canonniers et embrassa Yvon qui pâle, tremblant, ne pouvait parvenir à prononcer une parole. Les yeux du nouvel officier étaient pleins de larmes, et pendant qu'il rendait à chacun son étreinte, tous comprenaient la cause de cette émotion et la raison qui empêchait une si grande joie d'être complète. Hélas! dans le cours de notre pauvre vie, quel bonheur est jamais sans mélange?

Dubois, assis sur la passerelle, se trouvait encore trop éclopé pour faire du service, il avait un bras en écharpe, les cheveux rasés, avec de petits morceaux de baudruche collés sur le crâne et sur la face. Il se leva à son tour et courut serrer dans ses bras celui qui devenait son collègue, et il lui répéta pour la vingtième fois au moins :

« Si je suis vivant, Jossic, c'est à vous que je le dois! Sans ceux que vous avez entraînés avec vous, je flotterais, sur quelque rivière, en croix sur deux bambous! J'ai fait écrire tout cela à mon père qui vous bénira! »

Oui, c'était un bien beau jour pour notre héros! Mais comme son bonheur eût été plus complet et son ivresse plus douce si celui auquel il pensait sans cesse eût été là à ses côtés pour les partager!... Et Robert, là, sous le pont, chez le commandant, ne pouvait quitter son lit de douleur, où il demeurait étendu, amaigri, changé et d'une effrayante pâleur!

Lorsque les premiers instants furent passés, après avoir répondu aux félicitations de ses canonniers et serré toutes les mains tendues vers lui, Yvon s'approcha du commandant :

« Voulez-vous me permettre de descendre, dit-il, Leray doit se demander la cause de tous ces mouvements?

— Oui, répondit Jean, va, mon cher enfant! je suis si heureux que, pour quelque instants, je l'ai oublié, complètement à la joie du présent! Dieu sait pourtant ce que je donnerais pour que le pauvre martyr fût sur pied! »

Et il soupira.

C'était bien la vérité! Le commandant, agissant comme le

meilleur des pères envers le blessé, celui-ci abandonna son salon et sa chambre, afin qu'il ne fût jamais dérangé, quand par hasard il reposait; et il avait partagé avec Yvon les veilles et les soins.

Pendant les deux dernières heures, en réponse aux questions, aux éloges de l'amiral Courbet qui lui parlait de Jossic, M. de Lestoures ressentit une joie immense! En revenant du *Bayard*, il revivait dans le passé, il revoyait cet enfant encore tout jeune, sauvé sur une bouée, suivi, protégé, ensuite aimé et se montrant de plus en plus digne de son affection, à présent devenu officier avec un passé sans tache, qui, après avoir accompli deux belles actions d'éclat, était un homme d'action et de cœur, et un brillant avenir s'ouvrant devant lui.

Yvon descendit, et poussant la porte du salon, il entra tout doucement sans faire de bruit.

Robert avait les yeux ouverts :

« Qu'est-ce donc? demanda-t-il, à propos de quoi tout ce bruit! s'agit-il d'une victoire au Tonkin? »

Yvon s'approcha et, agenouillé au chevet du lit, il raconta tout. Alors une grande joie illumina les traits du malade et leur donna pour une minute l'apparence de la santé.

« Embrasse-moi, Yvon, je suis si heureux, mon ami, si complètement heureux! Dieu est bon de me donner encore ce bonheur en ce monde! »

Depuis plus d'une semaine Leray se rendait parfaitement compte de sa situation. Les premiers sondages, les premiers pansements avaient été horriblement douloureux. Comme il s'était défendu avec acharnement et avait lutté plus longtemps, il fut aussi plus maltraité qu'aucun des survivants de l'affaire de Tam-Sui.

Enfin après une semaine, pendant laquelle il accepta docilement tous les remèdes, un jour Robert déclara qu'il remerciait les médecins de tout son cœur; mais que pour lui, il demandait à ne pas continuer cette lutte inutile :

parce qu'il désirait être tout à ses amis jusqu'à la fin.

« Et quand je pense, ajoutait le malade, que je pourrais être à l'ambulance, loin de vous tous, mourant au milieu de figures étrangères ! Est-ce que je puis assez remercier le commandant qui a eu l'extrême charité de me garder et de me céder tout son appartement? »

Le temps restait beau, l'*Étoile* au mouillage remuait à peine. Aucun ordre encore n'avait été transmis à l'aviso touchant sa prochaine croisière.

Duroc, Yvon et M. de Lestoures quittaient Leray seulement pour faire leur service; les camarades aussi venaient constamment; mais le malade, s'il les recevait toujours avec un doux sourire, n'aimait à retenir que ses vrais amis! Yvon acquit bien vite l'adresse et la douceur d'une femme pour toucher ces membres endoloris. Petit à petit les mains refusèrent tout service et le malade ne pouvait plus prendre aucun aliment solide, il devenait de plus en plus faible, mais son intelligence demeurait intacte et sa joie était immense de voir son ami arrivé au but qu'il avait toujours souhaité lui voir atteindre.

« C'est si bon d'en être sûr, ajoutait-il. Depuis que je suis malade, c'était comme une obsession, cette crainte qu'on ne te donnât pas ce grade! Je remercie Dieu qui m'accorde cette joie. Vois-tu, je tâche de n'être pas ingrat et de faire mon sacrifice ! La vie eût été si belle, il me semble ! si j'avais continué de vivre poursuivant ma carrière au milieu de tous ceux que j'aime, de vous trois! tâchant de faire du bien. L'abbé m'a bien expliqué que ce n'est pas une faute de regretter la vie, pourvu qu'on ne murmure pas, et je me soumets de tout mon cœur ! Voyons, ne pleure pas, tu aurais les yeux rouges en allant voir l'amiral. Tu reviendras bien vite et nous ne nous quitterons plus. »

Le timonier avertit alors Yvon que le canot accostait. Duroc resta auprès du malade avec Capitaine. Le terre-neuve ne quittait pour ainsi dire plus son ami, et son maître était obligé de l'emmener de force pour prendre ses repas. Tout le reste du temps, assis contre le pied du lit, il observait tout ce qui se passait de ses yeux intelligents, que Leray comparait à ceux du second, « et sans vous offenser, Duroc », disait-il en riant.

CHAPITRE XIV

La mort de Leray. — Le blocus de Formose.

Duroc s'était pris d'une affection sans bornes pour celui qu'il se reprochait d'avoir mal jugé. Tous deux, restés seuls, causèrent comme deux frères.

« Je ne vous recommande pas Yvon, lui dit Robert; mais, quand je ne serai plus là, parlez-lui de moi, voulez-vous, et répétez-lui qu'il aura été ma dernière, ma plus grande joie au monde, et qu'il m'a fait beaucoup de bien. Ah ! que j'ai été heureux sur l'*Étoile!* »

Après un instant de silence il reprit :

« J'aurais pourtant bien voulu vous faire connaître ma sœur. Si vous pouviez lui dire que je l'aimais bien et que je vous parlais d'elle. Si cela était possible, je voudrais qu'elle vous vît quelquefois, vous, le commandant, Yvon et Mme Jossic. Ma pauvre mère élève si mal Lucie, tout en l'adorant, c'est le mot. »

Il s'interrompit, ayant entendu avant tous le bruit des avirons.

« Voulez-vous, Duroc, avoir la bonté de faire appeler mon matelot? »

Le matelot arriva presque aussitôt. Leray lui parla bas et ajouta :

« Tu as bien compris? arrange tout très bien et aide-le!

— Oui, capitaine, n'ayez crainte. »

M. de Lestoures, l'aumônier et Jossic, à leur retour, racontèrent que l'amiral avait été excellent pour les hommes, vraiment affectueux pour Yvon. Il désirait même le garder le dernier à dîner, ainsi que son commandant, mais comprenant pourquoi tous deux s'excusaient, il annonça qu'il reviendrait lui-même dans la soirée faire une visite à Leray. Ce n'était pas la première, d'ailleurs.

L'aumônier, comme il avait été convenu, allait donner l'extrême-onction au malade.

« Yvon, dit Leray, pendant que je cause encore un instant seul avec M. l'abbé, tu iras dans ma chambre, et là tu feras tout ce que te dira mon matelot; il a reçu mes ordres, va! »

Ce que Robert venait de commander à son domestique, c'était d'apprêter ses effets de grande tenue et d'aider le nouvel enseigne à les revêtir. Quand Jossic fut rappelé au salon, il semblait transformé, on aurait pu croire qu'il portait les habits d'officier depuis des années. Robert et lui étaient à peu de chose près de la même taille. Les deux amis s'embrassèrent.

Lorsque l'aumônier, sa mission accomplie, l'eut quitté et que tout eût repris son aspect accoutumé, Robert envoya son ami prendre son premier repas au carré. L'amiral Courbet arriva et fit la visite promise au malade, il partit ensuite les larmes aux yeux en répétant plusieurs fois :

« Au revoir, Leray, au revoir! »

Alors Yvon revint au chevet du lit, et pendant une heure avec lui, avec son commandant et avec Duroc, Robert

L'amiral Courbet arriva.

s'entretint de choses et d'autres, des rares qualités de l'amiral, de ses officiers, du blocus qui avait été décidé. Ils étaient là comme des amis, tranquilles, heureux de causer pendant une visite, et non pas comme des cœurs attristés qu'un mourant allait laisser derrière lui.

Yvon resta après le départ des commandants. Vers minuit, après avoir encore causé et pris même quelque nourriture, Robert s'endormit d'un sommeil calme avec la respiration égale. Yvon le regardait à la lueur d'un fanal : la figure de Leray était amaigrie au dernier degré et les yeux profondément enfoncés; malgré cela, Yvon conservait de l'espoir : lorsqu'on est très jeune, il est presque impossible de ne pas espérer.

A deux heures, Yvon dormait aussi, la tête appuyée sur le bord du traversin. Le malade s'agita et son ami aussitôt réveillé constata avec épouvante le changement qui venait de s'opérer. Quelle angoisse ! C'était donc la fin !

« Lis-moi les prières des agonisants, Yvon; l'abbé les a marquées. »

La voix de Robert paraissait venir de loin.

Yvon, par un grand effort, comprimant ses sanglots, lut dans le livre d'une voix d'abord inintelligible, qui alla peu à peu en se raffermissant. Le mourant répondait : « Amen », ainsi que Jean, qu'on avait été réveiller et qui était accouru.

Duroc arriva bientôt : déjà levé pour l'heure du lavage, il avait d'abord écouté à la porte du salon, il y entra en entendant parler.

Quand la pieuse lecture fut achevée, un spasme seconda celui qui entrait en agonie; mais il défendit à Yvon d'appeler le médecin.

« Non, mon ami, laisse-moi mourir avec vous trois seulement... »

Ses paroles étaient entrecoupées, à intervalles toujours plus prolongés.

« Merci à vous trois... Vous avez été si bons... Je vous aimais bien, et l'*Étoile*, notre *Étoile*... Vous direz à ma mère, à Lucie, à mes frères que je les aimais... Il faut qu'ils soient chrétiens aussi, dites-le à Lucie... Pardon à ceux que j'ai offensés... Mon frère Yvon, je prierai pour toi!... pour vous trois!... Dieu est bon... Que sa volonté soit faite!... Donnez-moi le crucifix du commandant. »

Quand le premier rayon du soleil levant entra dans le salon, la tête de Robert se renversa brusquement, ses yeux levés très haut semblèrent regarder le monde invisible.

Un missionnaire que connaissait M. de Lestoures vint prier toute la journée auprès de ce lit où Robert avait tant souffert.

La figure était devenue très belle avec ses traits reposés.

Tous en furent frappés, quand l'équipage de l'*Étoile* défila auprès du corps, sur lequel chacun à son tour jeta quelques gouttes d'eau bénite.

Duroc, dans l'après-midi, rappela au commandant la lettre que leur avait confiée Leray et dont il était peut-être urgent de connaître le contenu.

Jean alla chercher l'enveloppe et lut les lignes suivantes à haute voix.

« Mon cher commandant,

» J'ai déjà prévenu ma mère que, dans le cas où je ne reviendrais pas de cette campagne, c'est vous et Duroc qui lui apporteriez mes dernières volontés ; que vous êtes aussi mes exécuteurs testamentaires et que jusqu'à votre retour en France aucune disposition ne doit être prise en ce qui concerne ma fortune.

» Dès le moment où vous lirez ceci, je donne en toute propriété tout ce qui m'appartient à bord, effets, linge, armes, bibelots, argent comptant, à mon ami Yvon Jossic, premier maître canonnier en ce moment, mais qui, j'espère, sera officier, et auquel mes tenues pourront servir. Mon livre de chèques seul et les traites sur différentes maisons de banque seront tout de suite renvoyés à ma mère, ainsi que mes épingles de cravate et mes bagues, dont Duroc se moquait avec tant de raison.

» Je prie en outre Yvon Jossic de distribuer de ma part la somme renfermée dans mon portefeuille rouge à ceux des matelots qui auront quelque peine ou fatigue à cause de moi ou de ma dépouille mortelle.

» Enfin je vous remercie, commandant, ainsi que Duroc et de tout cœur, de l'indulgente bonté que vous m'avez témoignée.

» J'ai également prévenu ma mère de mon désir d'être enterré où vous jugerez que je doive l'être, si vous et Duroc en avez le choix ; mais là où il sera mis d'abord, qu'on y laisse mon corps en paix.

» Au revoir, mes amis bien chers. Rappelez à Yvon que je l'aimais beaucoup. Il m'a rendu meilleur en me rendant croyant.

» Robert Leray.

» 1er septembre 1884, en mer, à bord de l'*Étoile*. »

Cette lettre fut lue à Yvon, qui sanglotait.

« Quand je pense, disait Duroc, que j'ai méconnu Leray. »

M. de Lestoures était profondément triste ; mais il fallait agir. Il se rendit à bord du *Bayard*. On avait tout de suite signalé le décès au commandant en chef, qui se montra très ému des détails que Jean lui donna à ce sujet.

Le surlendemain, un des avisos de l'escadre devait quitter la rade de Kélung pour aller prendre du matériel à Saïgon et revenir ensuite. L'amiral Courbet et M. de Lestoures convinrent de demander au commandant de cet aviso s'il voulait se charger de transporter les restes de l'enseigne à Saïgon pour y être déposés en terre française.

Le commandant, appelé à bord du *Bayard*, accepta cette triste mission, et ce qu'on avait décidé s'exécuta de point en point.

Le surlendemain, l'aumônier célébra le service des funérailles, avec la messe, sur le pont de l'*Étoile*, devant tout l'équipage, auquel s'étaient joints l'amiral Courbet et son chef d'état-major. La figure décomposée de Jossic faisait pitié. Et bien des larmes coulèrent sur ces visages bronzés, lorsque le prêtre rappela en quelques paroles émues la mort glorieuse et la fin chrétienne de celui qui les avait quittés, mais pour les revoir un jour tous, avec l'aide de leur Créateur.

Après l'absoute, le cercueil fut déplacé; ce cercueil était en plomb, renfermant une grande caisse en bois de camphrier. Des matelots chargèrent ce fardeau sur leurs épaules pour le déposer dans la baleinière du commandant, amenée sur le pont, à tribord. Avec l'aide de palans et de poulies, au coup de sifflet d'un quartier-maître, l'embarcation descendit sur l'eau, et au même instant une chaloupe à vapeur accosta et lui donna sa remorque.

Dans la chambre de la baleinière, excepté ceux qui étaient retenus à bord par le service, tous les officiers de l'*Étoile* vinrent se placer avec l'aumônier et les commandants. Ils accompagnèrent jusque sur le pont de l'aviso en partance cette caisse cachée sous des pavillons français.

Je n'essayerai pas de vous peindre la douleur de notre héros. C'était son premier grand chagrin depuis son enfance. Il mettait à souffrir toutes les forces d'un homme fait que le malheur n'a pas encore visité : écrivant des lettres désolées qu'il n'envoyait pas ensuite, jugeant qu'elles seraient navrantes pour sa mère; n'ayant goût à rien, pas même à son métier; passant les nuits où il n'était pas de quart à regretter et à revivre dans le passé.

« Si j'étais descendu plus vite à Tam-Sui, se disait-il, il aurait peut-être suffi d'un quart d'heure. »

Bientôt il fut obligé de ne parler de sa peine qu'aux

commandants. Les autres, au carré, désiraient oublier et s'entretenir de sujets plus gais.

« Eh, que diable ! lui répétait le docteur, on ne vit pas avec les morts, mon pauvre ami, mais avec les vivants. Ce n'est pas digne d'un homme, cette douleur exagérée. Est-ce que vous n'êtes pas consolé par cette épaulette si bien gagnée ! Qui vous eût dit cela il y a deux ans ? »

Le commandant chargea Yvon de faire des sondages et l'hydrographie de la rade, des rapports ensuite. C'était pénible, fatigant au possible ; mais forcément l'esprit restait occupé et le corps surmené reposait quelquefois.

Ensuite les quinze bâtiments formant l'escadre de l'extrême Orient commencèrent et poursuivirent le blocus de l'île de Formose.

Ce fut une rude tâche dans ces mois d'hiver, de novembre à avril, par la mousson de nord-est où les tempêtes et les bourrasques se succédaient sans interruption. Pas un jour, pas une nuit de repos complet. L'escadre réussit à empêcher les renforts de parvenir, elle arrêta les bâtiments chinois qui essayaient de secourir les places que nous bloquions.

A cause de sa marche rapide, l'*Étoile* était constamment envoyée en mission par l'amiral Courbet. Elle parvint à capturer un bâtiment qui avait réussi à forcer les passes. M. de Lestoures fut mis au tableau d'avancement à la suite de ce brillant fait d'armes.

Quelques mots sur la fin du blocus et la prise des îles Pescadores.

De ces îles, situées entre Formose et la côte chinoise, partaient souvent pendant le blocus des troupes et des munitions qui ravitaillaient l'île bloquée par l'escadre française. La conquête du groupe des Pescadores était donc de toute utilité si la guerre devait continuer. L'amiral résolut de l'entreprendre aussitôt que diminueraient les coups de vent de la mousson de nord-est.

Le 29 mars donc, l'escadre prit position dans la baie du

Dôme, ensuite dans celle de Poughéou. Là son artillerie battit en brèche et démonta le fort de Makung, puissamment armé de canons Krupp, que le tir de nos vaisseaux mit en pièces. Le *Bayard* ouvrit le feu. L'*Étoile* se distingua particulièrement à côté du *Duchaffaut*, de la *Vipère* et du *d'Estaing*.

Les compagnies de débarquement de ces navires furent mises à terre avec deux bataillons d'infanterie de marine. Elles délogèrent les défenseurs des forts. Appuyées par les canons de la *Triomphante* et du *Bayard*, les troupes exécutèrent avec autant de succès que d'audace le plan conçu par l'amiral.

Les marins fusiliers de la *Triomphante*, du *Bayard* et de l'*Étoile* terminèrent brillamment la dernière journée (31 mars), en attaquant un plateau défendu par de nombreux soldats chinois qui ne reculaient que pied à pied. La position avait été enlevée avec ordre et entrain et sans perte sérieuse de notre côté. La compagnie de l'*Étoile*, commandée par l'enseigne de vaisseau Jossic, fut très remarquée et louée par le commandant en chef.

Un gros de Chinois délogé se retirait en bon ordre et était déjà presque hors de portée, lorsque Jossic et ses fusiliers s'élancèrent à sa poursuite. La troupe ennemie fut atteinte, cernée par les nôtres, après un combat à l'arme blanche, où le mandarin qui la commandait resta sur le carreau, ainsi que plusieurs de ses soldats. Yvon reçut une légère blessure au front.

L'amiral alors demanda pour lui la croix de la Légion d'honneur, qu'il attacha sur la poitrine de l'enseigne, en présence de M. de Lestoures. C'était la veille du départ de ce dernier : Yvon et son cher commandant avaient été invités à bord du *Bayard*.

« Vous ne pouviez rêver un plus beau jour pour votre fils, disait Yvon dans une lettre adressée à sa mère, l'amiral me parlant affectueusement, et cette croix, l'ambition de tant d'autres. Ah ! si Robert eût été là ! »

Le 14 février précédent, on avait su qu'une escadre chinoise venait de quitter le port de Tchékiang. Le *Bayard* et le *Nielly* prirent sa chasse aussitôt et furent sur le point de l'atteindre. L'amiral Courbet, monté sur le *Nielly*, espérait que les Chinois accepteraient le combat ; mais ils n'étaient pas assez braves pour en tenter les chances, et, favorisés par une brume épaisse, leurs vaisseaux se réfugièrent dans le fond de la rivière de Ningpo.

Un de nos croiseurs vit une frégate et une corvette ennemies s'engager dans les passes du port de Cheïpou. Le *Bayard* et l'*Étoile* vinrent mouiller en dehors de ces passes. Une embarcation du vaisseau amiral, pendant la nuit, arriva hardiment reconnaître la place exacte des bâtiments chinois. La nuit suivante, un aide de camp de l'amiral Courbet, M. Ravel, monté sur une baleinière, devança et guida deux chaloupes jusqu'au fond du port. Ces chaloupes avaient été rapidement installées en porte-torpilles : l'une commandée par le capitaine de frégate Gourdon, du *Bayard;* l'autre par le lieutenant de vaisseau Duroc, de l'*Étoile*. La baleinière se porta en arrière pour diriger de nouveau les chaloupes hors des passes, lorsqu'elles reviendraient, si elles revenaient.

Les deux canots s'avancent à toute vitesse, sont reconnus, éclairés par instants à la lumière électrique, comme en plein jour, et deviennent le point de mire d'un feu nourri de mousqueterie et de grosse artillerie. Sans ralentir une seconde leur mouvement en avant, nos chaloupes arrivent presque simultanément l'une à l'arrière, l'autre sur le flanc de la frégate, à laquelle alors chacune lance sa torpille. Une des chaloupes se sent accrochée par sa hampe à l'arrière de l'ennemi; elle parvient à se dégager sous le feu de la frégate qui atteint seulement deux hommes.

Nos chaloupes alors virent de bord et, entraînées par un courant rapide, s'en vont en dérive, passant loin de la baleinière qui les attend et les cherche vainement jusqu'au jour ; enfin M. Ravel se décide à aller rendre compte à l'amiral, qui reste sans nouvelles jusqu'à quatre heures de l'après-midi dans l'anxiété la plus grande.

A quatre heures la *Saône*, croisant au large, rencontra les deux chaloupes à bout de charbon avec leurs équipages exténués, mourant de soif et de faim. Un seul homme avait été tué, un autre blessé. Officiers et matelots, amenés sur le *Bayard* y reçurent une ovation et les félicitations de l'amiral : ce fut là un des plus hardis coups de main de la campagne.

Un officier avec une petite embarcation, la nuit suivante, put reconnaître la frégate couchée sur le flanc. C'était le *Yu-yen*, superbe navire de 3400 tonneaux, monté par six cents hommes, armé de vingt-trois canons nouveau modèle et de mitrailleuses Nordentfelds. La corvette fut reconnue aussi, coulée également, mais par le tir du *Yu-yen*, qui pointait sur elle, dans l'obscurité, en croyant viser des torpilleurs imaginaires; et ceux qui l'abordaient étaient aperçus trop tard, lorsque leur audacieuse entreprise avait déjà réussi.

La corvette se nommait le *Tcheng-king*, armée de sept canons de 16, nouveau modèle, avec cent soixante hommes d'équipage. Ce bâtiment était l'un des derniers construits dans l'arsenal de Fou-Tchéou.

M. Duroc fut alors promu au grade de capitaine de frégate. L'amiral Courbet n'oublia pas les autres officiers et matelots qui avaient pris part à ce brillant coup d'audace.

On affirmait à Pékin que la grande escadre chinoise devait faire lever le blocus de Formose, en peu de temps, sans coup férir. Le reste de cette escadre, saisi de terreur, s'était réfugié dans une sorte de souricière, coulant derrière elle des chalands, des blocs de pierre et des chaînes à l'entrée du port de la ville de Chinhae ; cette ville est située à l'embouchure de la rivière Hung, laquelle passe à Ningpo, à peu de distance de Chinhae. Ces navires chinois à l'ancre dans le port de la première de ces villes n'en pouvaient plus sortir,

Les canots s'avancent.

bloqués eux-mêmes par les obstacles qui empêchaient nos vaisseaux de les y poursuivre.

Le *Nielly* mouilla aussi près que possible du port de Chinhae; l'amiral Courbet, à bord de ce navire, put apercevoir le haut des mâts des vaisseaux chinois, immobilisés derrière un barrage inextricable.

Le *Nielly* accomplit les missions les plus difficiles pendant toute la durée du blocus; ce grand croiseur était commandé par un capitaine de vaisseau, M. Dorlodot des Essarts, à qui le commandant en chef témoignait une estime particulière.

Une des qualités de l'amiral Courbet, qualité qui caractérise tous les grands généraux, c'était de bien chosir son état-major, en premier lieu, ensuite de discerner promptement les officiers les plus capables et leurs aptitudes diverses, afin de tirer de tous et de toutes le meilleur parti possible.

Les commandants de nos navires restaient toujours en alerte, obligés de veiller sans relâche à cause des coups de vent, et donnant la chasse aux bateaux chinois sans un jour de repos.

Plusieurs succombèrent à ce rude métier ou furent enlevés à la fin de blocus par la maladie qui trouvait là des sujets tout préparés; parmi ceux-ci M. Martial, capitaine de frégate, commandant du *Champlin*, officier des plus distingués.

Les ambulances, les hôpitaux aménagés à la hâte étaient bien imparfaits, ils se remplissaient et se vidaient tour à tour. Et souvent les remèdes les plus indispensables firent défaut. Le lait, même le lait concentré, manquait sans cesse.

L'amiral Courbet et les officiers auxquels il donnait l'exemple visitaient les hôpitaux et encourageaient les malades. L'amiral, lorsqu'il pouvait descendre à terre, avait des paroles d'espoir pour tous ceux qui souffraient. Profondément atteint lui-même, il accomplissait encore ce grand devoir.

Le commandant en chef s'éteignit à son tour. L'un des derniers, on le coucha dans les plis de ce drapeau qu'il avait glorieusement relevé pour le planter à Son-Tay, à Fou-Tchéou, à Kélung, aux îles Pescadores.

L'amiral Courbet aimait son pays avec passion, et plus tard, devant d'autres ennemis, il eût sans aucun doute porté son pavillon plus en avant, plus utilement pour la France.

CHAPITRE XV

Un cyclone dans le golfe d'Aden.

Le 1er juillet 1885, dans le golfe d'Aden, un aviso de guerre français tenait la cape, ayant dépassé et reconnu le cap Gardafui dès la veille. La dernière relâche de ce bâtiment avait été Colombo de Ceylan. Pour prendre les vents favorables, il gouverna d'abord au sud, à un degré nord, remontant ensuite pour entrer dans le golfe d'Aden.

En reconnaissant le cap, le commandant n'était pas sans inquiétude, car le baromètre subissait des variations trop rapides. Cependant le vent restait encore modéré. Si une perturbation se préparait, on pouvait espérer la devancer et arriver avant elle à Aden.

Mais dès le matin du 1 juillet, à l'aube, la brise de nord-est soufflait en coup de vent, les nuages s'amoncelaient, d'une couleur sale de cuivre rouge terni ; les lames courtes, vertes, frangées de blanc se heurtaient d'un choc plus rapide et plus violent à chaque minute. Une buée épaisse, et très chaude, entourait le navire. L'atmosphère saturée d'électricité achevait d'énerver les hommes, dont l'anxiété était visible, parce que l'aiguille du baromètre s'abaissait à vue d'œil, en quelques heures, de 765 à 740. Un cyclone passait tout près; à ces signes le commandant n'en pouvait douter. Le centre en devait même être proche. C'était une surprise terrible, des plus rares en cette saison où la brise du sud-ouest règne en général avec une grande régularité. Dans cet espace resserré, ce cyclone offrait encore plus de danger à l'aviso qu'il surprenait.

Le commandant n'ayant pas le temps de s'éloigner, se décida à prendre la cape tribord amures, à la vapeur, en s'aidant d'un morceau de son artimon consolidé par des renforts.

Toutes les précautions furent prises à bord avec sang-froid et promptitude, les mâts calés, les panneaux cloués sauf un, tout ce qui pouvait être fixé avait été solidement amarré. On ne circulait en haut qu'avec des filières (les bouées sont toujours disposées à être lancées). On attendait, essayant en vain de percer avec les lorgnettes cette buée chaude devenue dense comme le plus épais brouillard.

Le matin, officiers et matelots espéraient bien être à Aden le jour suivant. A présent qui sait où et quand on atterrira. Plusieurs des hommes en exécutant les manœuvres font un signe de croix et promettent un cierge à Notre-Dame de Bon-Secours.

Bientôt la brise tombe, la mer devient très hachée.

« Voilà que nous sommes dans le centre du cyclone », dit tranquillement le commandant à son second.

Le premier a beaucoup pâli, quoiqu'il reste fort calme. Tant de vies dépendent de si peu de chose; et la responsabilité est grande.

Tout à coup un éclair aveuglant qu'accompagne, sans intervalle, un coup de tonnerre effroyable. La foudre serait-elle tombée là-haut? se demande-t-on dans le faux pont et au carré. En bas, comme sur le pont, la chaleur devient presque insoutenable. La pluie tombe à torrent, une de ces pluies dont on ne peut se faire idée rend la circulation encore plus difficile.

Un paquet de mer s'abat sur le pont comme soulevé par une puissance souterraine, car il n'y a plus de très grosses lames. Cette lame arrivée par tribord enlève tout ce qu'elle rencontre : une baleinière, des basses vergues, un morceau de bastingage. Il est impossible à côté de s'assurer si des hommes manquent. On se comptera plus tard, si l'on se compte.

Enfin la pluie tombe moins drue, un rayon de soleil terne et blanc éclaire un instant, faisant une trouée dans la buée chaude à l'arrière de l'aviso.

Qu'est-ce que ce rayon a démasqué? Un immense fantôme blanc ayant ses pieds dans les profondeurs de la mer et dont la tête semble dépasser de beaucoup les nuages. Cela suit le bâtiment et marche avec une vitesse peut-être de vingt nœuds à l'heure.

On ne peut donc songer à fuir. D'ailleurs le cyclone n'est-il pas là aussi, et n'est-on pas sûrement perdu en arrivant vers ses bords?

Les marins connaissent bien le nom de ce grand fantôme. Beaucoup ont déjà aperçu ses frères, mais de plus loin. Un grand nombre se sont tus à jamais de ceux qui ont fait cette rencontre.

C'est une trombe et, par une chance fatale, celle-ci accompagne le cyclone. Un miracle seul sauverait le navire entraîné par les remous que produit le second de ces phénomènes, dans un mouvement de rotation qui s'accélère toujours : une rapidité sans nom.

Lorsqu'après des jours, des semaines d'attente et d'angoisse, les parents, les amis ne recevront pas de nouvelles du *Monge* et du *Renard*, on leur dira que ceux-là ont été saisis dans les bras du grand fantôme blanc, ou bien entraînés dans les cercles du cyclone.

D'autres marins, ayant navigué plus loin dans les mêmes parages, en arrivant au port racontèrent que tel jour, par telle latitude, ils avaient passé sur les bords extrêmes d'un cyclone, aperçu une trombe dans les mers du Japon, de la Chine, dans l'océan Indien ou le golfe d'Aden.

Le 1er juillet, la trombe fut signalée trop tard pour qu'on songeât à la fuir, même en risquant d'aller à toute vapeur sur cette mer démontée. On serait toujours atteint le danger dépassait toute prévision.

Il reste une faible chance de salut, et le commandant a pris sa résolution. Il s'adresse à l'officier de quart :

« Faites charger le gros canon de l'avant, prêt à tirer au commandement. »

L'enseigne hésite, car cela paraît presque impossible d'arriver à l'avant, même avec les filières, et de donner des ordres aux servants.

« Allez donc, monsieur, répète le commandant d'une voix terrible, et si un, deux hommes sont enlevés, qu'on les remplace. Faites-vous attacher. Enfin, obéissez et promptement. »

L'officier se précipite.

L'un des canonniers comprend ; c'est un vieux quartier-maître, il sait que ce qu'on va tenter a quelquefois réussi.

« Mais hâtez-vous donc, mille tonnerres, tas de soldats ! » répète-t-il aux servants terrifiés qui n'arrivent pas à manœuvrer.

Enfin, c'est fait et prêt.

« Machine en avant, bâbord toute ! à toute vitesse ensuite ! » crie le commandant.

On perd un peu en virant, mais on vire. A présent, on court au-devant du fantôme, à ce qu'il semble. En effet, le cap a été mis sur cette immense muraille qui se dresse et dont on se rapproche à chaque tour de l'hélice. La muraille n'est plus qu'à cent mètres environ. La distance diminue encore.

« Feu ! » crie le commandant.

Un coup de canon ébranle l'air. Des montagnes d'eau s'abattent de tous côtés. Et l'on n'aperçoit plus rien que des cataractes tombant dans la mer. Les eaux réunies, il semble que le chaos règne de nouveau sur le monde.

Le bâtiment a-t-il pu franchir les redoutables cercles? S'en est-il éloigné alors? Ou bien a-t-il été englouti?

On l'attendait à Aden vers le 2 ou le 3 juillet, le 8 on n'en avait aucune nouvelle encore!

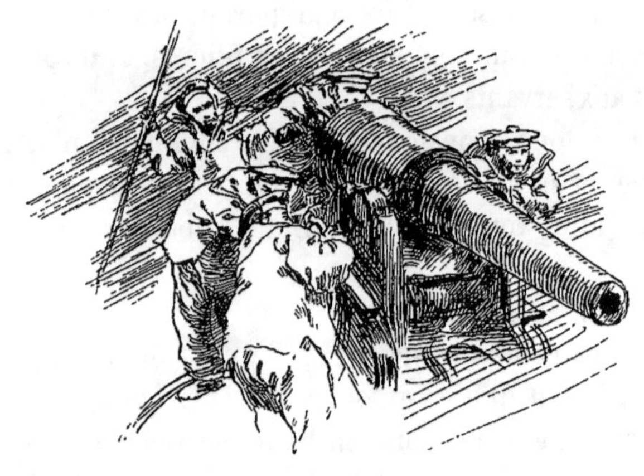

CHAPITRE XVI

D'Aden à Cherbourg.

Encore une fois la mer Rouge. L'*Étoile* venait de quitter Aden le 12 juillet 1885, son pavillon en berne, à mi-mât en signe de deuil. Le grand amiral était mort, ainsi le nommaient les matelots de son escadre. Il avait succombé le 11 juin, la maladie ne trouvant plus de résistance dans cette organisation usée par les excès de travail et les fatigues inouïes supportées pendant cet hiver néfaste.

La nouvelle tomba comme un coup de foudre à bord de l'aviso. Quelques rumeurs en couraient déjà à Ceylan; mais personne n'ajoutait foi à ces bruits. A présent ce n'était que trop vrai. A Aden le triste événement avait près d'un mois de date. Et en montant cette mer brûlante, tous pensaient que la joie du retour serait bien gâtée.

Il fait encore horriblement chaud, mais sans ce vent du désert qui ajoute tellement aux souffrances. Pas de nuages de sable, cette fois, c'est beaucoup. On se trouve un peu fait aussi à tous les climats. On en a subi de tant de sortes. Et puis, chaque tour de l'hélice vous rapproche du pays.

Les matelots se montraient d'une gaieté presque folle en quittant Saïgon, lorsque le départ ne pouvait plus être contremandé. Jusque-là on n'osait pas y croire.

Pour les officiers, la mort de l'amiral Courbet est une perte immense. Jossic croit qu'il ne s'en consolera jamais. L'amiral s'était montré si bon, si affectueux pour le jeune enseigne. Et quel chef ! chacun dans son escadre eût volontiers sacrifié sa vie pour sauver celle de l'amiral.

Yvon pensait à tout cela, et ce deuil ravivait une douleur encore bien aiguë. Cependant cette guerre avait été fort utile à Jossic. Parti presque matelot, il revenait officier et décoré. Quel beau rêve s'est réalisé pour lui, et qu'il serait heureux si... Ah ! oui, on serait heureux si les épreuves n'étaient pas la loi de cette vie.

Les hommes réveillés rangent leurs hamacs sans beaucoup de courage et en silence, ils ont trop chaud ; aussi a-t-on simplifié leur besogne le plus possible. Le soleil se dégage lentement des buées chaudes de l'horizon, il faut se hâter de tendre les tentes et les tauds. Encore une brûlante journée à traverser, mais Suez approche ! Le commandant en second a fini sa besogne, il achève son quart, appuyé sur un bastingage de l'arrière, regardant sans le voir le paysage fuyant, et les bâtiments qui passent en sens inverse de l'aviso.

Yvon ne se doute pas qu'il est immobile depuis deux heures et que ses yeux sont pleins de larmes, lorsqu'une main, celle de Duroc, le tire de sa rêverie en se posant affectueusement sur son épaule.

« Allons, mon ami, dit Duroc, allons, pensez un peu au bonheur de ceux qui vous attendent ! Vous allez retrouver votre mère, bien d'autres n'auront plus cette joie. Oui, je sais avec qui vous étiez et où se portaient vos regrets. Quelle année, bon Dieu ! Pauvre amiral ! pauvre Leray ! Et combien d'autres ? »

Et Duroc, à son tour, regardait dans le vague, livré à de tristes souvenirs. Après quelques instants :

« Il ne faut pas être ingrat, mon ami, dit-il, car c'est un merveilleux hasard que nous nous soyons tirés du terrible cyclone du 1er juillet. En essayant l'effet de ce coup de canon, je faisais une tentative désespérée et une courte prière mais qui en valait bien une longue.

— Moi aussi, répond Yvon, je pensais bien que nous étions perdus ! Et ensuite, pendant que nous fuyions sous le vent, par cette tempête, ignorant où nous étions et où nous allions ! Quelles heures et quelles nuits ! Cependant on les oublierait vite sans ces trois pauvres matelots enlevés d'un coup de mer ! Je serai pourtant bien soulagé, commandant, lorsque j'aurai une réponse à mon télégramme d'Aden, où j'annonçais notre arrivée à ma mère.

— J'ai également télégraphié à ma sœur; mais j'espère que chez elle et en Bretagne on n'était pas encore informé de cette semaine de retard. Allons, Jossic, votre quart est fini, venez déjeuner avec moi avant que cette maudite chaleur nous coupe l'appétit. »

Ces années 84-85 avaient laissé une empreinte qui s'effacera difficilement sur tous ceux qui prirent part à la guerre du Tonkin et de Chine. Aisément on donnerait à Yvon deux ou trois ans de plus que son âge, un pli restait creusé entre ses sourcils; son visage était très brun, une ligne blanche exceptée, à la place garantie par la casquette. Une barbe très épaisse et plus noire que les cheveux rendait sa physionomie moins douce. Cependant Yvon n'avait jamais été sérieusement éprouvé dans le cours de ce rude hiver précédent.

Regardons sur le pont et à l'intérieur de l'*Étoile*, les mines sont loin d'être brillantes. Pas un homme qui n'ait plus ou moins maigri; beaucoup paraissent flotter dans leurs habits, leurs yeux semblent s'être agrandis, et un ton jaune domine sur tous les visages, sous le hâle qui les a brûlés. Et puis ces horribles barbes !

Quant à Duroc, il est un des seuls qui aient le menton rasé et de frais ! Toujours propre et toujours ganté. Quoi qu'on fasse il a constamment l'air de sortir du bain, ses vêtements ont été bien brossés, ses cheveux courts sont un peu humides du dernier lavage ! Maigre jusqu'à la dernière limite du possible, avec son long cou, sa tête fine et ses yeux énormes, il rappelle de plus en plus don Quichotte auquel le compare souvent Mme de Kéralec. Il n'est pas beau, mais il plaît et il ne ressemble à personne, si ce n'est au héros de la Manche ! Comme lui, on le trouve constamment prêt à se battre contre les moulins à vent, si ces moulins en veulent à ses convictions ou à ses amis. Et ceux-là peuvent tout lui demander, jamais il ne refuse de rendre un service ; jamais il n'exige de reconnaissance pour un service rendu. Il a été dupe, il le sera encore, mais cela lui est parfaitement égal ! Il a eu des chagrins, il a rencontré des ingrats ! il a vivement senti et il a souffert, mais les épreuves l'ont rendu meilleur et plus indulgent. Il n'est pas bavard. En revanche il sait écouter les histoires les plus invraisemblables, les récits maritimes les moins véridiques racontés par de vieux capitaines de vaisseau ! « Pauvres gens, dit-il lorsqu'on s'en étonne, puisque c'est leur seul plaisir, pourquoi les en priver ? »

Lorsque Duroc commande, il reçoit plus de vingt lettres de jeunes officiers dont chacun lui demande à être son second. Il a toujours aimé Jossic ; mais depuis Formose il lui dit quelquefois en riant :

« Qu'est-ce que nous allons faire de vous, lorsque le commandant de Lestoures et moi ne naviguerons pas ensemble ? Nous voudrons tous deux vous prendre au choix, Jossic ! »

Que de changements à bord de l'*Étoile*, depuis que nous l'avons laissée en rade de Kélung à la fin d'octobre.

Le commandant de Lestoures avait été promu au grade de capitaine de vaisseau, après la conquête des îles Pescadores, son bâtiment ayant été l'un des premiers à la prise des forts de Makung. Mais à son grand regret Jean dut quitter l'escadre quelque temps après, vers la fin d'avril; sa santé se trouvant très ébranlée, il n'était que temps pour lui de revenir en France. Il dit donc adieu à cette *Étoile* qu'il aimait et qu'il avait conduite au feu, à ses officiers qui tous lui étaient profondément attachés. Quoique dissimulée, l'émotion fut très vive lorsqu'ils se séparèrent.

M. de Lestoures proposa alors à Yvon de ramener Capitaine en France. « Si la campagne durait encore longtemps, dit-il, le pauvre chien y succomberait, j'en ai peur. Cette vie sédentaire lui est mauvaise, il peut à peine se baigner, et puis, vois-tu, Jossic, comme il s'ennuie quelquefois depuis la mort de Leray? il joue à peine. Ces énormes bêtes ont besoin d'un autre genre de vie. En Bretagne il se remettra, comme moi, j'espère. » Yvon se rendit à ces raisons; mais Capitaine lui avait bien manqué ensuite.

Duroc, qui venait d'être promu capitaine de frégate, remplaça M. de Lestoures sur l'*Étoile*. Par le même décret l'enseigne Dubois nommé lieutenant de vaisseau devint commandant en second de l'aviso, il garda ce poste pendant quelques semaines. Le 20 mai, arriva de Paris l'ordre de renvoyer l'*Étoile* en France, à Toulon, pour y désarmer; alors l'amiral Courbet proposa à Dubois le commandement d'une canonnière pour remplacer un officier qui rentrait malade. Dubois accepta et emmena pour être son second un des enseignes du bord. L'autre enseigne dut presque en même temps entrer à l'hôpital. Ces trois officiers furent remplacés par un enseigne promu quinze jours après Jossic; et par deux aspirants de première classe sur le point de passer au grade supérieur.

Yvon se trouvait donc le plus ancien officier embarqué sur l'*Étoile*, et faute de lieutenant de vaisseau disponible, il devint pour le ramener en France et par la force des choses le second de cet aviso sur lequel il était parti presque matelot. Le commissaire de l'*Étoile* avait été remplacé ainsi que plusieurs matelots, en cours de campagne. D'autres, hélas!

dormaient de leur dernier sommeil dans le triste cimetière de Kélung, d'autres encore avaient été engloutis par la grande mer.

A Port-Saïd, le commandant reçut l'ordre de ramener son bateau, non plus à Toulon, mais à Cherbourg : grande déception! tout le personnel nouvellement embarqué provenant du premier port. Pendant quelques heures ce fut comme un concert de plaintes parmi les officiers et les hommes de Toulon auxquels se joignaient ceux de Brest.

La mesure cependant n'était que sage. Le choléra, de nouveau signalé dans le Midi, eût vite fait des victimes parmi cet équipage fatigué et anémié.

On reçut un courrier, le premier depuis Saïgon.

Marie-Anne ne pouvait croire à tant de bonheur. Revoir après deux ans, embrasser, tenir auprès d'elle ce fils pour lequel elle avait tant souffert, tant prié durant cette guerre. Cela lui paraissait à peine croyable, elle comptait les jours et les heures qui la séparaient encore de celui du retour!

CHAPITRE XVII

Regards en arrière.

Un soleil resplendissant, énorme, paraît à l'horizon. Nous sommes au 12 août. Un aviso peint en blanc entre dans le passage de la Déroute, partie de la Manche située entre la terre et les îles normandes.

La mer est unie comme un miroir, une petite brume transparente court sur ses eaux calmes. Qui se douterait en ce moment que ces eaux-là peuvent se mettre en fureur? Les jours précédents encore, une vraie tempête avait passé sur l'Europe et rudement secoué l'*Étoile* qui remontait alors le golfe de Gascogne où elle s'était vue forcé de prendre la cape.

En cette saison les bourrasques durent peu, et depuis que le bâtiment est en Manche il semble que la mer n'ait jamais eu de colères.

Yvon, seul officier debout, venait de prendre le quart, celui que fait le second, s'il n'est pas officier supérieur, de quatre heures à huit heures du matin. Tout en veillant sur la passerelle, ses pensées s'en allaient bien loin, évoquant le temps écoulé depuis que le *Trident* quittait Cherbourg en 78. Quelles années occupées, heureuses aussi pour sa mère et pour lui ! Et quelle reconnaissance ils doivent à cette famille qui les a adoptés ! Et puis la guerre passait devant ses yeux, avec ses jours de fièvre, de combats, de succès, avec ses terribles souvenirs et ses deuils.

Maintenant approchaient les joies du retour, sa mère qui serait là, bientôt ! Yvon l'espérait quoiqu'elle ne l'eût pas écrit. Si Robert vivait, quel bonheur !

Un timonier rappela notre ami à la réalité.

« Capitaine, dit-il, on signale Aurigny.

— Oui, nous côtoyons l'île verte ! Réveillez le commandant. »

Celui-ci ayant passé plusieurs nuits sans se coucher, à cause du mauvais temps, dormait, à bout de forces.

Tous étaient terriblement fatigués à bord. Plusieurs matelots et un enseigne avaient dû être exemptés de service.

Lorsque Duroc monta à côté de son second, l'aviso venait déjà de dépasser Aurigny. Voilà le petit port d'Osmonville et le fort de Querqueville. On longeait la digue et l'*Étoile* entrait dans la rade enfilant la passe de l'Ouest, elle mouillait bientôt à la place marquée par une embarcation de la direction du port.

La matinée restait admirable. Tous les officiers se groupèrent sur la passerelle. Il y avait peu de bâtiments sur rade. Le regard embrassait le port militaire et ses constructions, que de hautes mâtures dépassaient. Dans l'est, on apercevait la montagne du Roule tout ensoleillée. Ce paysage familier à plusieurs ; il leur semblait cependant que les détails en étaient nouveaux. Un ciel et des eaux très bleus avec cela.

« On se croirait à Toulon, té, bien sûr ! on aura changé le climat de Normandie ! affirma le docteur.

A présent, il faudra déjeuner vivement, au carré et chez

le commandant. Celui-ci revêtu de sa grande tenue ira faire les visites obligatoires aux autorités. Les officiers libres descendront, les permissionnaires aussi, et cela faisait soupirer le lieutenant car il avait hérité, depuis qu'il était second, des idées de Duroc, à propos des bordées.

Yvon ne pouvait songer à quitter son bord, il restait trop de choses à terminer avant que l'*Étoile* entrât dans l'arsenal pour le désarmement.

On n'avait reçu aucune nouvelle depuis Alger ; le vaguemestre s'était rendu à la poste.

Le déjeuner s'achevait au carré.

« Capitaine, dit un timonier en s'adressant à l'officier de quart, la baleinière du commandant est accostée et une embarcation du *Coligny*[1], se dirige vers nous, il y a un officier supérieur dans la chambre. »

Yvon monte l'escalier quatre à quatre. Il regarde, son cœur bat !

Une dame se trouve dans l'embarcation, il ne doute pas une seconde, cette dame, en effet c'est sa mère avec son cher commandant et Capitaine entre les deux ! Il n'espérait pas les revoir si tôt !

Ni Marie-Anne ni son fils ne surent jamais comment la première monta sur le pont de l'*Étoile*, ni par suite de quelles circonstances tous deux, la minute suivante, se trouvèrent dans les bras l'un de l'autre, tandis que Duroc fermait sur eux la porte de son salon.

Duroc a embrassé son ancien commandant. Ils sont fort émus. Les deux officiers restent ensuite sur le pont, qu'ils arpentent tout en causant de la mort de leur amiral, de tout ce qui l'a précédée, suivie, de leur *Étoile* et aussi du cyclone qu'elle a traversé dans le golfe d'Aden ! Jean s'en fait raconter les moindres détails.

« Et Jossic ? demande M. de Lestoures, est-ce qu'il remplit

1. Bâtiment de guerre stationnaire à Cherbourg.

aussi bien que les autres avant celui-là son métier de commandant en second ?

— Ah certainement ! vous n'avez qu'à regarder autour de vous, commandant ? Qui croirait que nous avons cinquante jours de mer ? Après cet hiver, toujours dehors ; et cet ouragan. Et un bastingage que nous avons refait nous-mêmes. Avec un mât qu'il a fallu remplacer à Alger. C'est ce qui nous a retardés. Eh bien ! sauf la peinture extérieure un peu sale, tout ne vous semble-t-il pas joli ? astiqué ? Et les hommes, malgré leur fatigue, sont tous propres, et il n'y a pas eu de punitions pour ainsi dire ! Aucun ne songe à désobéir à celui qui a pourtant été leur camarade. Il sait les prendre. Chaque chose marche mieux que de mon temps, je vous l'assure. »

Et le bon Duroc dirait presque qu'il ne savait pas son métier, en comparaison de son second.

« Quel brave cœur vous êtes, vous, dit Jean, il n'y en a pas beaucoup de semblables ! »

Et tous deux se serrent encore les mains et répètent qu'ils ont été heureux ensemble.

« Mais je m'oublie, s'écrit tout à coup Duroc, en regardant sa montre. Et mes visites officielles ? Savez-vous ce qu'il faut faire ? dînez à bord, je demanderai à Jossic et à sa mère d'être des nôtres ! venez avec moi faire un tour de ville. Nous reviendrons à cinq heures et après dîner je vous reconduirai ainsi que Mme Jossic. En nous attendant, elle restera, je crois, volontiers ici toute la journée. Je coucherai ensuite sur le plancher des vaches, et sans chagrin, car au fond je suis extrêmement fatigué. Si Mlle Bernard, la pâtissière, existe toujours, nous irons prendre dans sa boutique un tas de choses qui ne rappelleront en rien les conserves et les salaisons ! hein ? »

Mme Jossic et Jean acceptèrent, et le soir, tous, de nouveau réunis, attendaient l'heure du dîner dans le salon du commandant Duroc.

La journée d'Yvon avait été remplie par mille soins, le

Ils se trouvèrent dans les bras l'un de l'autre.

déchargement des poudres, les écritures, les signatures à donner. C'est le coup de feu ordinaire des arrivées, dont chaque détail regarde exclusivement le second.

Mme Jossic était restée tout l'après-midi dans l'ancienne chambre de Leray, à présent occupée par Yvon; celui-ci, à chaque minute de liberté venait embrasser sa mère.

« Parce que, disait-il, c'est tellement bon de vous tenir là ! il me semble toujours qu'en ouvrant la porte je vous trouverai envolée! »

Marie-Anne souriait alors quoiqu'elle eût beaucoup pleuré dans cette petite chambre. Là, se trouvaient réunis mille souvenirs de celui qui avait tant aimé son enfant.

Pour le dîner, Yvon se mettra en grande tenue, sa mère l'en a prié. Elle attend dans le carré désert que son fils ait achevé sa toilette. Et lorsqu'il sort de sa chambre il est revêtu d'un bel uniforme neuf, sa médaille et sa croix y sont attachées.

Marie-Anne se sent trop heureuse. Elle reste un instant muette, contemplant cet enfant pour lequel elle a versé tant de larmes, mêlées à de si ferventes prières. Elle touche cette épaulette, cette médaille, elle caresse doucement cette croix.

« Mon chéri! » dit-elle en le serrant dans ses bras et pleurant de joie et de reconnaissance.

Après le dîner, le commandant et ses convives prirent le café sur la passerelle où l'on avait apporté des chaises.

L'heure piquait, le crépuscule tombait. On amena les couleurs, et la prière fut dite. Yvon avait enfin terminé sa besogne, il pouvait rester sans être appelé, dérangé à chaque minute. La lune paraissait. La nuit était si calme et l'air si pur que les bruits de la ville et de la rade arrivaient affaiblis, mais distincts.

On entendait un orchestre qui jouait une marche militaire. Ceux qui se retrouvaient ainsi de nouveau réunis jouissaient délicieusement de cette heure paisible.

Duroc avait été surpris et charmé à la vue de Marie-

Anne. Jamais il ne se l'était figurée telle qu'il la voyait! jamais il n'eût pensé que la veuve d'un pêcheur d'Étretat pût avoir l'air aussi distingué, c'était une vraie dame.

Mais Marie-Anne avait toujours été par ses manières et par ses sentiments bien au-dessus de sa classe, et depuis qu'elle vivait au milieu de personnes du meilleur monde, avec cette souplesse particulière aux femmes, Mme Jossic s'était assimilé les façons simples, mais raffinées de Mme de Lestoures.

Sa mise était des plus correctes : des vêtements noirs à la mode, une mode il est vrai très tranquille et de très bon goût.

Yvon ne se lassait pas de regarder sa mère.

« Vous avez rajeuni, savez-vous, maman? lui dit-il, c'est inconvenant d'avoir une mère aussi jolie! Je n'oserai plus me promener avec vous! »

Tout le monde rit, on rit d'un rien dans ces moments de paix.

Jean s'adressa ensuite aux deux officiers :

« J'ai attendu cet instant de calme, leur dit-il, pour vous faire une communication très importante. Vous savez, Duroc, que nous sommes tous deux les exécuteurs testamentaires de Leray. Aussitôt en état de voyager, j'ai écrit à Mme Leray afin de l'informer que je me tenais à sa disposition et pour la prier de me donner à Paris un rendez-vous, soit avant, soit après le voyage que je devais faire à Vichy. Cette dame a mis une semaine à me répondre, une lettre polie, mais glaciale; m'informant qu'on préférait attendre mon retour des eaux. Donc aussitôt ma saison de Vichy terminée, je prévins Mme Leray, elle me télégraphia pour m'indiquer à son tour une heure où je la trouverais boulevard de la Madeleine. A l'heure dite, je suis introduit et j'attends au moins vingt minutes dans un superbe boudoir. Enfin je vois entrer une dame très parée, ruisselante de jais, la figure peinte, et qui m'a paru être du très mauvais côté de la quarantaine. Elle

Ils prirent le café sur la passerelle.

ne ressemble en rien à Leray et elle m'a extrêmement déplu! Passons, j'essayai de lui parler de son fils, et naturellement j'étais ému. Mais elle m'arrêta.

» — Monsieur, au nom du ciel, ne renouvelez pas ma douleur!

» Je ne renouvelai pas sa douleur, bien entendu, et, sans tarder, je mentionnai le testament dont je me trouvais porteur, ce dont je croyais la famille avertie par notre pauvre ami. Madame Leray désirait-elle en prendre communication tout de suite?

» — Non, répondit-elle, il faut que cela se passe en présence de mon mari et de mon notaire et ce sera demain, si vous voulez bien, à la même heure?

» Ce fut convenu, nous nous séparâmes sans phrases inutiles. Le lendemain, devant M. et Mme Leray et leur fille aînée, je remis l'enveloppe cachetée au notaire, et je lui appris que M. Duroc, capitaine de frégate, en ce moment naviguant sur Cherbourg, possédait le double de cet écrit. Étonnement général. Le notaire lut ensuite le testament qui était simple, court, digne en tout de notre ami! Il instituait légataire universelle de ses biens sa mère; mais, par le fait, il lui enlevait tout ce que la loi permettait de lui enlever. Mme Leray devra donner à sa fille aînée, Lucie Leray, la somme de deux millions, pour en jouir dès à présent et sans contrôle, son frère espérant qu'elle épouserait un homme qui serait honnête avant tout, et un chrétien convaincu. Elle ne devait regarder, en donnant sa main, ni au nom ni à la fortune, mais aux qualités solides.

» Robert faisait quelques dons insignifiants à ses frères, ainsi qu'à des vieux serviteurs, à sa nourrice, à sa sœur de lait et un legs assez important afin de fonder un hospice pour les vieillards auprès d'une terre qu'il laissait à sa sœur. Duroc prendra connaissance de tout cela. Le testament continuait ainsi :

« Je lègue la somme de trois cent mille francs à Mme Jossic

(Marie-Anne), mère de mon meilleur ami, qui est en ce moment premier maître canonnier à bord de l'*Étoile*, il a toujours refusé mes dons, mais je suis certain qu'il ne refusera pas d'accepter ceux de sa mère. A mon ami Yvon Jossic et en souvenir de moi, je lègue aussi tout ce que contenait mon cabinet de travail lorsque j'ai quitté Paris. En voici l'inventaire » :

» Suivait l'inventaire exact des meubles, tentures, tableaux, livres, etc.

» Je lègue cinquante mille francs à distribuer par mes exécuteurs testamentaires, aux familles des matelots de l'*Étoile* que mes exécuteurs jugeront dignes d'être aidées et secourues, j'entends par là les familles de ceux que j'y ai connus, qui y étaient embarqués de mon vivant. »

» Et, pour finir, notre ami laissait à ses exécuteurs testamentaires :

» 1° A mon commandant et ami, M. le comte de Lestoures, les tableaux qui ornaient mon salon particulier et dont suit la désignation. J'espère que mon cher commandant appréciera et gardera ces souvenirs d'un ami qu'il a comblé; 2° à mon ami, M. Duroc, lieutenant de vaisseau, second de l'*Étoile*, la somme de cent cinquante mille francs, égale à celle que M. Duroc avait reçue en partage de ses parents défunts et qu'il a noblement abandonnée aux trois filles de sa sœur dont le mari était mort ruiné. »

» Le testament se terminait ainsi :

» Je prie mes exécuteurs testamentaires de dire à ma mère, à ma sœur et à mes frères, que je suis mort dans des sentiments de foi, fervent croyant et bon catholique.

» Le tout signé comme le papier que j'avais déjà ouvert à bord, à la même date et du même lieu. »

» Rien ne peut égaler l'étonnement de ces braves gens pendant qu'ils écoutaient la lecture du testament. Lorsque le notaire eut terminé, ils restèrent muets d'abord. Enfin Mme Leray prit la parole :

» — Je ne puis, dit-elle, vous exprimer ma surprise, ni

vous dire à quel point je suis peinée par ce que je viens d'entendre ! Est-ce bien un testament, ces pages plus que bizarres ? Mon malheureux enfant a dû, en les écrivant, obéir à des influences bien étranges !... Mais si mon notaire m'affirme que cela est régulier, inattaquable, je m'inclinerai tout en protestant intérieurement !... » Un sanglot interrompit ces belles phrases. Je regardai ! C'était Mlle Lucie qui pleurait à chaudes larmes, et qui, tout d'un coup se levant, vint se jeter dans mes bras en disant : « Robert vous aimait tant et vous l'aimiez ! » Elle ressemble beaucoup à son frère, mais en mieux, et elle a les mêmes beaux yeux bien ouverts. J'aurais pleuré avec elle, sans les autres qui me regardaient d'un air irrité ! Alors j'ai pris congé en donnant l'adresse de l'hôtel où l'on pouvait me rencontrer.

» Le lendemain, le notaire est venu m'y voir, il m'annonça que le testament ne serait pas discuté, mais qu'il fallait votre présence, Duroc, pour commencer et terminer les affaires de la succession de notre ami. Je télégraphiai ensuite à Mme Jossic en la priant de venir me rejoindre à Paris, non à cause de ces affaires, mais parce que Mlle Lucie m'avait envoyé le matin un petit mot simple et affectueux, par lequel elle me témoignait le désir de voir la mère de celui qu'aimait tant son frère !

» Et voilà, mes chers amis ! Je vous propose de partir pour Paris aussitôt le désarmement de l'*Étoile* achevé. Le notaire m'a écrit pour me demander, au nom de sa cliente, d'en finir le plus vite possible ! Je vous avouerai que Mme Leray me porte sur les nerfs, et beaucoup !

» J'ajouterai, dit Marie-Anne, que j'ai passé huit jours, voyant constamment Mlle Lucie ! Elle s'est montrée bonne et charmante, me parlant de son frère, me montrant les lettres où il était question d'Yvon. J'aime cette jeune personne, et vous l'aimerez tous quand vous la connaîtrez ! »

Duroc et Yvon étaient au comble de l'étonnement. Le second, la tête dans ses mains, sanglotait à présent comme le jour où il disait un dernier adieu à Robert! Cet ami, qui avait ainsi pensé à lui, afin de lui aplanir la route, de lui rendre la vie plus heureuse en mettant la vieillesse de sa mère à l'abri de tous les hasards. Est-ce que lui, il l'avait assez aimé, assez regretté, cet incomparable ami?

Duroc était aussi ému qu'étonné. Comment Leray connaissait-il cet acte de désintéressement bien naturel, et ce sacrifice accompli en secret dix ans auparavant? Et dire qu'il ne voyait en lui, pendant un certain temps, qu'un pauvre enfant gâté, frivole? Quel cœur! et quel exemple il leur avait donné au moment de sa mort!

Lorsque tous furent calmés, Yvon raconta qu'il avait été prier sur la tombe de Robert à Saïgon, ayant pris là aussi, les mesures nécessaires pour que cette tombe ne fût jamais négligée, et pour qu'on l'entretint avec soin, sous la direction des sœurs de l'hôpital.

« Je crois, ajouta Jean, que notre ami témoigna ce désir que sa dépouille ne fût pas transportée en France, afin de ménager sa mère, et par un effet de cette extrême délicatesse qu'il a montrée en tout! Lorsque j'ai parlé à Mme Leray de la volonté de son fils si nettement exprimée, elle a paru fort soulagée. « Ah! monsieur, s'écria-t-elle alors, quelle palpitation m'aurait causée tous les détails affreux qu'eût exigé le retour de ces tristes restes! L'émotion m'eût tuée, je suis tellement impressionnable!... » Poupée, va! »

Nous venons, il me semble, d'oublier un peu Capitaine. Mais Capitaine n'oubliait rien lui! Dès qu'il eut sauté à bord, il dévora de ses caresses, tour à tour, son maître et Duroc, et les hommes qu'il avait connus! Ensuite il parcourut tous les coins du bâtiment, flairant à chaque place, cherchant aussi, et parfois gémissant! Puis il se plantait devant un de ses anciens amis, remuait la queue et demandait quelque chose aussi clairement qu'un chien peut le faire. A la fin, il découvrit le néant de ses recherches, et resta tranquille, tantôt auprès d'Yvon et de sa mère, tantôt

Le désarmement commença.

sous le gros canon, à sa place favorite! Les yeux vagues, la peau de sa grosse tête plissée, il réfléchissait... Évidemment, par une grande tension de son esprit, le chien tâchait de sonder un mystère! Comment! il retrouvait ses amis de France d'abord, ensuite ceux que ramenait l'*Étoile*, et l'*Étoile* elle-même! Pourquoi alors l'enseigne ne se montrait-il pas, lui qu'il aimait, qu'il avait vu soigner dans ce salon, qu'il avait laissé sur un lit, sur ce lit disparu aussi? Pourquoi celui dont Capitaine gardait un si tendre souvenir, qui le comblait de caresses et de friandises ne revenait-il jamais?

Dans les conversations tenues pendant la soirée sur la passerelle, le nom de Leray sans cesse prononcé faisait tressaillir Capitaine; alors il dressait les oreilles, remuait la queue, et cherchait!...

Yvon comprenait cette mimique et la traduisait à sa mère et à ses amis! pas un ne souriait à l'interprétation des pensées d'un terre-neuve!

« Quoique Capitaine n'aime guère les chemins de fer, ajouta Mme Jossic, j'ai promis à Mlle Lucie de lui amener, et je tiendrai ma promesse.

— A propos, reprit Yvon, vous vous rappelez la petite Annamite trouvée sur une jonque de pirate? Eh bien, je l'ai vue aussi à Saïgon! il paraît qu'elle pleurait durant les premiers jours, appelant « une grande bête ». Mère, puisque vous êtes si riche! voudrez-vous envoyer à la supérieure de l'hospice une petite somme pour que plus tard l'enfant ait une dot? On l'a nommée Colette, et il paraît qu'elle annonce de l'intelligence. Elle était décrassée et moins laide que je n'aurais pensé! J'ai bien amusé les sœurs en leur racontant toute cette histoire-là! »

... Le lendemain, l'*Étoile* entrait dans l'arsenal, et on l'amarrait dans un bassin à flot. Le désarmement commença alors.

Tout ce qui ne faisait pas partie intégrale de l'aviso, on le transporta dans divers magasins de l'arsenal. Le pauvre bateau ne fut bientôt plus que l'ombre de ce qu'il avait été. Qui l'eût reconnu, en désordre, sali par les cent ouvriers qui le déchargeaient, le pont encombré, avec des cordes tendues partout?

... Le 22 août, l'*Étoile* était remise aux constructions navales.

... C'est une espèce de ponton à présent, qui restera ainsi comme endormi au fond d'un bassin, à côté de ses frères en gloire, le *Bayard*, la *Triomphante*, le *Volta*, etc., jusqu'au jour où une dépêche ministérielle galvanisera ce corps endormi. L'*Étoile* alors réarmera. En toute hâte probablement! Et l'ordre arrivera de Paris, afin qu'elle reparte au plus vite... pour n'importe quelle longue campagne, mais avec d'autres officiers et d'autres matelots! Et ceux qui l'avaient quittée avec regret, plusieurs peut-être avec une larme qu'ils essuyaient en secret, ceux-là reverront-ils leur *Étoile!* S'ils l'aperçoivent, s'ils la croisent sur quelque lointain océan, leur cœur battra plus vite alors! Parce qu'ils se rappelleront ces heures enfiévrées des dangers, des batailles! ces heures où l'on vivait double, à Formose, aux Pescadores, lorsque l'*Étoile* faisait partie de la grande escadre, à l'ombre du pavillon du grand amiral!...

CHAPITRE XVIII

Duroc vient annoncer une grande nouvelle.

Nos amis quittèrent Cherbourg, et ils se rendirent à Paris d'abord, afin de terminer les affaires de la succession de Robert Leray.

Ces affaires furent vite réglées, Mme Leray désirant les conclure au plus tôt n'y mit aucun obstacle; suivant son désir tous les legs durent être payés en rente sur l'État ou en obligations de chemin de fer. Au bout d'une quinzaine de jours, et grâce à l'activité des exécuteurs testamentaires, secondés par le notaire de la famille Leray, toutes les pièces se trouvèrent prêtes à recevoir les dernières signatures.

M. et Mme Leray apportèrent des cartes, et on leur répondit par des cartes. Lucie, au contraire, se rendait tous les jours à l'hôtel du Danube, où logeaient ses nouveaux amis; elle y passait ses après-midi entiers, surtout avec Mme Jossic, s'invitant à dîner et restant parfois assez tard dans la soirée;

alors, une dame de compagnie ou gouvernante respectable et nulle venait chercher la jeune fille en voiture.

Comme Marie-Anne s'étonnait un jour de cette extrême indépendance, Lucie lui répondit en riant :

« Voilà comme j'ai été élevée, jamais maman ne m'a contrariée en rien ! »

En effet, ainsi que son frère, Lucie avait été stupidement gâtée ; mais le fond était excellent, et tous ceux qu'elle fréquentait ainsi furent bientôt sous le charme.

Quant à Capitaine, dès qu'il avait aperçu Lucie, il sembla qu'il la reconnaissait, aussi lui témoignait-il une affection dont il n'était pas prodigue envers les étrangers. Lorsqu'elle arrivait dans le petit salon de l'hôtel, le chien posait la tête sur les genoux de Mlle Leray, ses beaux yeux fixés sur ceux de la jeune fille.

« Il a vu tout de suite que vous êtes la sœur de Robert », lui disait Yvon.

Mme Jossic en vint à parler de sa religion à Lucie. Mlle Leray écoutait, réfléchissait et posait des questions qui prouvaient en même temps son ignorance et son intelligence. Elle continua à voir constamment Marie-Anne pendant que les restes de l'amiral Courbet traversaient la France. Tous les officiers de l'*Étoile* purent assister aux deux cérémonies et aller aux Invalides et à Abbeville prier pour celui qui avait illustré leur arme et qui était mort pour son pays...

... Les dernières signatures furent enfin données. Les amis étaient sur le point de se séparer. Lucie, navrée de les quitter, les supplia de venir la voir, chez elle, dans son château en Touraine.

« Il m'est légué par mon frère, ce château, dit-elle. J'ai décidé papa et maman à y passer l'automne ; je tâcherai de les y garder une partie de l'hiver ! J'aime de moins en moins Paris, et je vais essayer de faire quelque bien là-bas ! Vous devriez m'y aider, chère madame, ajouta-t-elle en se tournant vers Marie-Anne. Maman vous invitera ; vous verrez qu'elle est bonne ! elle vous apprécierait comme vous méritez de l'être ! »

En effet, la veille de leur départ, M. de Lestoures, Duroc, Marie-Anne et Yvon reçurent chacun une lettre de Mme Leray qui les invitait cordialement. Cette chaleur les surprit, car ce n'est pas par là que brillait Mme Leray. Mais ni elle ni son mari n'avaient jamais refusé de satisfaire un désir ni de céder à un caprice de leur fille, quel que fût ce désir ou ce caprice.

« Je ne sais pas trop, avait dit Mme Leray à Lucie, si ta nouvelle amie se plaira avec les miennes ? mais cela te regarde, et je ferai de mon mieux pour la mettre à l'aise ! »

Tous déclinèrent l'invitation cependant.

« Cela ne te tenterait-il pas un peu ? demanda Marie-Anne à son fils.

— Non, pas le moins du monde, au contraire », répondit-il, et d'un air qui parut faire plaisir à sa mère...

Elle craignait peut-être un peu de voir Yvon se laisser attirer vers un milieu qui ne lui plaisait pas, à elle.

Duroc seul accepta.

« Voilà, dit-il, je vais d'abord passer trois semaines à Vichy ; ensuite, je mènerai ma sœur et mes nièces faire un petit voyage, n'importe où il leur plaira ; je dépenserai avec elles une partie de mes économies, et je leur offrirai aussi un hiver dans le Midi ; elles n'ont pas eu trop de plaisirs dans leur vie, les chères créatures ! Je compte bien passer une quinzaine chez votre mère, Lestoures. Entre temps, j'irai en Touraine pour quelques jours. Mlle Lucie est si bonne que je le lui ai promis. Si Mme Leray me regarde du haut de ses millions, moi je ne la regarderai pas du tout ! et puis si je m'ennuie chez elle, je vous irai voir plus tôt en Bretagne, n'est-ce pas ? ma malle sera vite bouclée ! »

Nos amis causaient ainsi en revenant du bois de Boulogne. Ils s'y étaient rendus tous quatre, invités à déjeuner par l'amiral de la Jonchère, qui faisait alors partie du conseil d'amirauté et avait été enchanté de retrouver M. de Lestoures et Duroc. Jossic sut exprimer au bon amiral à quel point il lui demeurait toujours reconnaissant.

L'amiral vint voir Mme Jossic qui lui plut extrêmement et à laquelle il raconta tout le sauvetage de Hong-Kong. Marie-Anne nageait dans le bleu en entendant faire l'éloge de son Yvon. Capitaine était de la partie, il reconnut de suite son ancien chef, qui, en récompense, lui donna une boîte pleine d'alberts, ces biscuits qu'appréciait le terre-neuve.

... Le soir, Lucie disait adieu à ses amis sur le quai de la gare Montparnasse, en faisant promettre à Mme Jossic de lui écrire; elle sanglotait. Capitaine se montrait aussi fort triste. Il léchait les mains de Lucie avec la plus grande tendresse, en poussant de petits gémissements. Je n'oserais affirmer qu'il ne se mêlât pas un petit retour égoïste à son chagrin. On n'est pas absolument parfait, même dans la race canine! La pensée d'être de nouveau enfermé dans ces horribles caisses à courant d'air ajoutait peut-être à la douleur de Capitaine, quand il quitta sa nouvelle amie et Duroc...

. . . .

Deux mois encore se sont écoulés. Nos amis avaient joui avec délices de ce temps heureux entre tous les temps. Ils étaient réunis aux Fontaines, chez Mme de Lestoures. Les Kéralec s'y trouvaient aussi...

Le troisième mois du congé d'Yvon est déjà entamé; quand il sera fini, le jeune officier rejoindra son port. Les enseignes ne restent jamais à terre ou presque jamais. Mais, à Brest, Yvon doit embarquer sur le bâtiment stationnaire, et, par conséquent, cela lui assure une année de tranquillité relative, sans s'éloigner de nos côtes. Mme Jossic naturellement suivra son fils; elle vient d'acheter une jolie petite propriété aux portes de Lorient; une maison très bien bâtie, confortable, avec un joli jardin qui l'entoure et un grand verger. La mère et le fils sont ravis de leur acquisition.

Les meubles et les souvenirs de Robert ont été rangés là et ils y seront pieusement conservés ! Mme Jossic espère habiter cette propriété lorsque Yvon deviendra lieutenant de vaisseau. Alors, il se fera attacher au port de Lorient et prendra un poste à terre... Lorient n'est qu'à une heure des Fontaines, et Marie-Anne pourrait voir encore très souvent Mme de Lestoures...

Dans quelque temps, Jean et sa famille partiront pour les Murelles; ils y passeront au moins l'hiver. Ils tâchent de persuader à leur mère de les y accompagner, et aux Kéralec de venir les rejoindre dans le Midi. Jean va prendre une résidence libre, il compte pour la première fois depuis son mariage pouvoir enfin vivre à terre pendant un an. A la fin de l'année prochaine, si rien ne change (mais la marine, c'est l'image de l'instabilité des choses de la terre !) l'amiral *** commandera l'escadre d'évolution dans la Méditerranée, alors Jean sera son capitaine de pavillon, et il en profitera pour caser Yvon sur un des bâtiments de l'escadre, Duroc peut-être aussi !...

Mais de tous ces projets que fera la destinée?...

On était au matin du 1er novembre, le déjeuner allait finir.

« Il y a juste deux ans, fit observer Mme de Lestoures, nous revenions aussi de la messe, l'*Étoile* disparaissait ! Quelles angoisses nous avons traversées depuis ! Mais Dieu est bon ! De quel cœur nous l'avons remercié ce matin, n'est-ce pas? »

Ah ! oui, Marie-Anne, Mme de Lestoures et Louise ne se montraient pas ingrates envers celui qui les avait épargnées.

Jean et Yvon se regardent ; leurs pensées s'en vont là-bas, vers l'ami qui dort dans l'éternel repos. Tous deux ont les yeux pleins de larmes, et les autres restent un moment sans parler, respectant cette douleur et ces souvenirs !

De la place où elle est assise, Anne aperçoit la figure attristée d'Yvon. L'enfant se lève, et se jetant dans les bras de son amie :

« Je sais à quoi vous pensez, s'écrie-t-elle, et puisque vous avez du chagrin, je n'accepterai pas Capitaine; vous étiez trop bon aussi de me le donner, et moi une vilaine petite égoïste d'en être si heureuse. »

Cette explosion de tendresse fait diversion. Yvon paraît très ému.

« Non, ma petite Anne, dit-il, je vous l'ai prêté, sinon donné, pour un long temps, et vous me feriez beaucoup de peine, si vous me le refusiez à présent. »

Anne reste encore délicate, mais on peut prévoir le moment où elle deviendra une jeune fille, sinon robuste, au moins capable de marcher et d'agir comme les autres. Les progrès de sa santé sont dus en grande partie à Marie-Anne directement, et aussi à son influence, que l'on a su employer en temps et lieu.

La veille, une grosse résolution avait été prise par Mme Jossic et par son fils. Anne et Capitaine sont passionnément attachés l'un à l'autre; jamais le chien ne perd l'enfant de vue, pour ainsi dire. Il aime sa maîtresse, et Jean, et Yvon. Mais Anne et lui sont inséparables. Il a plus de dix ans, le bon Capitaine, et il a beaucoup navigué; il a reçu des blessures, enduré des privations, et cela vieillit bien un terre-neuve ! A présent, il sent le besoin du repos, et il paraît très heureux avec Anne, qui aurait beaucoup de chagrin de se séparer de lui.

« Elle n'en laisse rien voir, dit Marie-Anne, mais je la connais, la chère petite. L'autre jour, se croyant seule dans le parc, je l'ai vue qui pleurait à chaudes larmes sur le cou du chien, en lui disant : « Nous allons donc nous quitter ! Qu'en penses-tu, Capitaine ? »

En conseillant de laisser Capitaine, à la petite fille Marie-Anne avait le cœur bien gros, Yvon encore davantage. Cet ami, cet appui, ce témoin des jours de lutte et de danger,

Madame Jossic prit la main de Duroc,

et que Robert aimait aussi n'était-ce pas pénibe de s'en séparer? Mais le sacrifice, c'est la loi de la vie! Et quelle meilleure façon de prouver que l'on demeurait reconnaissant envers ses amis, envers ce cher commandant? Il fallait montrer que l'officier en route pour un brillant avenir, Dieu aidant, n'oubliait pas les services rendus, l'affection sans bornes témoignée au petit mousse sauvé sur une bouée par le commandant de Lestoures!

Ni Anne elle-même ni ses parents ne voulurent d'abord accepter. Yvon était décidé, et il tint bon.

« Non, commandant, dit-il à Jean, non, laissez-moi vous donner quelque chose, une fois dans ma vie! Laissez-moi croire que c'est moi qui fais un petit sacrifice pour vous et les vôtres. Quand vous commanderez, peut-être emmènerons-nous encore Capitaine? Et puis j'irai vous voir là où vous serez!... »

... Le déjeuner s'acheva ; on apporta le courrier.

« Une lettre de Duroc, s'écria Jean; il viendra dans quelques jours; pas très longue, sa lettre, et un peu drôle. »

Marie-Anne sourit; elle croyait deviner, et regardait son fils. Tous deux avaient tellement l'habitude de penser ensemble et de se comprendre.

On quitta la table, Capitaine regardait dans l'avenue et aboyait en remuant la queue.

« Une visite! dit Anne, et Capitaine sait qui c'est. »

Une voiture, en effet, s'arrêta devant le perron; un monsieur en descendit, une valise à la main...

« C'est le commandant Duroc! » s'écria Yvon, et il se précipita avec Jean à la rencontre de l'arrivant. Capitaine les avait déjà précédés.

« Pourquoi n'entrent-ils pas tout de suite, fit observer Louise, au lieu de se glacer dans le corridor. Je vais voir... »

Mais la porte s'ouvrit; et les trois messieurs suivis du chien entrèrent, l'air animé, les yeux brillants...

Après les premières poignées de main:

« Devinez, maman, dit Yvon, pourquoi le commandant Duroc nous arrive plus tôt qu'il ne l'annonçait ? »

Mme Jossic sourit, prend la main de Duroc et ne prononce que ce seul mot :

« Lucie?

— Oui, chère madame, vous vous en doutiez bien, n'est-ce pas ? que j'avais donné mon cœur à Mlle Leray, et j'arrive afin de vous annoncer notre mariage ! Il se fera le mois prochain, à la campagne, sans étrangers ! Vous y assisterez, nous n'accepterons aucune défaite ! Songez que c'est un peu à vous que je dois mon bonheur ! Lestoures sera un de mes témoins, Yvon un de ceux de Lucie, qui viendra d'ailleurs ces jours-ci passer quelques heures aux Fontaines, si Mme de Lestoures le permet, afin de connaître aussi votre mère et votre femme, Lestoures ? »

... Lorsque chacun eut félicité Duroc, on demanda des détails sur tout ce qu'avaient dit les parents de la jeune fille.

« Je doute fort, reprit Duroc, que M. et Mme Leray aient trouvé en moi l'homme qu'ils rêvaient pour leur futur gendre ! mais ils se sont montrés fort aimables, bien plus que je n'eusse osé l'espérer ! Seulement ils désiraient avoir une noce grandiose dont on parlerait dans tous les journaux ! A ce sujet, Lucie est demeurée très doucement ferme.

» — Non, nous sommes encore en deuil, a-t-elle répondu à toutes les propositions de ses parents, et nous ne ferons pas de réjouissances elles gâteraient mon bonheur. » Mme Jossic a pu d'ailleurs s'apercevoir qu'on ne contrarie jamais Lucie chez elle !...

»... Alors, nous étions un soir, il y a trois jours, seuls dans le salon, et, ainsi que cela nous arrivait souvent, nous parlions de la guerre et de la mort de Leray. Je me sentais fort triste, je vous l'avouerai, ayant pris le matin même la résolution de rompre ce charme et de m'en aller. Lucie, paraît-il, lisait en moi comme dans un livre ouvert, et tranquillement elle m'a dit : « Si vous voulez, mon ami, nous unirons nos existences comme nos regrets, et je serai votre femme ! Vous ne quitterez pas cette marine que vous aimez, qu'aimait l'ami que vous regrettez ? Ma religion sera la vôtre et celle qui a consolé mon frère ! Et vous et moi, nous essayerons de bien employer cette fortune que Dieu a mise dans mes mains ! » Ensuite elle a ajouté : « A votre premier grand congé, voulez-vous que nous allions à Saïgon, prier ensemble sur la tombe de Robert ! »

TABLE DES MATIÈRES

BOURLOTON. — Imprimeries réunies, B, rue Mignon, 2.

NOUVELLE COLLECTION

A L'USAGE DE LA JEUNESSE

Format in-8 à 4 francs le volume broché

CARTONNÉ EN PERCALINE A BISEAUX, TRANCHES DORÉES, 6 FRANCS

ASSOLLANT (A.). *Montluc le Rouge.* 2 vol. avec 107 vignettes.
— *Pendragon.* 1 vol. avec 42 vignettes.

BLANDY (Mlle S.). *Rouzétou.* 1 vol. avec 112 vignettes.

CAHUN (L.). *Les pilotes d'Ango.* 1 vol. avec 45 vig.

CHÉRON DE LA BRUYÈRE (Mme). *La tante Derbier.* 1 vol. avec 50 vignettes.

COLOMB (Mme). *Le violoneux de la Sapinière.* 1 vol. avec 85 gravures.
— *La fille de Carilès.* 1 vol. avec 96 vignettes.
— *Deux mères.* 1 vol. avec 133 vignettes.
— *Le bonheur de Françoise.* 1 vol. avec 112 vignettes.
— *Chloris et Jeanneton.* 1 vol. avec 105 vignettes.
— *L'héritière de Vauclain.* 1 vol. avec 104 vignettes.
— *Franchise.* 1 vol. avec 113 vignettes.
— *Feu de paille.* 1 vol. avec 98 vignettes.
— *Les étapes de Madeleine.* 1 vol. avec 104 vignettes.
— *Denis le Tyran.* 1 vol. avec 115 vignettes.
— *Pour la Muse.* 1 vol. avec 105 vignettes.
— *Pour la patrie.* 1 vol. avec 112 vignettes.
— *Hervé Plémeur.* 1 vol. avec 112 vignettes.
— *Jean l'innocent.* 1 vol. avec 112 vignettes.
— *Danielle.* 1 vol. avec 112 vignettes.

CORTAMBERT (E.). *Voyage pittoresque à travers le monde.* 1 vol. avec 81 vignettes.
— *Mœurs et caractères des peuples.* (Europe, Afrique.) 1 vol. avec 60 vignettes.
— *Mœurs et caractères des peuples.* (Asie, Amérique, Océanie.) 1 vol. avec 60 vignettes.

CORTAMBERT (E.) et Ch. **DESLYS.** *Le pays du soleil.* 1 vol. avec 35 vignettes.

DAUDET (E.). *Robert Darnetal.* 1 vol. avec 81 vig.

DEMOULIN (Mme GUSTAVE). *Les animaux étranges.* 1 vol. avec 172 vignettes.
— *Les gens de bien.* 1 vol. avec 32 vignettes.
— *Les maisons des bêtes.* 1 vol. avec 109 vignettes.

DESLYS (CH.). *Courage et dévouement.* 1 vol. avec 31 vignettes.
— *L'ami François.* — *Les Noménoé.* — *La petite Reine.* 1 vol. avec 35 vignettes.
— *Nos Alpes.* — *Le muet de Brides.* — *Les légendes d'Evian.* 1 vol. avec 39 vignettes.
— *La mère aux chats.* — *La balle d'Iéna.* — *La fille du rebouteur.* — *Le bien d'autrui.* 1 vol. avec 30 vig.

ÉNAULT (L.). *Le chien du capitaine.* — *Trop curieux.* — *Les roses du docteur.* — *Le mont Saint-Michel.* 1 vol. avec 43 vignettes.

FATH (G.). *Le Paris des enfants.* 1 vol. avec 50 vig.

FLEURIOT (Mlle ZÉNAÏDE). *M. Nostradamus.* 1 vol. avec 36 vignettes.
— *La petite duchesse.* 1 vol. avec 75 vignettes.
— *Grand cœur.* 1 vol. avec 45 gravures.
— *Raoul Daubry, chef de famille.* 1 vol. avec 32 vig.
— *Mandarine.* 1 vol. avec 98 vignettes.
— *Cadok.* 1 vol. avec 24 vignettes.
— *Caline.* 1 vol. avec 102 vignettes.

FLEURIOT (Mlle ZÉNAÏDE). *Feu et flamme.* 1 vol. avec 83 vignettes.
— *Le clan des têtes chaudes.* 1 vol. avec 45 vignettes.
— *Au Galadoc.* 1 vol. avec [illegible] vignettes.

GIRARDIN (J.). *Les braves gens.* 1 vol. avec 115 vig.
— *Nous autres.* 1 vol. avec 182 vignettes.
— *Fausse route.* 1 vol. avec 65 vignettes.
— *La toute petite.* 1 vol. avec 128 vignettes.
— *L'oncle Placide.* 1 vol. avec 12[illegible] vignettes.
— *Le neveu de l'oncle Placide.* 1re partie. 1 vol. avec 122 vignettes.
— *Le neveu de l'oncle Placide.* 2e partie. 1 vol. avec 98 vignettes.
— *Le neveu de l'oncle Placide.* 3e et dernière partie. 1 vol. avec 147 vignettes.
— *Grand-père.* 1 vol. avec 91 vignettes.
— *Maman.* 1 vol. avec 112 vignettes.
— *Le roman d'un cancre.* 1 vol. avec 119 vignettes.
— *Les millions de la tante Zézé.* 1 vol. avec 112 vig.
— *La famille Gaudry.* 1 vol. avec 112 vignettes.
— *Histoire d'un Berrichon.* 1 vol. avec 112 vignettes.
— *Le capitaine Bassinoire.* 1 vol. avec 119 vignettes.
— *Second violon.* 1 vol. avec 112 vignettes.

GIRON (AIMÉ). *Les trois rois mages.* 1 vol. avec 69 vig.

GOURAUD (Mlle J.). *Cousine Marie.* 1 vol. avec 59 vig.

NANTEUIL (Mme P. de). *Capitaine.* 1 vol. avec 76 vign.

PAULIAN (L.). *La hotte du chiffonnier.* 1 vol. avec 47 vignettes.

ROUSSELET (L.). *Le charmeur de serpents.* 1 vol. avec 68 vignettes.
— *Le fils du connétable.* 1 vol. avec 114 vignettes.
— *Les deux mousses.* 1 vol. avec 90 vignettes.
— *La peau du tigre.* 1 vol. avec 102 vignettes.
— *Le tambour du Royal-Auvergne.* 1 vol. avec 115 vig.

SAINTINE. *La nature et ses trois règnes*, causeries et contes d'un bon papa sur l'histoire naturelle. 1 vol. avec 171 vignettes.
— *La mythologie du Rhin et les contes de la Mère-Grand.* 1 vol. avec 160 vignettes.

TISSOT et **AMÉRO.** *Aventures de trois fugitifs en Sibérie.* 1 vol. avec 72 vignettes.

WITT (Mme de), née GUIZOT. *Une sœur.* 1 vol. avec 65 vignettes.
— *Scènes historiques*, 1re série. 1 vol. avec 18 vignettes.
— *Scènes historiques*, 2e série. 1 vol. avec 23 vignettes.
— *Lutin et démon.* — *A la rescousse.* — *De glaçons en glaçons.* 1 vol. avec 56 vignettes.
— *Normands et Normandes.* 1 vol. avec 70 vignettes.
— *Notre-Dame Guesclin.* — *La Jacquerie.* — *Delhi et Cawnpore.* 1 vol. avec 82 vignettes.
— *Légendes et récits pour la jeunesse.* 1 vol. avec 18 vignettes.
— *Un Patriote au XVIe siècle.* — *Les héroïnes d'Harlem.* — *Une heureuse femme.* 1 vol. avec 86 vignettes.
— *Un nid.* 1 vol. avec 65 vignettes.
— *Un jardin suspendu.* — *Un village primitif.* — *Le tapis des quatre Facardins.* 1 vol. avec 40 vignettes.

BOURLOTON. — Imprimeries réunies, B, rue Mignon, 2.

www.ingramcontent.com/pod-product-compliance
Lightning Source LLC
Chambersburg PA
CBHW070329030726
47505CB00004B/1137

* 9 7 8 2 0 1 9 6 0 4 1 0 3 *